深空彼岸 1

辰东/著

封面以实际出版为准

深空彼岸 ①

辰东 著

十月
上市

起点大神
辰 东
全新力作

内容简介

　　本册中,旧术奇才王煊刚从大学毕业,就面临与好友分别的伤感以及不能前往新星进修的遗憾,但他仍然怀抱想将旧术发扬光大的信心和决心,一边在旧土按部就班地工作,一边参与神秘组织,深入旧土各处,逐步揭开许多不为人知的秘密,与此同时,他自己也莫名被卷入危险之中……

一代旧术奇才在新术狂潮中逆风翻盘的传奇故事

星空一瞬　人间千年　探索神秘深空　抵达全新彼岸

从一粒微尘中窥得日月 在异世中寻找完美世界

辰东超高人气幻想之作 千万读者热烈追捧

完美世界

辰东 著

完美世界
26
辰东 著

完美世界26
PERFECT WORLD
Oriental Fantasy

辰东 著

几经波折 重返帝关 异域来犯 决战开启

东方幻想热血之作

诸神争霸 谁与争锋
上古传奇 完美奉献

游仙域，获至宝，曲径通幽，柳神瑶
天渊崩，帝关破，火桑飘零，两界献

人气之作重磅出击，幻想世界热血风暴
起点中文网点击榜、推荐榜双榜热榜! 千万读者热烈追捧! 备受期待

定价
34.80元/册

几经波折 重返帝关 异域来犯 决战开启

《完美世界》第1~26册全国火热销售中!

异人崛起

12

辰东 著

ARTTIME
时代出版
时代出版传媒股份有限公司
安徽文艺出版社

图书在版编目（CIP）数据

异人崛起. 12 / 辰东著. — 合肥：安徽文艺出版社，2021.8

ISBN 978-7-5396-7266-3

Ⅰ. ①异… Ⅱ. ①辰… Ⅲ. ①长篇小说－中国－当代 Ⅳ. ①I247.5

中国版本图书馆CIP数据核字（2021）第157013号

YIREN JUEQI 12

异人崛起12

辰东 著

出 版 人：段晓静

责任编辑：张 磊 宋潇婧 装帧设计：周艳芳

· ·

出版发行：时代出版传媒股份有限公司 www.press-mart.com

安徽文艺出版社 www.awpub.com

地 址：合肥市翡翠路1118号 邮政编码：230071

营 销 部：(0551)63533889

印 制：湖南天闻新华印务有限公司 (0731)88387856

· ·

开本：710×1000 1/16 印张：18 字数：300千字

版次：2021年8月第1版

印次：2021年8月第1次印刷

定价：32.00元

· ·

异人崛起 ⑫

CONTENTS
/ 目 录 /

CONTENTS
/ 目 录 /

第286章

没落之地王者崛起

驴王与大黑牛在言语上这般轻慢罗屹，目的只有一个，就是打击他，扰乱他的心神。这也从侧面说明了罗屹的可怖。

事实上，天神族少神无比强大，释放的压迫力隔着很远就能让其他观想境的进化者心悸，全身战栗。

此时，无论是大黑牛，还是周全及归无山秘境的人，都心头沉重，担心楚风会出意外。

"轰！"

场中，罗屹浑身绚烂，周身缭绕着宛若撕裂空间的光芒，并且有淡金色气息弥散开来。

"这里是被我祖先征伐过的已经接近灭族的没落之地，你们这些残存的失败者的后裔还妄想死灰复燃？"

他的双目呈现可怕的金色，像是两座活火山有岩浆要喷涌而出，能量气息浓郁。

"轰！"

饕餮拳神威震世，一拳轰出后，巍峨大山都在颤动，乱石翻滚，天空中更是发生了大爆炸。

这里是昆林山，山体与地面格外坚固，如果是在别处，恐怕山体早已爆碎，地面早已寸草不生，什么都没剩下了。

哪怕对方有意刺激自己，扰乱自己心神，楚风依旧很冷静地开口道："总是提及过往，用当年血腥又罪恶的战绩来彰显你们这一族的强大。如果今天你死在我手里，你们这一族是否会成为笑话？"

楚风的拳法同样惊世，他演绎的是地星上古时期的绝学——紫气东来拳，并融合其他族的拳法，比如天神族的流光拳、乱星指等，气息惊人。他犹如战神，根根发丝都在发光，力抗天神族的嫡系传人。

两人间的空气发生了大爆炸，有那么一瞬间，所有人都有一种感觉——天空仿佛被撕裂了，诸天神祇浮现，诵经声不绝于耳。

"我看到了什么？"就连域外，都有人在惊呼。

昆林山山地中，两大高手在闪转腾挪地激战。他们之间出现许多黑色大裂缝，缝隙内呈现的是不规则的一片又一片星空，像是来自不同的位面，有神灵在哭号，有佛祖在哀叹，有大魔在诵经。

"这是道鸣！两人的战斗太激烈了，引发山川中重现旧景。"

"没错，这是昆林山曾经发生的事！"

一些人面色变了，称这应该是当年发生过的事，如今被两人的大战激发出来。

因为山壁、山石有磁性，当年的那一场大战被山川"记录"了下来。

楚风跟罗屹激战，居然触动了昆林山石壁的"磁体记忆"，再现当年景象，只能说他们跟"道"在共鸣。

那些旧事涉及大道争锋，那些人太强大了！

"你想胜我，真是笑话！能量层次上我高你一大截，绝对压制你，我看你如何翻盘！"罗屹不屑，面带冷笑。

"砰！"

饕餮拳击出，光芒炽烈，能量激荡。他很想立刻解决楚风，此刻毫无保留。

"我对你还算欣赏，也给过你机会了，你却不识时务。既然你不愿成为我的侍从，那就去死吧！"罗屹嘶吼。

一刹那，他那三尺长的金色长发舞动起来，发出刺目的光芒；他的瞳孔更加惊人，居然轰然作响，射出炽烈的光束。

"轰！"

在这一瞬间，罗屹的双目居然喷出两团金色的云雾，带着致命的杀伤力，攻向楚风的面庞。这太突然了，让人防不胜防。

星空中，许多人惊叫出声。

"这太惊人了，连眼睛都能攻击人！"

"那是……失传已久的……神目拳！"

所谓神目拳，是指双目也能发出拳意，形成拳印，能量骇人，威力奇大无比，算得上是一种绝世拳法。

"那是一种非常古老的拳法，失传很多年了，神目族也早已覆灭，想不到该族至高拳法落在了天神族手中！"

神目拳的威力毋庸置疑，但凡了解过上古辉煌史的人都知道，当年的神目族是宇宙顶级强族之一，而神目拳能排进天功秘典内。

神目拳最是诡异，总能出其不意地攻击对手，令对手防不胜防。

此时，人们看不到那里的战况，因为罗屹双目喷出的能量是云雾的形态，直接笼罩了那里。

在域外来的人看来，那片地带被云雾淹没，楚风的身影被恐怖的能量覆盖了。

别说域外来的人，就连黄牛、蛤蟆都吓了一大跳。那种怪拳突然被施展出来，很难防范。

"楚风！"周全、西伯利亚虎王、驴王等惊叫起来。

他们怕云雾中的楚风出意外，差点冲过去。

"锵锵锵——"

关键时刻，他们止步了，因为他们听到了一种奇特的声音，像是神剑在磨砺，火星四溅，金光刺目。

"嗯？"

所有人都大吃一惊。云雾逐渐消散，楚风现身，他的身体虽然在摇晃，却没有伤痕。

"他的眼睛！"

域外的人看到云雾消散后的景象，都惊呆了，只见楚风的眼睛中有火焰跳动，金光射出，弥散出的能量十分惊人。

"火眼金睛！他居然拥有这种能力，这可是禁忌之术！"域外，很多人惊叫出声。

星空中，各族的强者面色都变了——拥有火眼金睛这种能力的进化者太罕见，遍寻宇宙，屈指可数。

可以说，这是拿什么都换不来的眼术，没有秘籍阐述清楚过，只能靠自身去摸索。

"自古以来，没有多少人能拥有火眼金睛，一个没落之地的进化者居然掌握了。"即便是一些老辈强者都无比眼热。

可惜，火眼金睛这种眼术很难夺取，只能靠自身摸索，谁都说不清怎样才能拥有，无数人在研究，都不能攻克这一难题。

"早前我就怀疑过，想不到他真的拥有火眼金睛！"域外有人感叹。

楚风曾经双目冒金光，露出了蛛丝马迹，只是当时人们都没有多想，因为眼睛呈金色有多种原因。

"勘破虚象，直视本源，这是场域研究者的终极梦想啊！他……如果走场域之路，绝对会有莫大的成就。"

"走进化之路，火眼金睛也会无比恐怖，越到后期，越能发挥出一些特殊的威力，这才刚开始而已！"

星空中炸窝了，许多人在议论。

时至今日，谁还敢小觑这个没落之地的进化者？拥有火眼金睛的人到最后肯定是一方大人物，潜力无穷。

"他今天要是能战胜天神族少神，绝对算是王者崛起，未来将无比辉煌！"

在域外人们议论之际，昆林山的大战越发激烈，已经呈白热化。

罗屹脸色阴沉。他原以为神目拳一出，必将瞬间除掉楚风。

怎能料到，楚风眼眸转动间，就击溃了神目拳施展时爆发的云雾，成就了现在的名声。

罗屹不用想都知道，大家肯定都在谈楚风如何了得，竟能开启火眼金睛。要知道，天神族研究了很多年，都没能在年轻一代身上成功开启火眼金睛。

偏偏在这颗被他们征伐过的没落星球上，一个本土进化者谁都不靠，自己就开启了这种能力。

"罗屹，你还在等什么？斩了他！众目睽睽之下，天神族能败吗？我族是无敌的，尤其不能败给这颗星球上的人。我们曾让他们的祖先消亡，你们这一代难道还不如这里失去了传承的后裔？"

这是来自域外的声音，别人听不到，罗屹却听得真切。那个声音在他耳畔回响，如同炸雷般。

"记住，竭尽全力！无论如何，都要想方设法除掉他。天神族不能败！"

来自天神族圣人的告诫冷厉且带着血腥味，说完这些话后，天神族圣人便寂然了。

"天神族永远不会败，举世皆知，我们是无敌的！今天就由我出手，除掉这片没落之地最后的杂草！"

罗屹声音很低，显得冷酷无情，气息越发惊人。可以看到，他在吞吐天地间的能量时，整个身体光芒四射，刺目至极。

他在运转天神呼吸法，动用强大秘术！

楚风也早已有所行动，且更为迅速。他不像罗屹那样，想在众目睽睽之下彰显自己的无敌。

楚风心中只有一个念头，那就是除掉罗屹，哪里会多想其他事？

"轰！"

此时，道引呼吸法被楚风运转到极致，无论是他的肉体还是他的精神都在呼吸，白雾笼罩着他的身体，让他如同仙人降世。

他周围浮现出七八十个粗糙的石球，随着他的呼吸一起脉动，与他共鸣。

同时，他施展拳法。这个时候他的心是空明的、纯粹的，心中只有破敌一个念头。

此外，共振术也被他运转起来，而且通过石球能量体放大了共振的效果。

除了这些，在楚风的身后还有一幅模糊的画卷。画卷没有彻底展现，引而不发，这样进可攻，退可守，可以防备罗屹的一些特殊手段。

可以说，楚风已经全力以赴。

"轰"的一声，楚风主动发起攻击，攻势比刚才要猛烈得多。

所有人的脸色都变了。

楚风的拳意比刚才更雄浑更宏大，伴着共振术，在石球能量体的辅助下，宛若一个沉睡的神魔在复苏。

"轰！"

两人已经身在昆林山脉边缘，外面的山体没有昆林山坚固，在不断崩塌。

"轰隆！"

像是地震的声音，又像是火山喷发的声音。与两人隔着很远，几座巍峨大山便四分五裂，一座黑色的山炸开，乱石穿空；一座褐色的山被熔化，土石化成岩浆在流淌……

罗屹舒展发光的身体，迎击楚风。天神呼吸法让他看起来越发炫目，像是太阳神降世。

"砰砰砰——"

楚风跟罗屹激烈交锋，拳脚碰撞，能量体撞击。两人全都释放野性，如同两只史前凶兽厮杀在一起。

罗屹眉心发光，由精神化成的小矛飞出，结果楚风双眼发光，金色能量碾轧过去，空间爆炸，震得两人都披头散发。

"轰隆隆！"

这个时候，楚风使出共振术，直接下了杀手。

"嗯？"

罗屹哪怕在运转天神呼吸法，也在跟着共振，身体剧痛。

"给我破！"罗屹大喝出声，金色发丝向后飞舞，张口喷出一片炽烈的金光，撞向楚风。

"轰！"

数十个粗糙的石球挡在前方，楚风跃起，双臂张开，猛力向罗屹劈去。

"砰砰砰——"

罗屹双手结印，轰向半空中的身影。

"唰！"

楚风施展天涯咫尺秘术，飞快消失，而石球突然从七八十个激增到一百个，这些粗糙的石球旋转着轰向罗屹。

"轰！轰！轰！"

楚风发现，罗屹真的很自负，竟然没有动用自身的画卷。

楚风见状，不再引而不发，"轰"的一声，他身后的画卷横扫了过去。

"等你多时了！"罗屹冷笑。他的背后浮现出一幅模糊的画卷，其中一柄神剑非常醒目，从画卷中冲了出来，要劈开楚风的画卷。

"天神斩星空！"罗屹大喝出声。

然而，下一刻，他的面色变了。神剑如虹，劈进楚风的画卷后，被挤压，被碰撞，被震荡，最后竟崩裂开来，化成一团金光消散了。

"轰！"

这时，楚风冲到，他毫不留情，画卷横扫时，自己的拳头也砸了出去。

毫无疑问，在第一次的绝世画卷碰撞中，罗屹吃了亏，他的画中剑都被毁掉了，他自己也身体僵直，差点被禁锢在那里。

直到楚风的拳头临近，他才能动。他一声大吼，满头发丝凌乱。

"砰"的一声，楚风一拳砸在他的脸上，拳印爆发，能量极其可怕，他的面孔几乎变形。

这一拳原本是砸向罗屹眉心的，关键时刻他的身体摆脱禁锢，躲闪了一下，拳头便砸在他的脸上。

"你敢！"罗屹恼怒。

"有什么不敢？天神族不过如此！"楚风喝道。他的画卷跟罗屹的画卷碰撞，又占了优势。

"砰砰砰——"

楚风接连发出重击，他的拳头有的砸在罗屹的面部，有的轰在罗屹的身上。

不得不说，在运转天神呼吸法后，罗屹防御力惊人，居然能承受数拳而不死。如果是别人，恐怕早就被楚风一拳打死了。

罗屹咆哮着，硬挺了过来，眼神疯狂，恨不得立刻消灭楚风。

这一战举世瞩目，各族都在观看，罗屹绝对不允许自己大败。

"砰！"

可关键时刻，楚风凌空一脚踢在罗屹的下巴上，让他整个人向后仰，倒飞而去。

"轰！"

罗屹身在半空中，浑身发光，能量翻涌，强行稳住身体。

他的身体由突破声障的速度到瞬间静止，但对他来说，这种速度上的突然改变，并不会对他的身体造成伤害。

罗屹目光森冷，金色瞳孔中有光焰跳动，状态有些骇人。

不久前，他还扬言，要消灭这片没落之地的失败者的后裔，如同他的祖先那般。

狠话早已说出口，然而，在刚才的战斗中，他却被人拳打脸膛，脚踢下巴。这对他来说是耻辱，对天神族来说更是污点。

他能够想象，域外那些人肯定非常震惊，甚至幸灾乐祸。号称不败的天神族传人居然落了下风，这是大新闻。

他也能想到，族中那跟到地星外的圣人肯定对他很失望。不久前那圣人还叮嘱他一定要胜出，击败这颗星球上的天选之子，结果他却让天神族蒙羞。

事实上，罗屹的猜测完全正确。

域外曾短暂寂静，而后一片哗然。

在刚才的交手中，罗屹接连失利，这是很惊人的事件。

"天神族号称无敌族群，他们精心培养出来的传人来到这片没落之地，这颗被他们征伐过的古星，居然遭受重创！"

"嘿，那可不是天神族一般的弟子，而是被称作少神，必然是天神族用心培养的高手，竟然不占上风！"

"我就知道，能够开启火眼金睛的进化者怎么可能平凡？历史早已证明，那样的人一定天赋绝世，潜力无穷。他刚出手，就向世人证明了他的实力。他的确让人吃惊，连天神族少神的脸都敢打！"

星空中，各族热议。平日间人们敬畏天神族，不敢针对罗屹，但此刻隔着星际网络，人们尽情谈论。

有人震惊，有人奚落，也有人幸灾乐祸，各片星海中人们的反应各不相同。

这时，楚风终于看清楚了对方的画卷，那是一片残破的景象，透着沧桑古意，一颗又一颗星球横陈其中，但都裂开了，或者缺失了一小半。

而这些只是背景。

画卷真正的主体是一些透着杀伐之意的兵器。

每一颗星球都被兵器破坏了，有的是被长矛刺透，有的是被天刀劈开，有的是被神剑插中，尽显宇宙凄凉的景象，如同世界末日。

楚风大受触动，内心颇不平静。这自然是无敌画卷，在他的百强星球中，就有一人拥有如此画卷。

这是天神族特有的天图！

域外，人们见到这一幕，都发出一声叹息。没有意外，天神族很多人会选择模仿这一绝世画卷。

据悉，该族的始祖开创了此画卷，因而纵横宇宙，天下无敌。

有人说那位老天神已经死了，也有人说那位老天神还在世间，但不管怎么说，这肯定是一幅真正的无敌画卷！

"我想过一切可能，却未曾料到自己首战失利，耻辱啊！"罗屹说到后来，提高声音，猛地抬头，浑身金光迸射，同时他身后的天图越发真实。

残破的宇宙中，星球不少，插着种类不同的兵器，杀伐气息冲天。

"败在我手里就觉得耻辱？如果有一天我攻破你们的星球呢，又算什么？你们未免骄傲过头了！"楚风话语冷淡。

这时，罗屹正在观察楚风的画卷。毫无疑问，那也是绝世画卷。

不然，他怎么可能会吃大亏？

只是，他总觉得不对劲。对方的画卷有些模糊，他能看到上面有上百颗星球，也能望见星空。

突然，他觉察到了什么，不由得倒吸了一口凉气，道："你……好大的胆子，竟敢绘出这样的画卷！"

事实上，域外的人也都想知道楚风的画卷是什么。

所有人都能觉察到，楚风的画卷非同小可。

只是，他每次大战时，画卷都若隐若现，并不真切。

现在也是如此，只有在近前的人才能看到他的画卷，猜测出大概。

"所谓绝世画卷，不是你想恢宏就恢宏，想无敌就无敌的，有些道果你承受不了，自己就会先殒命！"罗屹冷笑道。

他说的是事实，许多绝顶天才死在逍遥境，就是因为图谋甚大，恨不得绘出宇宙独尊的画卷，但是自身承受不住，先行陨灭。

比如，有人以血气为纸张，以精神为颜料，勾勒一轮骄阳，结果被焚烧而死。

还有人勾画仙人降世图，结果自己被击灭。

楚风开口道："就不劳你费心了。你还有什么遗言吗？"

他语气很平和，但正因如此，罗屹越发不爽，脸色铁青。

"你以为自己刚才稍微占上风就胜了吗？还差得远！"罗屹喝道。"轰"的一声，他身后残破的宇宙轰鸣，插在那些星球上的兵器全都自动抽出，铿锵作响，迸发冲天的光芒。

这一刻，别说在昆林山的人，就连域外各族强者都很吃惊，全都屏住呼吸，没有人开口，所有人都认真而紧张地关注着罗屹的天图。

他们想了解天神族的无敌天图，这次是个难得的机会！

该族的天图简直无法可破，让所有强族都无奈而头痛。其他族的同阶进化者对天神族的人臣服，此天图是重要原因之一。

"轰隆！"

楚风体内血气激荡，身体一震，画卷抖动，百强星球都围绕他旋转，弥散开来的气息让所有人都心颤。

"死！"罗屹大吼。在他的身后，一件又一件兵器从他的画卷中激射出来！

"锵！锵！锵！"

天地间，金属颤音震耳欲聋，整片空间都仿佛被撕裂了，空气爆鸣，白雾翻涌，这里化为神兵利刃的丛林。

后方，连蛤蟆都瞪起眼睛，身体紧绷，感觉自己的诸天神兽瑞禽图遇到了强大的对手。

百器齐鸣，长矛、天刀、神剑、鼎、钟、天魔伞等一齐飞来，迸发出可怕的光芒，压制楚风。

若是换了其他人，这足以致命！

这是天神族的无敌画卷，里面的任何一件兵器都能劈开山脉，截断江流，威力巨大无比。

"轰！"

果然，附近有山体炸开，而且不止一座，都是被成片的兵器冲击而致的，根本无法抵挡。

"一件兵器就能干掉一名强大的观想境进化者。"黄牛严肃无比，得出这样的结论。

因为，从天神族少神的天图中飞出的任何一件兵器，正常情况下都能劈开观想境进化者的画卷。

"嗡！"

空间颤动，楚风的画卷发光，化作星海，吞没所有飞来的兵器。

星光摇曳，群星灿烂，其中有一百颗星球格外大，离楚风格外近，此刻显出异常景象。

"你……怎么可能？"罗屹面色骤变。他发现自己低估了楚风，那画卷远非一百颗特殊星球那么简单，当中还有映照诸天者的轮廓以及他们的模糊画卷。

这有点不可思议，罗屹简直不敢相信，有人竟可以承受这种画卷而不死！

"哧哧哧！"

上百件兵器飞过，斩断附近很多山体，但是冲进楚风身边的星海中后都暗淡下来，都被禁锢了。

"给我破开！"罗屹大吼。他真的急了，难道自己的画卷要被彻底毁掉不成？

战斗到这一刻，已经到了生死关头，天图若被毁，他的根基就会因此而裂开，以后哪怕能够艰难地修补，也会落下"病根"。

"轰隆！"

金色的神剑、黑色的天魔伞、雪亮的长刀、古朴的天戈……所有兵器全都发光，异常绚丽。

同时，它们释放出的能量大得骇人。

这些兵器无坚不摧，足以毁灭群山万壑。

然而，现在它们想刺穿百强星球，却全被吞掉，而后断裂，最后化成能量光芒，被百强星球吸收了。

"不！"罗屹大叫，眼前发黑，险些昏倒。

他真正看清了楚风的画卷，那百强星球比他想象的还要可怕。最终，只有一些断裂的兵器飞回，没入他身后的画卷内。

"怎么会这样……"他嘴唇哆嗦着,感觉自己体内的根基在裂开,不由得惶恐紧张起来。

不过,残图还在,他能勉强控制住伤势。

"我是天神族少神,怎么可能会败?我有天神呼吸法,更有无上神通,不依靠天图,一样无敌!"

罗屹近乎疯狂,满头发丝乱舞,眼神可怕,身上金光冲起,整个人像是由黄金铸成的。他咆哮着,大口吞咽天地间游离的能量。

他在运转天神呼吸法,同时施展妙术。

"轰!"

然而,楚风的画卷一扫,直接将他扫飞了。

"天神附体!"罗屹大吼,运转无上呼吸法。这是他目前还不能完全掌控的后半部分呼吸法,不属于观想境层次。

"轰隆!"

他的身体像是染上了一层刺目的光芒,气息也强大起来。这种呼吸法果然恐怖绝伦。

"天神拳!"罗屹吼道。天神呼吸法配合天神拳,当真是举世无双的攻伐手段,威力无与伦比。

就连楚风都皱起了眉头。

天神族果然厉害,天神呼吸法自有独到之处,罗屹此刻的身体被金色的天神光笼罩着,充满了恐怖的能量,攻击力惊人。

"砰"的一声,楚风的画卷覆盖了他的身体,有星光隐现,他如同披上了一副战甲,体魄越发强健。

他迎了上去,对抗罗屹,两人间能量波动剧烈。

楚风惊叹,天神呼吸法可怕得邪门,他披着画卷参战,才能破开对方的天神光。

"所谓天神附体,也不过如此!"

楚风眼神冰冷,不断挥拳向前轰去,打得罗屹横飞而起,体外的天神光几乎被震散。

"我天神族秘法无敌!"到了这一刻,罗屹状若疯狂,还是不肯相信自己挡不住楚风，在那里拼命。

楚风神色冷漠，施展共振术并配合拳印，向前出击。"砰"的一声，罗屹那护体的金色天神光被打得消散了一些。

"嗖"的一声，楚风再次挥拳，击向他的眉心。

罗屹慌忙双臂交叉，阻挡在前。

"砰"的一声，楚风的力量太大了，罗屹横飞出去。

"天神族的传人就这么一点道行吗？"

事实上，楚风用自己的画卷包裹躯体，消耗也极大。

"我不甘心！"罗屹怒吼。天神呼吸法越发恐怖，他的呼吸声如同雷鸣，胸膛起伏，全身毛孔张开，发出金光，能量气息惊人。

"轰！"

他冲向楚风，再次与楚风交手。

结果，楚风一拳砸中他的腹部，他整个人如同虾米般滚落出去。

"砰！"

楚风追击，一脚踢出，将他踹得飞起，撞在五里之外的一座大山上。山峰当场被撞断，烟尘漫天。

"轰隆"一声，楚风降落，一脚向下踩去，将罗屹踩在脚下，整座断山都轰然下沉，而后炸开。

"啊——"罗屹披头散发，竭尽全力从楚风脚下挣脱，冲出崩塌了的大山。他嘶吼着，感觉无比憋屈，无比愤懑。

事实上，域外早已一片寂静，许多人比罗屹还心绪难平。

楚风凌空而来，如同一道闪电，拳印如虹，轰向罗屹。

"砰！"

这一次，罗屹的天神呼吸法都不管用了，被楚风的道引呼吸法和画卷合力破开，罗屹身上的金色天神光瞬间暗淡，险些熄灭。

"天神族就是这样无敌的吗？"楚风冷冷地道。"轰"的一声，他再次向前出击。

"砰"的一声，罗屹再次遭受重创，横飞出去。此时，他双臂都没有了，还如何挥拳？

楚风在半空中追上罗屹，踩在罗屹的身上。

罗屹被楚风踩着，从半空中坠落，在地上砸出一个人形大坑。

"奇耻大辱啊！"地星外，天神族的那名圣人低声自言自语。他亲眼看到这一幕，实在难以接受。天神族的传人怎么能被这片没落之地的人踩在脚下？

—第287章—
圣人参战

域外不同的星系中，也不知道有多少进化者在观看这一战。

事实上，连十大族群都被惊动了。天神族、道族、亚仙族、佛族……各族年轻一代的精英得到消息后，都在关注这一战。

此时，这一战接近落幕，天神族少神竟被吊打，最终大败。哪怕是自古恒定的十大族群，也有很多人色变。

十大族群尚且如此，更不用说其他族群了。一些名宿都被惊动了，了解这一战的结果后，观看被录制下来的交手经过。

混元宫、天妖府、圣人书堂……一些久负盛名的宇宙级学府的顶级天才也被惊动了，出关观看这一战。

就连宇宙中排位前十的年轻一代高手，以及星空下十大丽人，此刻也有半数在盯着光脑屏幕。

很多人目光闪烁，凝视着没落之地的那道身影。

此时，星空中彻底沸腾，像是十万火山同时喷发，岩浆滔滔，火光漫天，焚烧天宇。

"天神族号称无敌强族，那个少神可是他们精心培养出来的嫡系后代，却遭遇如此大败，被人踩在脚底下！"

"这是当年天神族发动血腥战争，号令各族一起毁灭的古地。现在天神族的传人败给这片没落之地残存的后裔，这不是闹心吗？恐怕天神族接受不了，该族的老辈圣人更会颜面无光！"

这件事影响实在太大了，举世瞩目，星空中的人全都在谈论。

各族年轻精英、老辈名宿都能清晰地看到楚风将罗屹踩在脚底的画面。

罗屹可是天神族少神，这让天神族情何以堪？

地星，昆林山。

"兄弟，硬是要得！"西伯利亚虎王咆哮着，激动地化出本体，拍打自己的胸膛。

楚风连天神族传人都击败了，这让他的同伴们热血沸腾。

蛤蟆斜着眼睛看世界，在那里狂喷口水，骂罗屹无用。它还想上场呢。

"天神族不过如此！"驴王也在嘚瑟，支棱着大长耳朵，龇着大板牙在那里乐滋滋的。

各地都无法平静。

真正的战场中也没有彻底平静下来，楚风敏锐地觉察到了什么，他俯视脚下的人，猛力踩了一脚。

"轰！"

山石崩开，地面沉陷，黑色的大裂缝蔓延十几里。

就算是巅峰期的罗屹，挨上这毁灭性的一脚也得丧命。

然而，楚风的脚下传出惊人的气息，红光一闪而没，注入罗屹的体内，护住他的躯体。

罗屹身体发光，后背刺目至极，居然硬生生承受住了这一脚。

而且，他体内的血气激增，整个身体都在发光。他猛然一声咆哮，方圆一里地内，大地震裂，岩石炸开，矮山爆碎，山地沉陷，雾霭浓重，宛若末日降临。

楚风感觉不对劲，腾空而起。罗屹像是换了一个人，莫名的气息充满了每一寸空间，像是一个魔神从地狱闯出来，带着凛然的气息来到人世间，眼眸冰冷，俯瞰红尘万物。

"轰！"

方圆一里地内再一次发生大爆炸。

相邻的矮山全部被冲击得断裂开来，有的甚至被掀飞，在半空中轰然炸开。

"出人意料，竟然还有意外，还有惊变。我们错过了开场，正好可以看到最后的生死战。"

星空中，许多人在短暂的惊诧之后，无比期待接下来的战斗。

大黑牛猛地喊道："糟糕！我怎么感觉这罗屹不对头，气息比刚才强了一截！"

方圆一里内的地面全部崩开，一个巨大的深坑形成，宛若域外陨星砸落所致。

那里雾霭弥漫，能量激增。

"你是谁？"楚风站在远处，冷冷地盯着那里。他感觉这个人不是罗屹。

"自然是我——罗屹！"

"砰"的一声，金光冲天，雾霭散去，风暴席卷一切，所有的烟尘、乱石、断山等都被卷走。

巨大的深坑中，罗屹的身影再现，最后一道红光消失在他体内。除却楚风，其他人都没有捕捉到那红光。

"啊——"罗屹低吼，在刺眼的金光中，他的一双断臂再生。

星空中，就连一些名宿都心惊不已。

"怎么可能？罗屹强到这一步了吗？天神呼吸法的确惊人，可是，不是说只有超越观想境后，此呼吸法才能让断肢迅速再生吗？他还没到那个层次啊！"

"该族历史上的一些绝世天才可以提前做到。难道罗屹临阵觉醒，刹那悟道，将天神呼吸法练到更高层次了？"

很多人吃惊，没想到会发生这种事。

地星外，一片漆黑的太空中，天神族的圣人盘坐着，金发披散，脸上泛着一抹潮红，猛然吞吐宇宙中游离的能量。

他刚才付出了代价。

他在出手干预地面上的战斗，强行投下血精，帮罗屹恢复身体。

因为这种干预，他被地星场域凌空斩了一刀，差点喷出一口血来，但被他压下了。

除此之外，他还降下一缕意志。这缕意志相对他本身来说很弱，但是对观想境进化者来说足够强大。

这是他能做到的极限，他想要亲自出手对付楚风。

天神族不能败！

这一战举世瞩目，宇宙中也不知道有多少人在看着，如果罗屹败给没落之地的进化者，其他族群的人会怎么想？

难免有些人会认为天神族在走下坡路，已不复当年盛况，因而对天神族不再那么敬畏。

况且，楚风身份敏感，是天神族曾经征伐与毁灭的星球上的后裔，他这样把天神族少神踩在脚下，会让天神族更加被动，让天神族显得衰弱、无能。

所以，天神族的这个圣人不顾身份干预这一战，甚至不惜亲自出手。

不过，由于地星场域的限制，他无法投下更强的能量，只能以一些血精帮罗屹恢复身体，并注入一缕微弱的意志。

楚风神觉敏锐，他虽然不知道是圣人亲自干预的，却觉得这时的罗屹不对劲，很危险。

所以，楚风加强戒备，在远处盯着。

"嗖"的一声，罗屹一步就从大坑深处迈出，来到数里之外，跟楚风对峙。

他的战衣早已破碎，身上血迹斑斑。

但是，他现在是平和的、从容的，白皙而英俊的面庞甚至带着略显灿烂的笑，嘴角隐约间露出一丝揶揄之色。

因为，他现在是罗洪，而不是罗屹。

天神族的圣人亲自参与这一战，哪怕不能带来真正的能量，但是那一缕意志，足够让他从容自信了。

他举止优雅，脸上带着淡淡的笑，道："战斗刚开始，刚才不过是热身。你还不错，逼我终于下定决心解除束缚，动用真正的手段！嗯，我最近效仿先祖，以能量禁锢己身，压制自我，故刚才不能展现自己真正的实力。"

身为天神族的圣人，他这么暗中来对付楚风，也算是非常不要脸了。

他是圣人，却假借罗屹之名出手，想要战胜并除掉楚风，让外人看到天神族的后代依旧无敌。

无论如何，他都要强势杀敌，让天神族在这一役中极尽耀眼。

"你不是罗屹。你到底是谁？"楚风眼神深邃，盯着前方的人。

域外，很多人心惊。那不是罗屹？

此时的天神族少神，不，应该是圣人罗洪，举止从容，面带笑意，揶揄道："你怕了吗？我展现真正手段的时候到了，你该不会是心中怯战，为自己找借口吧？"

他沉稳而镇定地补充道："我理解。你已经是强弩之末，怎么会是我的对手？你这失败者的后裔，给我天神族提鞋都不配！"

他的语气平和而自然，但是言辞实在过分，让人接受不了。

"嗖！"

楚风的双目喷出两团火光，而后金光激射，绚烂到让太阳都失色。他动用火眼金睛，凝视罗屹。

不一会儿，他就察觉到了，在罗屹的脑部有一团特殊的精神能量，比罗屹自身的精神能量要强一些，色彩斑斓，很好区分。

"我拥有火眼金睛，看得真切，你体内分明有另外的精神意志，还想抵赖？"楚风开口揭露真相，"我知道了，该不会是天神族的大能想要亲自出手吧，不然怎么能这样神不知鬼不觉地降临？"

星空中，许多人面露惊容。

这是真的吗？

圣人罗洪自然一口否认，他脸色一沉，道："输不起吗？你马上就要死了，所以想向我天神族身上泼脏水，你觉得有用吗？我族自古不败，对付你这样的没落之地的进化者，还需要大能出手？真是可笑，我罗屹足以对付你！"

罗洪心肠很黑，但现在是罗屹的容貌，一副义正词严的样子。

不过，他也知道，楚风拥有火眼金睛，确实知道他不是罗屹，所以，他不加掩饰地向楚风传音。

"你猜对了，我的确不是罗屹，而是天神族的大能。可这又如何？我就是要亲自解决你，而不让别人知道，你能怎样？挣扎吧，不忿吧，都无用，你只能慢慢品味苦涩！"

楚风哪怕心志坚毅，听到这种话也动了怒。天神族的这个大能真是该死！

楚风深吸一口气，道："我看得真切，你体内有斑驳彩光，那是一个大能的少许精神意志，应该是一颗精神种子。为了对付我，你也付出不小啊，想来这精神种子不容有失吧？今天我必压制你，用磁晶长矛钉住你的这颗精神种子给所有人看，揭露你的真实身份。到时候举世皆知，你会永远被钉在耻辱柱上！"

楚风还不知道，自己要钉住的是圣人的精神种子。这种事情真要被他揭露，会引发很大的轰动，天神族必定颜面无光。

罗洪面色阴沉。到了他这个层次，想要再进一步，每一颗精神种子都很重要，的确不容有失，一旦被人钉住，必然暴露真身。

他不允许那种情况出现。

他冷笑道："圣人之下皆蝼蚁。你以为自己是谁？想压制我，你必定会死无葬身之地！"

楚风平静下来，冷冷地道："这么说来，你是圣人。真是不要脸到一定境界了，为了天神族后人当众取胜，你连这种事情都做得出来。不过，这样也好，抓到你这样的大鱼，天神族将蒙羞很长时间，必然名誉扫地！"

说到后来，楚风的双目渐渐焕发惊人的光彩。他要是真的当众钉住圣人的精神种子，绝对会让天神族的人脸都黑掉。

"就凭你？"罗洪的精神波动有些剧烈，他略带怒意，目光森冷。

"你降下的不过是观想层次的精神种子而已，终究不能翻天，你的本体纵为圣人，现在也得老老实实地趴着。今天，我定能压制住你！"

楚风意志坚定，眼睛越发明亮。他要做一件大事：压制圣人！

"你可以去死了！"罗洪冷冷地开口。

"滚过来受死吧！"楚风喝道。他的内心似有一团烈火在跳动，那是他的怒气和战意。

圣人又如何？圣人降下的只是观想层次的力量，他丝毫不惧。

"轰！"

两人冲到一起，直接交手，全都动用了最可怖的手段，想一击拿下对方。

楚风掌握道引呼吸法，此时吞吐能量，从肉体到精神都在呼吸，身体弥散出白雾，宛若仙体降临。

另一边，罗洪运转天神呼吸法，毛孔中进射金光，肉体与精神金黄耀眼，异常炫目。

"轰！"

两人猛烈碰撞，昆林山外的林地中，土石翻滚，像是海啸，将地面摧毁，"大浪"一重接着一重，卷上九百米的高空。

古树则被连根拔起，混着土石在空中解体。远处一些山体都裂开了，直至最后彻底崩塌。

两人第一次碰撞而已，就造成了如此可怕的景象。

这也是两种无上呼吸法的碰撞，两种无上呼吸法使他们都达到了最强大的状态，展现出无与伦比的力量。

在此过程中，楚风的画卷浮现，护着他的身体。

罗洪的后方也浮现画卷，一片凄凉的宇宙中，各种兵器都插在残破的星球上，杀伐气息滔天。

两幅画卷对峙，没有碰撞在一起。

不得不说，圣人的血精太厉害，不仅滋养罗屹的身体，让他断肢再生，还让他那被撕裂的天图再现。

这是两人的巅峰对决，两人都毫无保留，全力以赴，一个恨不得立刻消灭对方，一个想要生擒对方。

"哗啦！"

两人的画卷展开。

"嗷！"

在罗洪第二次挥拳时，他的拳印前方直接凝聚出一只煞气滔天的凶兽——饕餮，它张开嘴时，獠牙如阔刀，泛着寒光，仿佛要吞噬天地。

饕餮拳在罗洪手中施展，比在罗屹手中施展时威力有了大幅提升，罗洪对饕餮拳的参悟与理解远超罗屹。

空间轰鸣，一切事物都被那闪着金属光泽、鳞甲森森的巨大饕餮压得仿佛要崩塌了。

这是神兽武学，最是深奥，需要极高的天资才能修炼，一般的人根本无法修炼。

这种绝世妙术出自天神族搜刮到的古代珍本！

"轰隆！"

楚风那里紫气弥漫，飘散出去数十里。他用地星上古时期的紫气东来拳迎战罗洪，并伴着共振术。

"砰砰砰——"

罗洪的饕餮拳与楚风的紫气东来拳碰撞，迸发出千百道光芒。在瞬息的接触中，两人都不断出拳。

最后，他们大口喘息。

"罗屹，你真是被族人宠坏了，不观想我族的无上天神体，竟学了这么多神兽武学，连观想之物都是如此。"

罗洪以精神波动与罗屹交流。显然，他依旧自负，此时还很沉着，有时间跟罗屹对话。

罗屹心情复杂。今天天神族的圣人从域外亲临，来帮他对付敌人，这让他很不自在。

同时，他非常羞愧，尤其是看到楚风的眼睛时，越发懊恼。他竟需要这样来战斗，真是人生之耻。

"轰！"

下一刻，罗洪动用观想层次的手段。一条鲲浮现，并一跃而起，化作金色大鹏。大鹏羽毛发出的金光照耀天空，有一股无与伦比的凌厉气息，仿佛要撕裂天宇般。

大鹏跟罗洪融合，罗洪生出双翼，即将化成绝世神禽。下一刻，又一只饕餮出现，与他融合。

"怪物！"后方，周全等人惊呼。

星空中，人们骇然。这是天神族的手段，天神族成员观想神兽瑞禽，跟自身融合，实力可以大增。

不过，历代天神族嫡系成员半数以上会观想天神体。

现在，罗洪掌控的这个躯体变大，如同一座巍峨的大山，有些可怕。

这个躯体有部分是饕餮之躯，大嘴张开，像是可以吞噬万物；同时有鲲鹏羽翼，雪亮金黄，简直要倾覆苍天；此外还有金色的鲲鹏利爪，能轻易抓碎山峰。

"还不错，可以一战。"罗洪评价道。这依旧是精神波动，却也没有瞒着楚风，因为他非常自信。

楚风面对这庞大的怪物，瞳孔略微收缩，感受到了巨大的压力，因为他还没有确定自己要观想什么。

此时，罗屹大受触动。

他曾观想饕餮，也想观想鲲鹏。天神族有这两种神兽瑞禽的真形图，是当年以血腥手段夺来的，故他可以很好地入门。

但是，他并不能融合归一，现在这个怪物出现完全是圣人罗洪的手段，让他心惊不已。

"你不会才入此境，都没有观想物吧？"罗洪俯视楚风，"轰"的一声出手，他才不管楚风怎样。鲲鹏大爪子拍落，金光迸发，同时饕餮大嘴张开，要吞掉天地一般。

这地方顿时能量翻腾，林地完全被淹没了。

"我观想什么？"

楚风的心中浮现各种画面，时间仿佛静止了，他在这种奇妙的状态下不断体悟。

"观红尘万象，时代更迭，沧海横流，霸主崛起，映照诸天。

"观时光荏苒，岁月变迁，沧海桑田，时间永恒。

"观宇宙苍凉，兴衰交替，万物长寂。"

最终，楚风轻叹。一切都是化天地万物为己用，融于己身，他觉得没有必要观想固定的人与物。

"轰！"

楚风冲起，像是撕裂了光阴，挣脱了某种定格的状态，跟现实世界对接。瞬间，他目光灼灼，盯着那个庞然大物。

他运转道引呼吸法，观想对方。一刹那，他身后浮现一个鲲鹏与饕餮的结合体，气息越发惊人。"轰隆"一声，他迎战敌人。

当然，他还动用了自身的无敌画卷，因为他才观想而已，肯定不成熟，真要全凭观想物决战一定会吃亏。

罗洪眼睛发直。就这么片刻间，对方居然观想他现在的形体，还真是胆大包天！

"轰！"

双方碰撞时，能量大爆炸，这片地带的山林炸开，很多山头都被掀翻，光芒刺目至极。

"唰！"

下一刻，楚风近前流光溢彩，观想之物再变，这一次是几株扎根在混沌泉池中的青莲，摇曳生辉，若隐若现，弥散着大道气息。

"轰！"

楚风以此物跟那怪物碰撞。

"道引呼吸法，又名盗引呼吸法，可随意盗取天机！"罗洪终于知道楚风掌握的是什么呼吸法了，不禁震惊万分，地星昔日的传承之法竟落入这个年轻人手中。

"不过还是不行，你观想太随意，时间这么短，怎能与我争锋！"罗洪冷漠无比，撞开弥漫着雾霭的青莲，扑向楚风。

罗洪眼中杀机毕露，他预感到，如果放任这个年轻人成长下去，其多半会成为天神族的巨大威胁，也许能比肩当年的妖公主。

星空下第一？他绝不能容忍！

罗洪扑击，气息惊人，除却观想出来的怪物，他还展现出绝世天图。那残破的宇宙浮现，每一颗星球上都插着一件兵器，此时兵器发光，跟着他一起击向楚风。

"嗡！"

到了这一刻，楚风怎么可能掩藏自己的画卷？他的画卷完整地展现，顿时惊呆了罗洪，这太意外太惊人了。

百强星球浮现，对应映照诸天的那批至强者。

"轰！"

楚风、罗洪间发生大爆炸，两人激烈交锋。

于此关头，罗洪清晰地感应到，对方的画卷坚不可摧，要碾轧他的观想之躯，更要撕裂他的画卷。

"可惜，你依旧要死，或许，你的肉身可以留下。"罗洪在心中自言自语。这些话不可能让楚风听到。

然后，罗洪跟罗屹交流，让罗屹掌控肉身，他自己则在跟楚风以拳印交战时，攥住楚风的一条手臂，而后光芒一闪，他的精神种子闯进楚风体内，要夺其肉身，灭其心神。

"滚出去！"楚风心一沉，他要面对罗屹的进攻，还要应对体内突然闯进来的圣人的精神种子。

"呵呵，这肉身真是不错，我笑纳了。"罗洪冷笑。他是圣人，现在等于在跟罗屹联手攻击楚风，他自然不惧。

"嗯？其实你不能久战，体内的道基有裂痕。"罗洪发现问题，面露异色。

原本在他看来，这个年轻的地星人很了不得，一旦成长起来绝对是个大人物。

可是，他没有料到，这个年轻人体内状况糟糕，道基布满裂痕，随时会崩溃。

"轰！"

罗洪的精神能量蔓延向楚风身体各部位，想要彻底夺走这肉身的控制权。

然而，楚风嘴角突然露出一丝冷笑，猛然催动体内一物。"轰隆"一声，他的体内如同天翻地覆般，黑白光芒闪烁。

"啊——"罗洪惨叫。

楚风体内，一个黑白小"磨盘"出现，带着雾霭，在那里碾轧他的精神种子，要将那精神种子瓦解。

哪怕是圣人的精神种子，也承受不住那种碾轧之力。

"怎么可能？这是极少数圣人才能传下去的东西，必须由圣人亲自赐予才行，你……一个没落之地的进化者怎会拥有？"罗洪恐惧而震惊。

"这是我自己炼成的。"楚风冷冷地回应。

"砰！"

最终，罗洪很果断地斩断部分精神体，冲出楚风的身体，逃进罗屹的躯体中。

罗洪吃了大亏，而这个时候，罗屹没有他相助，不是楚风的对手。

"砰！"

楚风的画卷展开并抖动起来，将对面那残破的宇宙以及各种兵器都震得崩开，再次毁掉了罗屹的画卷。

同时，那个既像饕餮又像大鹏的怪物被打得现出原形。罗屹踉跄后退，大口咯血。

"嗖嗖嗖！"

就这么一瞬间，楚风祭出各种玄磁器物，封锁此地。"噗"的一声，一杆黑色的磁晶长矛更是凝聚部分能量，轻易刺中了罗屹。

这个时候的罗屹，画卷被毁，观想物被击破，身体遭受重创，根本无力抗衡。

罗洪也很凄惨，精神种子萎靡，难以一战。

可以说，夺取楚风的肉身是罗洪放的大招。正常情况下，他与罗屹同时进攻，借机夺取楚风肉身的控制权，肯定能拿下楚风，所以他之前那么自信与笃定。

怎能料到，他闯进楚风体内后，犹如进了龙潭虎穴，差点被黑白小"磨盘"碾死。

此时，被黑白小"磨盘"碾碎与净化后的纯粹精神能量补充进楚风的体内，让楚风感觉神清气爽，精神力大大增强。

"天神族的圣人，今天我就要将你的精神种子钉在磁晶长矛上，展示给所有人看，让你原形毕露，我看你们天神族还有什么脸面可言！"楚风冷冷地说道。

第288章

在寂灭中复苏

在这片山地中，玄磁器物一件又一件，散发灵光，彼此共鸣，形成场域，封锁了此地。

楚风手中的磁晶长矛更是发出蒙蒙光芒，通体黑亮。

"天神族的圣人，你还有什么话可说？"楚风问道。与此同时，他取出雪白锃亮、内蕴太阴火精的金刚琢，随时准备打出去。

他对面这个人，体内有两道精神意志，其中一道是圣人的精神种子，他担心出意外。

"锵锵锵——"

十几件玄磁器物不断震动，发出黑光，交织出神秘的符文，形成的场域越发神秘莫测，压制长矛上挑着的那个人。

这些玄磁器物都很有来头，是楚风精心挑选出来的战利品。

他利用场域手段，准备全面封住罗屹及其体内的圣人的精神种子。

罗屹面孔扭曲，感觉无比羞耻，觉得今天的经历是他人生最大的污点。他自己败了，族中圣人降临，也受重创。

而在罗屹的体内，罗洪更是觉得羞耻。他是圣人，不顾颜面降临，结果却吃了这么大的亏。

那杆磁晶长矛像是一座桥梁，跟周围的场域共鸣，接引来符文，刺中罗屹的身体后，还要彻底禁锢他。

罗洪这才意识到，楚风场域手段高超，真打算捉住他的精神种子并公之于众，让他身败名裂。这让他又惊又怒。

若真相被揭露，他还有什么颜面？必定会成为笑话！

堂堂一代圣人，不顾身份，帮助后辈对付地星上的年轻人，却反被擒拿，这件事情要是败露……光想一想就让他心里发毛。

不过，他没有慌乱。

身为圣人，他见过的场面太多了，而且现在他还没有到山穷水尽的地步，还有最后的手段。

"祖器，给我复苏！"

罗洪吟诵一段古咒语。他要控制一件雪白的骨器，扭转眼下不利的局面。

这一次，罗屹之所以能带大批神子、圣女级人物安然降临，成功跨入地星主空间，就是因为有这件骨器。

这件骨器虽然无法带金身境强者降临地星，却可带观想境的进化者跨界，可见它的不凡。

这是一件祖器，带着祥和的气息。

它是天神族先祖所留的一块骨头，被打磨得雪白晶莹，一看就是神圣之物。

这件骨器攻击力一般，却带着场域纹路。天神族曾经请很多场域宗师在上面摹刻神纹。

天神族当年有个设想——炼出一件至宝，用以对抗圣师的各种手段。这件骨器就是试验品之一。

可惜，天神族终究功亏一篑，那个项目就此搁浅。

"轰！"

罗屹吃惊地看到那件骨器飘浮起来，弥散出圣洁的光辉，符文密布，释放出十分可怕的能量。

这件骨器他只能简单使用，根本不能这般控制，他知道这是罗洪的手段。

眼下看来，他们能彻底翻盘！

"嗯？"

楚风感觉到了危险，眉头皱起，瞳孔中射出刺目的光芒。圣人果然难对付，眼看就要被他压制了，还要翻出风浪。

他抬起手，掷出手中的金刚琢，想在第一时间解决祸患。

然而，那件雪白的骨器发出十分绚烂的光芒，阻挡金刚琢，使之旋转出去后被定住了，停在前方。

楚风心惊。

罗屹先是心情复杂，而后激动起来。

今天真是大起大落，从被楚风击败到圣人降临，看到大胜的机会，再到又败，现在又要翻盘，他的心脏都快承受不住了。

楚风一眼就看出了这件骨器的非凡之处，可以说，这是场域领域的杰作，内部摹刻着各种符文。

"年轻人，你还是太嫩了，我天神族搜罗无数的奇珍异宝，带来一件祖器就足以压制你。"罗洪悠然开口。

当然，这依旧是精神波动，只针对楚风，别的人听不到。

这件骨器不是进攻型瑰宝，不过这样被激活后，依旧散发出恐怖的气息。

楚风没有恐惧，反而露出冷淡的笑容，道："堂堂天神族的圣人，被击败也就算了，还落魄到要用秘宝暗算人的地步，也真是够可怜的。"

"你说谁可怜？找死！"罗洪心情阴郁。今天大败已经算是耻辱，现在再听到这种话，他哪里还有什么好心情？

"轰隆"一声，雪白的骨器发出光芒，冲着楚风而去，带着十分恐怖的能量气息。

"糟糕！"远处，大黑牛、驴王、周全等都惊叫出声，知道楚风遇上了大麻烦。

域外，各路人马也很吃惊。

他们都看到楚风大胜了，不承想竟又发生这种变故。这一切都发生在电光石火间，事情发展得太快了。

"哧！"

楚风身上竟也冲起一物，雪白而绚丽，光辉刺目，让人睁不开眼。

这是银色天书。在这个紧要关头，楚风之所以如此镇定从容，就是因为身上有此物。

在那件骨器复苏、释放场域能量时，楚风身上的银色天书也渐渐发热，冲了出去。

这神秘无比的银色天书是圣师留在月星上的最高传承之物，上面密密麻麻的都是繁复深奥的符文。

银色天书化成一道银光，璀璨夺目，"唰"的一声扫过，居然直接将天神族的祖器剖开，断面平滑。

"怎么可能？"这时，罗洪都忍不住惊叫出声。太出人意料了，眼前这个年轻的地星人给了他太多意外。

早前，他的精神种子闯入楚风体内，差点被黑白小"磨盘"给碾碎，已经够让他意外的了。

现在他动用祖器，想要压制楚风，结果祖器被毁！

银色天书的无上价值，楚风绝不会怀疑，这是圣师意外得到的，连圣师都没有摸透它的来历。

罗洪这一次惊悚了，再也没有什么底牌可以动用。

这个时候，他感觉到自己的精神种子被禁锢，没有办法挣扎一下。

银色天书劈开那件骨器后，还在发出刺目的光芒。它比周围的玄磁器物好用太多，直接压制了罗屹与罗洪。

银色天书不可驾驭，只能被动复苏。

此时，楚风自然不会错过机会，他不再动用那些玄磁器物，而是直接开始抓捕罗洪的精神种子。

"轰隆"一声，他从罗屹体内揪出一团精神，它色彩斑斓，化作小小的人形，在那里低吼着，想要挣脱，却动弹不得。

"哧！"

这一次，楚风取出一杆较为细小的玄磁矛，将那团精神钉住。这是锁神矛，专门用来禁锢精神力的。

至此，他抓住了圣人罗洪的精神种子。

"哧哧哧——"

同时，楚风将一根又一根玄磁针打入罗屹体内，将他也给封住。

"嗡"的一声，银色天书坠落，被楚风瞬间收起。

"天啊，什么情况？"

域外的人万分震惊。天神族那件骨器发光，要压制楚风时，楚风身上居然冲起一道更为璀璨的银光，劈开了那件骨器。

只是那银光太绚烂了，人们看不清那是什么。

星空中，各路人马都惊诧不已，面露疑惑之色。

大黑牛、蛤蟆等离得较近，可同样看不清那银色天书，因为刚才的银光实在太炫目了。

楚风从容地用黑色的矛锋挑着圣人罗洪的精神种子，想揭露天神族圣人亲自出手对付他并被他活捉的事实。

锁神矛对付精神最有效，哪怕罗洪是圣人，降临的不过是一颗精神种子，也依旧摆脱不了。

罗洪顿时急了眼，真要暴露的话，他将名誉扫地！

"你敢毁我族祖器，那是我天神族先祖之骨！"

正在这时，太空中传来一声大喝，激荡星空，穿过大气层，地星上所有进化者都可清晰地听到。

人们吃惊，这是一个圣人在发怒。

一片黑暗的空间中，罗洪的真身盘坐在那里，俯视着地星，气息恐怖至极。

很多域外的人正在关注这一战，有老辈进化者认出了罗洪，不禁倒吸了一口凉气。

"那是天神族的圣人，叫罗洪！"有人惊叫。

天神族圣人居然出现在地星外，原兽平台更是因此而轰动。

"毁我天神族先祖之骨，杀无赦！"罗洪的真身断喝道。他坐不住了，抢先斥责楚风，想不惜代价地压制楚风。

昆林山那里的真相不能暴露，他必须阻止。

哪怕知道自己一旦进攻，就会遭受圣师所留绝世场域的反噬，他也在所不惜，一定要在事情暴露前灭口。

"轰！"

天穹上，一只大手拍向地星，简直快要将整颗地星都覆盖住。

当然，这不是罗洪真正的手掌，而是他祭出的圣血凝聚出的法印。

地星外不止他一个圣人，还有其他人在。有人面露诧异之色，道："罗洪道友竟这般激烈？"

罗洪的金色瞳孔此时森冷而骇人，他道："天神族至高无上，先祖之骨岂容被辱？便是这一整颗星球都比不上我族先祖的一块骨！"

同时，他在后退，做好了遭到反噬的准备。

地星上，楚风大怒。那心狠手辣的天神族圣人要杀人灭口！他快速躲避，下定决心揭露天神族圣人丑陋的一面。

天穹上，一只鲜红的手掌就这么拍下去，覆盖苍茫大地，仿佛要毁灭整颗星球。

不过在突破大气层，疾速压下来时，手掌缩小了，不再气势磅礴。

此时，空中纹路浮现，并迅速变得璀璨起来，像是铁水在沿着特殊的轨迹流淌，形成惊人的场域，杀伐气息滔天。

"轰隆！"

由圣血凝聚而成的手掌遭遇无比激烈的阻截，在天空中迸发刺目的光芒。

紧接着，"呼"的一声，整只手掌都开始燃烧，化成熊熊烈焰，那圣血也在场域中焚烧起来。

这是一种奇景，更是一种可怖的圣级能量的释放。若是在别处，这将是毁灭性的灾难。

但是，地星很特殊，场域符文牢固，哪怕是有着足以撕裂星球的力量的圣血，也穿透不了。

由圣血凝成的手掌无法突破符文的阻挡，渐渐消失。

雷声大，雨点小？楚风狐疑。

很快，他便惊悚不已。在他的周围，出现一些晶莹的血珠，浮在半空中，沾在草木上，鲜红欲滴。

圣血！

这是什么时候出现的？都已经靠近自己了！对楚风来说，这非常危险，他心里一阵发毛。

"嗖！"

他第一时间将钉着罗洪精神种子的锁神矛塞进空间瓶子中，将罗屹也扔了进去，以免被域外的圣人夺走。

同一时间，楚风手中出现雪白的金刚琢，他猛力将其向外掷去，然后他自己也钻进了空间瓶子中。

此前，楚风试验过，这个空间瓶子非常坚固，就算被太阳火精、太阴火精焚烧，一时间也不会毁掉。

"轰"的一声，金刚琢在此地爆发，内部藏着的太阴火精全部倾泻出来，将这片区域覆盖。

"哧哧哧！"

几乎是同时，那些猩红的血珠纵横激荡，宛若一柄又一柄红色的飞剑，将山地割裂，将山峰截断，无坚不摧。

这是圣血，蕴含着可怕的杀气，一旦催动，观想境的进化者都无法抵挡。

"轰！"

接着，这片地带发生大爆炸，山地被炸裂，出现一个大坑，那是圣血与太阴火精相碰撞而导致的。

幸好，地表场域符文密布，对圣血进行了压制，不然，方圆百里多半都要沉陷，许多山峰都会熔化，这片地带将寸草不生。

场域符文将鲜红的血珠烧了个干干净净。

"你的命真硬啊！"

黑暗的外太空，圣人罗洪的金色瞳孔幽幽闪着寒光。

他早已站了起来，一头金色长发无风乱舞，整个人散发的气息异常恐怖。他在撕裂空间，疾速后退，像是穿越时间长河。然而，他还是晚了一步，遭到了地星场域强烈的反噬。

后方，成片的符文向他俯冲而来，照亮这片黑暗的宇宙空间。

"噗！"

强大如圣人，哪怕早已做好准备，也还是遭到了重击。

"砰"的一声闷响震荡星空，附近飘浮着的许多巨大的陨石立即化成宇宙尘埃。

罗洪闷哼一声，踉跄后退。

"真是耻辱啊,我连一个生死不知的人留下的场域都奈何不了。圣师,你还真是自带神秘光环啊!难道当年你的一身所学真的不属于这片宇宙空间?"

罗洪并没有罢手,而是在进行最后的尝试。一截断刀飞出,漆黑如墨,撕裂星空,冲向地星。

他依旧不死心。

这是地星昔日某位圣人的兵器,不过已经残破了,罗洪特意从天神族的库房中寻到一截并带了过来。

用地星昔日的兵器来闯关,他希冀有效果。

同时,他的双手在划动。他在地星外干预地面上的事,希望能悄悄地消灭楚风。

"轰!"

很可惜,他的两个愿望都落空了。漆黑的断刀一进入大气层就被地星场域覆盖,被璀璨的符文淹没。在"嗡嗡"声中,那断刀不停颤动,最后"咔嚓"一声龟裂了,刀气倒卷回来。

"场域领域的镜像术!"

罗洪汗毛倒竖,心中战栗,抬手间撕裂宇宙空间,转身就逃。

这一次,他彻底死心了。

连地星昔日的兵器都不被认可,他也没辙了,而且他感觉自己多半要付出惨痛的代价。

果然,就在他进攻地星之后,一片刀光作用在他身上,他躲避不开。

"啊!"罗洪大叫出声。

他可是圣人,结果身体却遭受重创。

人们全都倒吸了一口凉气。

各族的高手都惊呆了,一个个简直不敢相信自己的眼睛。

罗洪的躯体无声无息地飘浮起来,伤口迅速愈合。

尽管如此,他的脸色还是难看到了极点。

身为圣人,他高高在上,俯视万物,已经不知道多少年没有这种体验了,这对他来说是奇耻大辱。

"哈哈——天神族的圣人罗洪,你真是不要脸,想要杀我灭口吗?这下搬起石头砸自己的脚了吧！"

昆林山，楚风大笑。

通过原兽平台的热议，他已经知道这个正在出手的圣人名为罗洪，是天神族的远古圣人。

罗洪眼底深处是无尽的冰冷，他在思忖楚风身上究竟有什么秘密，他的一颗精神种子居然都不敌楚风。

无声无息中，罗洪动用了一种神通，丝丝血液溢出，再次投入地星主空间。

昆林山这里，丝丝血液凝聚在一起，化作一个很小的眼球，洞察楚风的一切。

"嗯？"楚风第一时间生出感应。

毕竟，罗洪隔着无尽的距离在操控，且有地星场域阻隔，根本做不到人不知鬼不觉。

"轰"的一声，楚风将早已寻回的金刚琢砸了过去。

那眼球一闪，躲避开来。

后方，一座巨山被金刚琢砸得轰然崩塌，烟尘冲天。

"轰！"

突然，楚风周围银光冲天，地星场域再次被激活，焚烧圣血。

就在刚才，罗洪尝试以那投在昆林山的丝丝血液为引子，动用某种血祭的力量，对楚风再次出手，结果导致地星场域反噬。

罗洪一声闷哼，脸色越发难看。

他竟然奈何不了那个地星人！

"罗洪，你身为圣级强者，不顾身份对我出手，结果却屡战屡败！"楚风开口，开始揭露罗洪的丑行。

他从空间瓶子中将罗屹提了出来，同时右手持着那杆钉着一团人形精神能量的黑色的锁神矛。

"各位请看，罗洪不久前降下一颗精神种子，进入罗屹的躯体，跟我决战，被我擒下了。"

这种消息一出，别说普通进化者，就连十大星球的人都被惊动了。

"没落之地的人类后裔，你得意忘形了，击败我族后人，还觉得不够荣光吗？

竟说出这种可笑的话！"罗洪第一时间否认。

他怎么可能承认？

这个地星人如此揭短，让他心中愤怒的同时也非常担忧，万一消息被证实，他将会名声扫地，传为笑柄。

"怎么可能，仅凭一个观想境的年轻人，就能压制圣人的精神种子？"不用罗洪继续开口，就有人开始质疑。

"不是没有可能。罗洪虽然强大，但降临的只是观想层次的精神种子，有可能会翻船。"也有人理性分析道。

星空中一片热议。

楚风用锁神矛挑着罗洪的精神种子，高举向天，道："想要辨别这是不是罗洪的精神种子，方法很多，我想各位都懂。"

的确，这并不难。

星空中，有各种各样的道统、学院、研究机构，别说捉住精神种子，就算只是获得一根掉落了十万年的头发、一滴干了数万年的血，都能检测出那是属于谁的。

只要耗费一点时间，自然就能揭露罗洪的丑行。

罗洪冷冷地开口道："你这不知天高地厚的地星人，为了出名还真是无所不用其极。我身为圣者，岂是你能诽谤的？这种言论太可笑，若真是我出手，一百个你也不够我对付。"

"呸，你明明出了手，并被我擒下，还惺惺作态！就凭你那观想层次的精神种子也妄想胜我？"楚风讥讽，之后更是直接问道，"不是你的话，刚才你为何急于杀我灭口？"

这种话语一出，星空中一片哗然。

"得寸进尺，一再辱我，真是够了！"罗洪一脸不屑之色，道，"别说是你，就算是当年你的祖先，我都消灭过很多，便是才华惊世的圣人，都被我除掉了两个。你算什么东西，初入观想境而已，就妄想跟圣者的精神种子争锋？"

楚风一听这话，更加愤怒了。

这个罗洪还真是恶劣，这种关头还不忘提及昔日战绩，成心揭地星上古时期的伤疤。

罗洪说出这种话后，所有人都一怔。

的确，圣人的精神种子肯定是完满的，在观想层次中接近无敌。经过漫长岁月的沉淀积累，圣人年轻时的道果早已被滋养得完美无瑕。

"小子，不服的话，你可以来原兽平台挑战我。"

就在这时，只有楚风才能听到的话语响起。这是地星外传来的一缕精神波动，属于罗洪。

"老浑蛋，你敢应战吗？我若出手，肯定屠圣！"楚风相当强势，眼中光芒闪烁，似有烈焰在燃烧。

"可以，不过我没有那么多时间耗在你身上，除非立刻开战。"罗洪这般说道，依旧是暗中传音。

他刚才以那个眼球洞察了楚风现在的真实情况，更加清晰地看到楚风的道基有裂痕，断定楚风虽然还可以大战，但是长久不了。

所谓道基，也就是进化根基，隐约间可以看到，却摸不到。道基有裂痕，这是肉体上与精神上双重的伤痕。

罗洪相信，现在立刻大战的话，楚风的道基会崩坏，进化之路会毁掉。

事实上，楚风一直知道自己的进化根基有裂痕，他坚信等有了六道轮回丹，便可彻底解决问题。

同时，他觉得，自己的进化根基虽然有裂痕，但短时间内应该不会崩开，自己还可以战斗。

"来吧，我迫不及待地想要屠圣！"楚风低语。

罗洪接着传音道："通过网络虚拟环境决战太无趣，我们不如以千星藤连接精神网络，进行真正的同阶生死决战！"

千星藤扎根于宇宙星空，可以通过空间隧道，连接上千颗生命星球，生长到不可想象的境地。

有些千星藤能覆盖一整片星空，简直是生命的奇迹。

这种千星藤很特别，能覆盖星际网络，也能形成精神国度，建立真正的生死决战平台，让决战双方进行战斗。

罗洪知道楚风的身体状况，于是一步一步引诱他，想与他进行真实的生死大战，借此击灭他。

"哪里有千星藤？"楚风问道。

"很简单，请原兽平台调过来就是了。火球系的空间隧道中就存在这种植物，不然，这里怎么会覆盖星际网络？"罗洪平淡地开口。

他相信，只要进入对决平台，楚风的生死就会掌控在他的手中，到时候他甚至能再分出一颗精神种子控制楚风，那样他的所谓丑闻就不是什么事了，回头让傀儡楚风改口就行。

两人不再暗中对话，而是公开声明要在精神世界进行同境界的生死大决战。

这顿时引发轰动。

罗洪开口："小辈不知天高地厚！我都说了，当年你的祖先都不是我的对手，我曾经除掉他们中的两个圣人。凭你也配与我决战？不过，我可以答应你。刚才你向我身上泼脏水，我即便是圣人，也生了怒火。我要让你体会到自己有多么卑微，真正与我同阶决战的话，你只是一只虫子。"

他这种惺惺作态的话语，真让楚风觉得恶心。分明是他提起决战的，现在他还要表现出那种高高在上的姿态。

"调千星藤来！"罗洪开口。身为天神族圣人，他权势滔天，自然可以轻易请人准备好。

火球系中原本就有千星藤，扎根在空间隧道中。现在，新的空间隧道开启，跟那里相连。接着，郁郁葱葱的植物生长而出，发出勃勃生机和绚烂光泽。

星空剧震。

许多大族的人都被惊动，就连十大族群的名宿都觉得意外，认真关注这件事。

"我不太相信你调来的千星藤。"楚风开口。

"哼，你一只小小的虫子而已，在我眼中微不足道，值得我谋算吗？"罗洪又一次表演。

他明明想除掉楚风，解决隐患，却表现得这么傲然、不屑。

在簌簌声中，昆林山间竟发出光华，一片山林中有植物在生长，速度飞快，直接冲向高空。

"这是……"大黑牛、西伯利亚虎王、蛤蟆、黄牛等全都惊呼出声。

那是一株暗金色的藤蔓，长势迅猛，冲上苍穹，太突然了。

"天啊，这该不会是地星上古时期的那株天藤吧？当年，妖公主曾借它建立精神平台，大战星空中各族天才，这一世……它又出现了！"

这引发了轩然大波。

虎泷山，一粒长生金中，一个风姿绝世的女子从接近死亡的沉眠中苏醒，轻声自语："天藤复苏，我因此而醒。"

这个女子正是妖妖，连她都被惊动了。妖妖轻语："在破败中崛起，在寂灭中复苏。"

─第289章─
千年未有之盛事

一株暗金色藤蔓破土而出，震惊天上地下。

地星上，所有本土进化者都通过直播，清晰地看到了那株藤蔓。

而域外，各方人马更是震惊。

藤蔓冲起，张狂而霸道地舒展向苍穹，面对着星海中各族强者。

它宛若一觉醒来，犹清晰记得上古的血泪旧事，还在体会着那段战火与兵器共飞舞的苦难岁月。

"轰！"

它向高空不断生长，暗金色的藤体坚韧无比，伴着雷霆声，冲破大气层，要进入太空。

它是天藤，当年伴着地星上的一群年轻天才成长，看着他们挑战星空中各路强敌，百战不殆。

其中，有人曾是星空下第一，惊艳宇宙间。它犹记得那些年轻人，记得那段峥嵘岁月。

不过，随后就是流血的黑暗时代。

它不会忘记，那个名为妖妖的女子，只身压制星空中各路强敌，打得十大星球的道子、天女光芒暗淡。

"咔嚓！"

伴随着这株天藤的生长，闪电纵横交织，雷声轰鸣，藤体的暗金色泽充满金属质感。

主藤一往无前，冲霄而上。

眨眼间，它就到了域外，伸展开来，大片暗金色的枝杈浮现，叶片繁茂，笼罩一片区域。

这是生命的奇迹。

天藤的生命层次比千星藤中的王者更高，它是这颗星球曾经辉煌的见证者。

本土进化者都不知道它的底细，但是域外不同，就在这一瞬间，整片星空中也不知道有多少老怪物惊叫出声。

他们经历过那个极尽辉煌，随后又迅速转向衰败的年代，此时都瞳孔收缩。

不由自主地，他们心中浮现很多的画面：烽烟战火中，至强者覆灭，天才殒命，神女横死，星空残破……

那是一个让所有进化者都心潮澎湃的年代。

而看到此藤，他们最先想到的就是那个风华绝代的女子——妖妖。

因为，这株天藤的许多传说都跟她有关，它伴着她的绚烂，伴着她烛光般的生命消逝，看过她洒下的晶莹的血，更见证了她作为星空下第一的无敌的传奇。

昔日，星海中各方道子、天女来袭，强敌无数。既然这颗星球即将被毁灭，那些人都不希望妖妖带着"星空下第一"的美誉死去，都想让她在大败后再消亡。

哪怕是映照诸天的至强者都在观战，希冀那一代有人能将她击败，毁掉这颗星球最后的荣光，毁掉这颗星球所有的辉煌。

那个时代，十大星球有一些映照诸天的禁忌人物，培养出了震古烁今的绝世奇才。

元磁圣体、万星体、无劫神体、混元道胎、天命仙体等体质先后出现，震惊了整个宇宙，扰动了时光长河，让人怀疑是不是古今所有天才都聚集到了那个时代。

须知，那些体质中的任何一种出现，都足以照亮宇宙星空一世。结果拥有那些体质的人全都在那场大战中出现。

可是，他们都败了，全都败在了妖妖手上。妖妖拖着伤体，只身与他们展开大决战，震动星空。

那一世，西林族魏恒这个号称星空下第九的人背叛了地星，而妖妖原本的未婚夫，号称星空下第三的男子，也在末日来临时舍她而去，与师尊远遁星空。

到头来，妖妖只身横扫了所有天才，甚至以非圣级修为的伤体要去屠圣。

可惜，最后终于有无上大人物忍不住出手，她犹若飞蛾扑火……

那个时候，她的父辈都战死了，一切都被击碎了。

很多人还记得她最后灿烂、完美却有些苍白的脸。她最后回头看了一眼曾经的家园，毅然冲天而起，留给众人一幅凄美的画面……

所以，这么多年过去，当众人再次看到这株天藤时，第一时间想到的就是那个惊艳了一个时代的女子——妖妖。

"真是意外啊，这株天藤的根须还在，它又复苏了。"

天神族的圣人罗洪个子很高，满头金色长发披散，站在太空中，神色冷漠，但想到那个时代的种种旧事，神色又有些许复杂。

当年，他正好成圣，称得上意气风发。

可是，哪怕成圣了，他在妖妖面前还是不够耀眼，毕竟那时连元磁圣体、万星体、天命仙体等都现世了。那个年代实在太绚烂，匪夷所思。

"当年再耀眼又如何？如今也不过是一抔黄土。而我还活着，如今重新打磨境界，一样可以将年轻时的道果修补完美。活下来的，才是赢家。"罗洪自言自语，盯着天藤。

接着，他目光森冷，喝道："楚风，过来一战！"

此时，罗洪的心情有些复杂，由这株天藤他想到了妖妖，想到了星空下第一。

而今，这株天藤再现，正好赶上他与楚风之战，这是巧合，还是冥冥中有股力量在催发它？

想到这些，罗洪面色阴沉。他绝不允许又一个妖妖般的旷世奇才出现，今日，他要扼杀天才！

"屠圣是一件意义非凡的事，值得纪念，我自然需要仔细记住现在的心绪，你先等着。"楚风这样开口。

他的声音传出去后，引发骚动。

在一些人看来，楚风说这种话语未免自信过头了。他今天要屠圣？

罗洪的脸阴沉无比。

"不急，这是一桩盛事，等各位道友都莅临后再开始比较好。"星空中，有人开口，竟是一个圣人。

天藤再现，影响太大，触动了一代人的记忆，从上古时期活下来的人都因此大为震动，于今日出关。

十大星球的一些强者也得到消息，陆续走出闭关地。

一些学院、研究机构中久负盛名的大人物也将目光投向了这片星空。

年轻一代的进化者就更不用说了，都被惊动。

有的人观看直播，有的人竟想动身赶到这片星空。

昆林山，楚风此时一手持金刚琢，一手持圣师留下的银色天书，看向远处大梦净土的传人秦珞音。

他不久后要进入精神战场，不能留着这个大敌在附近，不然将会面临巨大的威胁。

大黑牛、蛤蟆、驴王、黄牛等一起闯来，站在楚风近前。接下来要发生惊天动地的大事，他们也怕有隐患。

"我很期待这一战，不会出手干预。"秦珞音的嗓音很好听，她戴着五彩面具，美目深邃，向这边看了一眼，而后缓缓退去。

"她若妄动，她的表姐罗妙香也不会有好下场。"大黑牛低语。

他们断定，秦珞音不敢妄动，不然，她的表姐也会死，这是两败俱伤的局面。

"放心去参战，将肉体寄于天藤上，无人可扰。"楚风的耳畔响起一个声音，非常好听。

他顿时睁大眼睛四处寻觅，他听出来了，那是妖妖的声音！

"去吧。"妖妖没有现身，只有声音传到。

"好！"

楚风迈开大步，感觉热血沸腾，通体能量增强，精力充沛。

昆林山中，暗金色的天藤冲开山体，从地面伸展到域外，带着神秘的气息。

"嗖"的一声，楚风纵身跃上，选了一个恰当的位置盘坐下来。他无师自通，竟直接就知道怎样使用此天藤。

"嗡"的一声，他的精神离体，没入天藤中，冲霄而上，一眨眼就来到了地星外。

这片地带刚刚好，还在地星场域作用范围内。

"天藤不灭,精神世界不朽。"

楚风的精神在天藤中游动时,了解到很多情况。

地星外,天藤的顶端,叶片翻动,枝杈伸展,暗金光芒闪烁。

当来到天藤顶端时,楚风的精神居然如同真实的身体出现在这片地带,所有人都能够看到。

"这……"他很吃惊。

天藤的顶端是一片对战之地,建立的精神世界清晰地显现出来,所有人都能看到,跟真实的没什么区别。

只见叶片摇动间,场景变化,暗金色藤体与叶片慢慢变成平台,上面有土石有古树,周围还悬浮着一块又一块巨大的陨石,星光闪耀,宛若灯火。

天藤化为位于星空中的精神决战平台。

"罗洪!"楚风站在平台上大声喊道。

远处,罗洪金色长发飘舞,目光森冷无比。千星藤发着光向这里生长,要跟天藤对接。

"轰隆!"

一辆白银战车从一条巨大的空间隧道中闯了出来,有大人物赶到这里,要近距离观看这一战。

地星外原本就有很多来自不同族群的强者,现在更热闹了。

连圣人都来了!

"嗡!"

空间震颤,一刹那,不同方位出现十几辆车,又一批大人物来到这里。

显然,这才刚开始,还会有更多的人赶到。

"天啊,怎么来了这么多的人?有一些是圣人啊!"有人惊叹道。

"你也不想一想今天发生了什么事?有人要挑战圣人,这种事情多少年没有发生过了?起码超过千年!万一屠圣呢?尤其是这株天藤再现,让人不得不想,是否会有一个堪比妖公主的天才崛起!"

此人说的是实话。在一些人看来,这是千年未有之盛况,一个年轻的强者要挑战圣人,引发星空下各方震动。

一批又一批人赶来。

当一声幽幽叹息传出，天藤顶端又多了一个人时，星空下先是一片寂静，而后沸腾，许多老辈人物像见了鬼一样。

"妖公主！"

"她又出现了！"

"星空下第一！她已经逝去了，但是一缕执念还在，现在苏醒并来到了这里！"

地星外一片喧哗，就连圣人都不能平静了。

这一刻，十大星球的一些道子也坐不住了，纷纷起身。

"祖父，请帮我开启超级空间隧道，我要赶过去观看那一战！"

"叔祖，请联系通天隧道公司开启顶级空间隧道，我想第一时间赶到那里！"

宇宙深处，十大星球的道子以及星空下排名前十的丽人先后起程，有的是为了观看楚风与圣人这一战，有的则是为了近距离领略妖妖的风采。

这一日，整片星空都不平静。

岁月如梭，宇宙苍茫。

当年的女子再现，站在天藤之巅。

暗金色天藤是一个特殊的生命体，正在吸纳宇宙中的星光，叶片翻动时铿锵作响。

到了后来，每一片叶子上都像是凝聚着一点朦胧的星光，远远看去，宛若繁星点点。

妖妖站在这伸展到域外的天藤的叶片上，伴着星光，俯瞰四方，秀发扬起，雪白的衣裙飘舞，宛若要乘风化仙而去，风姿绝世。

"真的是你，伴着这株藤再现！"

天神族的圣人罗洪第一个开口。他是远古圣人，活了漫长的岁月，只是现在神色有点复杂。

妖妖美得有些不真实，白皙的面孔上仿佛缭绕着丝丝雾气，美目深邃，偶尔有光芒射出。

她像是在缅怀什么，笑容中有些许怅然和伤感，但很快又霸气无比地俯瞰苍茫宇宙，有种凌驾于时光之上的超然与璀璨。

伤春悲秋，那不是她的风范，要不然当年她也不会在地星年轻一代的天才凋零的凋零、远去的远去后，还只身一人站立在此，面对宇宙星海中各路道子、神女的挑战，并打得他们无敌金身破损，光环褪去，一个个或陨灭或败走，直到整片星空变得寂静。

"罗宇还活着吗？"

妖妖一句话而已，就让天神族圣人罗洪一怔，也让星空中各路大人物心头一震。她竟然直接提到了天神族那个人。

当年的羽化神体拥有者罗宇，是天神族有史以来最杰出的天才，实力强大到让同代人绝望，要被天神族培养成宇宙中最强之人。

正是那样一个人，被当时生命无多的妖妖指名道姓出来一战。

当年各族天才大举来犯，想要摘掉妖妖"星空下第一"的光环，结果那批人败的败，死的死。所以那个时候天神族无比忌惮，没敢送罗宇过来一战，没想到最终却被妖妖点名。

羽化神体一旦成长到后期，能量光芒绕体，万法不侵，如同有一片又一片仙羽生出，要羽化而去，登天封神。

罗宇最终被激怒，赶到地星外跟妖妖决战。

那一战算是妖妖的告别战，她击灭了最后一个宇宙天才。

她清楚地知晓天神族是毁灭母星的背后元凶，所以执意在自身负重伤的最后关头，点名叫羽化神体拥有者罗宇来决战。

那是天神族之痛，她直接灭掉了该族的希望，让该族气吞宇宙的气魄遭受了一次巨大的打击。

但是，有人说，罗宇最后被该族古祖救活了，此后一直在天神星核的神秘空间内闭关。

妖妖没有过多缅怀过去，此时语气很平和地道："没关系，即便他还活着，以后再由楚风灭一次就是了。"

这种言论让整片星空沸腾不已，震得许多人双耳嗡嗡作响。罗宇如果还活着，再由楚风灭一次？

这种自信与霸气，绝对是妖妖独有的。

许多人确信，这就是她，她的气质永远不会改变。

罗洪嘴角轻颤，眼神变得森冷无比。妖妖这样表态不仅是俯视天神族当年的羽化神体拥有者，也无视了他。

这种话语岂不是意味着，妖妖从来没有考虑过楚风今日会败亡？她将他这个圣人置于何地？

从头到尾，妖妖都将他忽略不计。

罗洪勃然大怒。古往今来这么多年，谁敢小觑他？谁敢这么轻狂，对他视若无睹？

他是圣人，在远古成圣，而且来自天神族，这一切意味着他有远超其他人的战力，位列星空下无比强大的一批生灵之中。

楚风站在决战平台上，面露苦笑。妖妖这番话语算是将他推上了风口浪尖。

当然，他早就被各方盯上了。

不过，他也知道，这算是对他进一步的考验，是一种无比残酷的磨砺。

以后自己要面对的是什么，楚风自然知晓。现在这样的关卡都过不去，还谈什么将来崛起，横扫群敌？

妖妖想要他在万难中成长，如果现在这样的局面他都应付不了，将来面对更强大的敌人，更是一点希望都没有。

地星，昆林山脉某一座山峰上，尉迟空坐在青竹扁舟中，皱着眉头。他自然听到了妖妖的话，妖妖那么看重楚风，让他心中不是滋味。要知道，地星真子可是在这里啊！

在碧绿发光的竹舟上还有一人，这人被雾霭笼罩着，静静地盘坐在那里，正是无劫神体拥有者周尚。

此刻，所谓地星真子异常沉默，显然心情不佳。

"你才是真子！"尉迟空开口道。

地星外。

"妖公主风采依旧，俯瞰星空，还是那么自信。"有圣人开口。这是当年那个时代活下来的人，曾经跟妖妖对决过，被死死压制，此刻心情复杂。

此时，附近有一些能量惊人的战车，也有一些材质特殊的马车，一些人相继从车里走出来，一个个气宇不凡。

其他人见到，都倒吸了一口凉气，深感震惊。

这都是大人物，有的只在画中看过。

而现在，他们亲自来到这里。

"终究是逝去了，留下的算什么，连残破鬼魂都不是，没有希望复活了。"

也有不和谐的声音，是一名女圣发出的。她很美丽，也很高傲，俯视这边，看向曾经的星空下第一。

妖妖瞥了她一眼，只是呵呵一笑，对她伸出一根小手指，轻轻摇动，什么话都没说。

"当年被妖公主十招击败的神女，正是这位女圣。"有人暗中揭短。

此话一出，一片哗然，那女圣更是脸色难看。

"妖公主当年真是绝艳啊，可惜了！"一名男性圣人感叹道，眼中有不加掩饰的崇拜和热烈。

昔日，妖妖号称星空下第一，不仅体现在进化上，还体现在风采与容貌上，让一群男性对手都暗暗倾慕。

至于那个时代的天之骄女，她们的光彩都被妖妖彻底掩盖。

"我是来观战的，什么时候开始？"妖妖轻描淡写地开口。

哪怕不是昔日真身，面对一群圣人，妖妖此刻也是骄傲的，她睥睨各路大人物。

因为，他们都曾是她的手下败将！

那群圣人面对妖妖，难以摆出高高在上的姿态，无论男女，都有些不自然。

"来了！"

原兽平台的人赶到，开始在这里布置起来。同境界作战不仅需要建立完善的精神平台，还需要融入魂界石，压制圣人的修为。

不然，圣人修为怎么可能下降？

这一点，唯有天地间的瑰宝魂界石才可以做到。

原兽平台是宇宙中最大的直播与对决平台，自然有这种无上神圣之物。

如果是普通进化者进行同境界的对决，根本不需要魂界石，其他神物就可以。

魂界石，据悉是世界石的精粹，带着神秘的精神印记，可压制精神之力。

此时，空间隧道中千星藤生长过来，跟天藤缠绕在一起，共同建立精神世界，组成对决之地。

原兽平台的人足足带来三块魂界石放置在此，跟天藤和千星藤交融在一起。

人们倒吸了一口凉气。一块魂界石就足够压制圣人修为了，可原兽平台居然带来三块。原兽平台总共就只有三块魂界石，此次全部取来，可谓毫无保留。

可以想象，原兽平台是要确保这一战绝对公平，同时考虑到各种复杂情况，避免外人干扰。

罗洪的脸色顿时有些阴沉。这分明对他不利，他是圣人，决战平台真要有纰漏的话，自然是他占据绝对优势。

可是现在这么严苛，绝对不可能出什么意外，在他看来，这对天神族有些不敬，略带针对性。

"罗洪，来吧！"

楚风早已站在对决平台上。天藤的叶片化作土地，浮在星空中，像是一座岛屿，周围有一块又一块陨石，都巨大无比。

罗洪脸色阴沉，一步一步靠近，直到站在了千星藤上才停下不动。一团无与伦比的强大精神脱离他的肉体，沿着藤蔓进入对决之地。

在他身后，一群天神族高手现身，守护他的肉身。

"轰！"

当罗洪的精神投入对决平台时，雷霆声响发出，闪电一道又一道，炽烈无比，纵横交织。

圣人的精神何其强大，有近乎魔性的力量。

可是，哪怕千星藤已百般摇动，天藤却稳如泰山，纹丝不动。

就在这时，三块魂界石一起发光，形成最稳定的形态，建立公平而合理的压制空间，覆盖此地。

"轰隆！"

天神族圣人罗洪的修为被死死地压制，体内的能量强度不断下降，直到跟楚风持平。

显然，这绝对公正，哪怕是对天神族圣人，也没有什么情面可言。

"小林子，有心了。"妖妖瞥了一眼星空深处。

原兽平台是一个名为林琦的人创建的，这一切都跟他有关。这么多年过去了，"妖妖成仙"这个金色账号还被保留着，足以说明一切。

"总算没有来晚！"一匹高大神骏的龙鳞天马从一条超级空间隧道中闯了出来，嘶鸣不已，马背上的人身穿乌金甲胄，气息惊人，如同神魔。

一些人认出他来，不禁倒吸了一口凉气。这是十大族群之一的始魔族的魔子，他竟也赶到了这里！

接着，战车隆隆，分别从不同的超级空间隧道中冲出，又有数十队人马来到这里，他们来自不同的族群，有老有少。

最后关头赶到的人一个个来头大得吓人，人们不禁变了脸色。

"亚仙族的道子映无敌来了！"

"佛族的护法金刚来了，佛子也到了！"

"天神族的神女罗澜也亲自赶来了，这是星空下排名第十的丽人，果然倾国倾城！"

……

最后时刻，一些非常出名的人物相继赶到，有十大星球的圣人，有宇宙年轻一代的强者，也有排位靠前的绝世丽人。

他们有的是为楚风而来，有的则是为妖妖而来。

"我族圣人出手，会不会有意外？"天神族神女罗澜问身边的一名老妪。

"应该没问题。"老妪开口，并进一步解释，罗洪早已将年轻时的道果打磨完美，逍遥境、观想境自然都早已无瑕疵，真要决战必然大胜。

"压制那个地星人不成问题！"老妪以很肯定的语气道，"挑战圣人，他以为自己是谁？"

不管怎样，千年未有低境界的进化者挑战圣人了，这是一桩盛事。

"轰！"

对决平台上，大战爆发，结果双方一个照面而已，所有人就目瞪口呆，天神族那名老妪更是瞠目结舌。

楚风像一团燃烧着的金色烈焰，气息冲天而起，而且速度飞快，天涯咫尺秘术被他发挥到了极致。

他凌空而起，"砰"的一声，一脚踢在罗洪的面部。

罗洪面孔扭曲，承受着巨大的痛苦。

楚风的第一击实在太快了！

这怎么可能？人们无法理解，难以置信。

"罗钧驮蛋，拿命来！"楚风大吼。这个人背负着罪恶，手上沾满地星先民的血，更是除掉过地星上的两位圣人，楚风要在这里诛灭这个人。

星空中，钧驮古圣脸部抽搐。这一刻，他真的很想骂人。这辈子要"躺枪"到底吗？

─第290章─
封神之战

对决之地，楚风接下来的一脚又踢中了罗洪。

一时间，罗洪咆哮震天，踉跄后退。

这对罗洪来说简直是奇耻大辱。他是圣人，可是决战一开始就连遭重击，别说是他了，所有人都不敢相信。

但这真实发生了，楚风当着众人的面腾空而起，疾速出击，踢了罗洪两脚。

只有罗洪自己明白，刚才究竟发生了什么。楚风的无敌画卷处于特殊状态，刚才发挥出一种让罗洪悚然心惊的能力，居然封住此地，仿佛禁锢了空间，凝固了时光，让他动弹不得。

所以，罗洪被接连踢中两脚都没能反抗，差点摔倒在那里。

他的身体踉跄后退，直到这时某种禁制才被打破。

这是他极力挣脱的结果。

"轰"的一声，在罗洪的背后，残破宇宙浮现，一件又一件兵器发光，插在一颗又一颗星球上。

他也展现自己的无敌画卷，守护己身。

刚才真的太危险了，险些就被楚风得手，他心中生出一阵寒意。

此刻，楚风感到很遗憾。

刚才他尝试动用自己的画卷，画卷虽然可以用，但是需要以血气为纸张，以精神为颜料，可是这里只有精神，画卷的表现形态就有点特别。

在那一刻，他有所领悟，展现出精神画卷，仿佛一瞬间触及虚无空间，踏足刹那的永恒，直接封锁了一小片区域。

所以他猛然出击，瞬间得手。

只是很可惜，罗洪终究是圣人，实力强得可怕，虽然这里的只是他的精神体，但表现出来的就是他这种境界该拥有的肉身力量。

所以，哪怕遭受了重击，他也硬扛了下来。

换一个人的话，肯定已经死在楚风手里了。

决战刚开始就引爆了星空。那可是圣人，结果遭到一个年轻高手的激烈冲击而负伤了。

地星外，星空中，很多人哗然，盯着那里。

对决平台上略微寂静，但很快，粗重的呼吸声响起。

罗洪金色长发飘舞，大口吞咽着附近的能量，精神能量化成的躯体光芒炽烈，毛孔张开，吸收海量能量。

他在运转天神呼吸法，身体变得璀璨无比，如同真正的神祇，散发的气息越来越吓人。

刚才他吃亏了，但是他并没有焦躁，也没有发怒，而是越发冷静，用天神呼吸法调整自身状态。

另一边，楚风在运转道引呼吸法，通体被白雾环绕，看起来有些缥缈。

"轰！"

下一刻，两人像两道闪电，劈开空间，猛然撞在一起。

"轰隆！"

天崩地裂，两人的冲击太迅猛太霸道了，宛若行星突破大气层，燃烧着撞击在大地上。

一时间，行星毁而大地沉陷，海浪拍上高空，岩浆肆虐。

这两人对决太激烈了，发出的光芒照亮整个战场，能量光束冲天而起。

接着，他们宛若两道闪电纠缠着，迅速出拳，妙术纷呈。

在激烈的碰撞中，在刺目的光芒中，能量翻腾，精神波动让很多人震惊不已。

"嗖！"

两人分开。这一次，他们都神色凝重，且呼吸声更粗重了，简直如同雷鸣。那是无上呼吸法在运转。

他们的精神在呼吸，这种层次的呼吸比肉身呼吸更高级。

"咔嚓！"

罗洪的口鼻间，电光交织，身体周围电闪雷鸣，汪洋起伏，惊涛拍岸，异象纷呈。

"哧哧哧！"

在他周围，汪洋中，一株又一株金色的神莲冒出，在摇曳中发出可怕的光芒。

这种手段让很多人倒吸了一口凉气，因为，这不是单纯的妙术，而是能量体和秘法的结合，堪比自身的画卷。

只有将境界打磨圆满，升华到一定层次的强者才有这种手段。

这相当于除了自身的画卷，还能呈现其他辅助画卷，威力骇人。

果然，罗洪下杀手了，他背后那有残破宇宙和各种兵器的主画卷抖动，对抗楚风的画卷。

那汪洋起伏、电闪雷鸣、金莲无数的辅助画卷也跟着冲出。

"轰！"

楚风的画卷还在背后，他依旧在寻找那种感觉，想要禁锢对方。

同时，在他的身前，足足有九十个粗糙的石球在旋转，并带着冲天的能量光束轰向前方。

他保留了十个石球，没有动用全部能量体。

"嗡！"

空间震颤，那九十个粗糙的石球在半空中不断变大，直至成为星球，散发出的气息无比骇人。

有的星球呈现金色，光芒耀眼；有的星球喷出剑光，万剑轰鸣，铿锵作响；还有的星球垂下神藤，伴着电光……

这也是辅助画卷，没有真正展现百强星球内部的秘密，但是仅仅这样威力就很骇人了。

能量大爆炸！

两人的辅助画卷相撞，能量体不断释放，这片地带成为毁灭之地。

"轰轰轰——"

巨大的爆炸声接连响起，整个精神世界都在摇晃，火光冲起，雷霆肆虐，岩浆滚滚。

最后，两人都翻飞而起，胸膛剧烈起伏，大口喘息，盯着对方。

星空中鸦雀无声。那可是来自天神族的圣人，居然与楚风势均力敌，在交手过程中没有占到便宜。

这想不让人震惊都不行。

此刻，楚风与罗洪身后的画卷都铺展开来，可惜因为缺少血气，两人的画卷都不算完整，略有缺陷。

所以，他们没有轻易用画卷来对撞，更多的时候是用画卷来庇护自己。

有画卷的庇护，两人越发强悍，光芒耀眼。

"轰隆隆！"

他们身上光芒闪烁，能量波动剧烈，发出的声音如天雷一般，而那只是正常气息的散发。

"试探结束，够了！"这时，罗洪喝道。

他居然还能提升战力，气息越发惊人。

他的拳印改变，瞬息间，他弓起身子，整个人宛若一条弯着身体的真龙，随时准备冲出去。

事实上还真是如此，弓着身子的他猛地弹了出去，真的像一条龙在猎食，只是没有真龙出世时的祥和，有的只是残暴、黑暗、强大。

"秘狱黑龙！"

星空中，有人呼吸都急促了，瞳孔收缩，倒吸一口凉气。

"黑暗秘狱，那是一片禁地，圣人进去都经常出事，在外围就时有进化者被秘狱蚁吞噬的惨剧发生。据悉，在黑暗秘狱最深处，更是有秘狱黑龙等异兽。罗洪居然得到了秘狱黑龙的真形并演绎出来，实在厉害！"

人们自然震惊。提到龙，谁不色变？尤其是黑暗秘狱里的龙，那就更无法揣度了。

"砰！"

楚风稳稳地踩在地上，双手不断振动，模拟对方的波动，调整自身的能量脉动规律。他在动用共振术。

相对圣人来说，楚风的手段有些单一，因为他学到的东西较少，储备的秘术太贫乏。

但是，他坚信，将一种妙术演绎到极致，那就是神术。他现在没有学到那么多东西，那就专精。

"轰！"

这片地带没有规律地振动起来，起初没什么，但是随着两人的接触，那种振动越发可怕，很快便形成连锁反应。

"嗷——"

一声龙吟发出，罗洪弓着的身子挺直，如同一条黑龙昂首，身上散发着恐怖的黑暗气息。

很快，他浑身浮现黑色鳞片，化成一条人形黑龙。

事实上，那些鳞片都是能量所化，是罗洪将这种秘法施展到极致的体现。

这一刻，楚风身体在振动，拳印在抖动，跟罗洪碰撞。

"轰！"

空间像是塌陷了，两人间迸发可怕的光束。

"嗷——"

黑龙昂首，再次长啸。

罗洪的绝世妙术被破，在共振术的作用下，身上的黑色鳞片脱落。哪怕只是精神体，罗洪的身上也有血在流淌，将他受伤的程度真实体现出来。

显然，罗洪负伤了。

但是，他在这一刻依旧镇定冷静。

他主动让黑龙解体，黑光大盛，黑色鳞片漫天飞舞，秘狱黑龙消失不见，耀眼的金光冲起。

原地出现了一道金色的身影，宛若天神下凡。

这是天神族自家的本领，算是宇宙中无敌道统的传承之术。

远方，许多人神色凝重，仔细地看着。他们都听说过，天神族很高傲，在施展自家无上妙术时，时常要血祭，即用他族的真形当作祭品，引出自己的本领。

刚才，罗洪施展秘狱黑龙真形，就是在进行变相的血祭，以秘狱黑龙的真形作为引子，引出天神下凡这种传承之术。

"楚风，熬过去，这便是你的崛起与封神之战！"原兽平台上有人在喊。

"哼，天神族的无敌传承之术展现后，任何人都无法抗衡！"也有人冷笑。

"罗洪是圣人，早已将这个境界打磨圆满，不是罗屹可比的。这种手段都施展出来了，这是要下死手啊！"

各方人马都脸色一变，盯着那里。

这一战究竟是楚风的封神之战，还是罗洪的扼杀天才之战？所有人都在无比紧张地盯着，连呼吸都快要停止了。

秘狱黑龙四分五裂后，金光大盛，一道身影从天而降。

罗洪再现，气质跟刚才完全不同了，真的宛若神祇复苏，跨过远古洪荒大地，穿过黑暗岁月，逆着时间长河而来。

"嗷——"

罗洪发出一声沉闷的咆哮，口鼻间喷出雷电，那是他在呼吸。

他浑身都被刺目的光芒笼罩着，宛若天神横空出世。

这就是天神族的重要传承之术——天神下凡。

他吞吐周围的能量，呼吸间附近的空间都在轰鸣，这片地带宛若一张窗棂纸在呼啦啦作响，像是要破开了。

"这颗星球排位第十一时都被我们毁灭了，何况现在没落了那么久？那么多上古天才都死在了我们手上，更不要说你这个后裔了！"

罗洪咆哮着，身上每一寸肌肤都在发光，不仅发丝与瞳孔是金色的，整个身体都是如此，宛若由黄金铸成。

"轰！"

罗洪俯冲过来，对着楚风的脑袋直接踏出一脚。

这是一种张狂，更是一种霸道。

罗洪坚信，此时的自己已经无敌。他酝酿多时，以传说中不可匹敌的秘狱黑龙真形进行血祭，终于引出天神下凡这种禁忌秘法。

这个精神世界不再稳固，像是要崩裂了。

"滚！"楚风大吼。战到这一步，他还有什么可惧怕的？之前他可是一直占据上风。

这时，楚风也猛地冲起，拳印发光。他将流光拳、紫气东来拳、乱星指等融为一体，身体潜能尽情释放。

这一拳带着霸道的气息以及神圣的光焰，简直要打破空间。

"轰隆！"

两人碰撞，一下子导致精神空间不稳固，能量澎湃，向四面八方冲击而去。

"嗯？"

刚一接触，楚风就发现自己的拳印被压制了。

紫气东来拳和流光拳融合后，迸发的光芒原本能够照亮整个精神世界，现在却被对方的天神光掩盖。

"轰！"

罗洪像是一只出笼的荒兽，散发惨烈的气息，带着金光，压制楚风的拳印。

楚风拳头剧痛，身体如同浩瀚大海中的一叶扁舟，向后退去。

"哪里走！"罗洪冷冷地喝道，再次俯冲过去，毛孔喷出的金光如同剑气般锋利。

楚风抬起手，发现拳头上有血流出。

这让他十分吃惊。这里是精神对决平台，负伤后居然也会流血？只能说是精神力受创，以血的形态呈现。

罗洪脸上露出冷酷的笑。那一脚踏下去后，他的拳头也释放雷霆，向楚风砸来，光芒耀眼。

"砰！"

楚风再次迎击，结果拳印光芒熄灭，连带着那条手臂和半边身子的光芒都暗淡下去，能量被压制，身体横飞而起。

若非精神远超常人，体质格外强大，他早就死在罗洪手中了。

"天生压制，像是某种神迹再现，将进化者压制为普通人？"

楚风后退的同时也在思忖。

他瞳孔收缩，强大如他刚才也体会到了一种很不舒服的滞涩感，整个人都被压制，能量溃散。

可以想象，比他弱的进化者经过刚才那一击，多半会彻底沦为普通人。

这真的让他倒吸了一口凉气，心中无比忌惮。

天神族的传承之术实在太恐怖。

罗洪神色冷酷，道："明白差距了吗？知道当年我族为何可以毁灭地星了吗？这种传承之术名为天神下凡。在我族面前，尔等都是凡人，而我们是神，压制得你们战栗，最后顶礼膜拜。你们都不是进化者了，还拿什么跟我族争锋？跪伏吧！"

在说话的同时，罗洪一直在主动攻击楚风，速度飞快。

罗洪这么说，是为了震慑楚风，扰乱楚风的心神。上古时期的地星高手都死于一役中，在他看来，这自然是地星人的伤疤，他就是要这样不断打击楚风，慢慢瓦解楚风的斗志。

在不断碰撞中，楚风全身光芒暗淡，伤势不轻。

"天神下凡，展现的是神与人的巨大差距，凭你这覆灭一族的后裔也想翻天？死！"罗洪咆哮。

他的攻势越发凌厉，拳头发光，能量翻腾，每一次轰击都恐怖绝伦。

远处，有圣人惊叹道："如果是其他同阶进化者，这么片刻间，罗洪可以消灭数十人了！"

不知道他是在惊叹罗洪的强大，还是在惊叹楚风的不凡——在天神下凡这种禁忌秘法下能支撑这么长时间。

另有人轻叹："天神下凡是天神族的秘术之一，果然无敌。十大族群亘古不变有其道理。"

原兽平台上，各族强者看到罗洪这般强大，莫不万分忌惮。

同时，人们意识到，圣人果然不可战胜，到了圣人这个层次，历经漫长岁月，他们早已将年轻时代的道果打磨得完满无瑕，成就无敌之身。

"砰！"

楚风被震得又咯了一口血。

但是，他的表现已经很惊人了，他在天神下凡的压制下还能如此支撑，惊得许多人张口结舌。

他的眼底深处是熊熊的火光，是无尽的战意，他没有丝毫气馁。通过这么片刻间的摸底，他了解到很多东西。

天神下凡的确是禁忌秘术，是天神族屹立万古的底气所在，可压制各族。

但是，有些东西是压制不了的。楚风的道引呼吸法依旧在运转，这是支撑他大战的根本所在。

同时，他的画卷也不受影响，关键时刻能够杀敌。

不过，他没催动画卷，只是让画卷于背后庇护自己，跟对方的画卷对峙。

这里是精神世界，缺少血气，画卷不算完整，因此楚风与罗洪都没有动用画卷对决，他们也都不知道这种状态下的画卷到底如何。

此外，楚风发现各种拳法都无效，只有共振术还可以用。

而后，他渐渐稳住了。

"看来，我该挖掘另一种无敌术了。那些拳法平日看起来很强，一与十大族群的禁忌秘术相比就逊色了。我需要共振术这样的无敌术！"楚风自言自语。

无论是流光拳，还是乱星指，抑或是他得到的完整传承之术紫气东来拳，都比不上天神下凡，此刻他被死死地压制。

"轰！"

在非常被动的情况下，在面对死亡的关头，楚风施展蛟魔拳，准备提取它的本源奥义。

唯有在最大的压力下，才有可能成功领悟无敌术！

当初，共振术就是从大力牛魔拳中提取出来的。

"嗷——"

随着楚风的拳头砸出，一条蛟龙昂首长啸，周围星海浮现，群星灿烂。蛟龙穿越宇宙星空，击碎一颗又一颗星球，向前飞去。

这是异象，也是昔日之景。拳印到了一定境界，可以毁灭星球。

"嗯？"

罗洪有些意外地发现，自己的天神光覆盖此地，却没有将蛟龙毁掉，楚风那里还有拳光在迸放并向自己射来。

不过，他自信已经立于不败之地，嘴角带着残酷的笑，向前击去。

"这就是差距。一个低境界的进化者要挑战圣人，实在很不明智。要知道，两者差了无数的经验，更差了无尽的底蕴。他根本不可能成功，只能枉死！"有名宿点评道。

的确，现在楚风的情况很不妙。

此时，十大星球的道子、神女等都在场外，一个个目光幽幽，凝视场内。

"呵呵，妖公主，你眼光不怎么样啊，挑选的人实力很一般，很快要死了。"当年被妖妖十招击败的女圣开口。

她被妖妖打败后，心中一直对妖妖怀有大恨。

她之前就曾开口挑衅，结果被人揭露昔日败绩，脸上有些挂不住，现在又忍不住揶揄妖妖。

她当年也算是一个光芒耀眼的神女，是一代天骄级人物，所在族群更是足以排进宇宙前五十。

那时，她宛若一颗明珠，被誉为前途不可限量的未来女圣，结果却被妖妖十招击败。

那是她生命中最大的耻辱，她所有的骄傲都被打掉，头上的光环褪去，连明艳的姿容都仿佛一夜间暗淡下去。

所以，哪怕过去了这么长的时间，她依旧记恨妖妖，即便妖妖已经逝去，留下的只是一缕执念。

"你是谁？"妖妖偏头，看了一眼那个女圣，就像是在看一个从未见过的人，情绪没有丝毫波动。

"你……"女圣目光冷幽幽的。

"她是灵族的女圣，名为穆青蔺。"有人暗中开口，点出女圣身份。

"哦，没听说过。"妖妖无所谓地点了点头。

灵族女圣穆青蔺听到后，神色顿时冷峻得吓人。妖妖将她无视了，这比奚落她一顿还让她难以接受。

她当年曾跟妖妖大战，对方居然没有印象了？在妖妖心中，她真的是一个路人？

怎么说她当年也是一代神女，居然被这样无视。

"妖妖，你太狂妄了！"穆青菡喝道。

事实上，其他人也都面露异色。

他们对妖妖仰慕已久，有的这次就是为她而来，现在居然听到她这样轻慢而无所谓的话。

这还真是妖妖式的自信与霸气。

"当年，十大星球的天才成群出现，都被我打得屁滚尿流，连死在我手上的元磁圣体、万星体、天命仙体等体质的拥有者，我都没怎么记得。你跟我动过手？实在没什么印象。"妖妖再次无所谓地说道。

"啊——"穆青菡忍不住一声低吼。她真的受不了了。

现在看来，她在妖妖眼中连路人都不如。

可是，她如今已经成圣了啊！

妖妖瞥了她一眼，道："不服？你尽管过来，我们也在天藤上一战。有人刚才提醒我，说我当年十招战胜了你，今天打个对折，五招胜你。"

穆青菡脸色阴沉，道："我如今是圣人，而你呢，算什么？"

"我是妖妖，星空下第一！"妖妖回眸看向她，道，"圣人在我眼中算不上什么。你不服的话，尽管过来，还可以召集帮手，我一个人打你们一群！"

妖妖的自信与霸气一下子引爆星空，人们哗然。

不过，从上古活下来的老一辈的圣人都目光幽幽，没有说话。

十大星球的那些道子、魔子、神女等一个个面露异色，觉得不可思议，盯着妖妖。

星空中排名前十的丽人也有一部分来到这里，领略着妖妖那自信而耀眼的风采，一个个吃惊不已。

妖妖开口道："我从来没有教过楚风什么，他自己一路摸索便成长到这一步，我看好他。起码，他比你们这些老怪物要强。"

穆青菡冷笑道："可是，他现在不行了，今天会死在这里，你的眼光……"

她的话刚说到这里，战场上的形势瞬间变了。

"砰！"

有闷哼声传来，那居然是……天神族的圣人罗洪发出的！

什么情况？所有人都愣住了。战局竟发生逆转，天神族不败的禁忌秘术被楚风破解，简直是震撼人心！

妖妖笑得越发灿烂，美丽的面孔散发着惊人的光彩，道："来吧，我们也开战，不服的过来，我一个人打你们所有人！"

第291章

妙术无敌

天藤叶片繁茂，整体呈暗金色，吸纳星光。

精神对决平台如同一座岛屿，悬浮在天藤的顶端，附近叶片翻动，藤蔓缠绕，很是奇异。

此刻，战场上形势逆转，天神族圣人罗洪遭受重击，疾速后退。

罗洪一副活见鬼的神色，刚才被他压制得全身能量运转不畅的楚风，居然开始反扑，让他吃了大亏。

这是什么情况？

形势转变得太快了，无论是罗洪还是观战的那些人，都很吃惊。

穆青菡脸色最难看，刚才她还在说妖妖没眼光，所选之人快要死了，结果转瞬间，楚风就展开了反击。

"天神下凡！"罗洪大喝，身上的金光更绚烂了，能量气息爆发，覆盖这片精神空间。

"轰隆隆！"

他的毛孔中有金光喷出，口鼻间雷霆乍现，电光闪烁。他在运转天神呼吸法，吞吐能量时让人无比吃惊。

这时，他举手投足间都带着毁灭之力。战场外悬浮着很多像山岳一样大的陨石，那是精神力所化，可随着他挥拳，那些陨石与真实的陨石一样，都"砰"的一声炸开，碎成齑粉。

楚风闷哼一声，周身光芒再次暗淡，能量受到压制，负伤后退。

不过他并不在意，反而欣喜不已，因为他追本溯源，逐渐摸索出了蛟魔拳的本源奥义，快要成功提取出无敌术了。

尽管他还没有完全掌握，但是正在向好的方面发展。

"轰！"

果然，能量再次被压制后，楚风的拳头又一次发光，再次有效地突破阻挡，砸中罗洪的手掌。

罗洪怪叫。

这太古怪了，楚风忽强忽弱，让他觉察到了危险。

"砰砰砰！"

楚风挥拳，偶尔有拳光飞出，命中战场外的陨石。拳光化成金色的旋涡，飞快地转动，使有形物质化成宇宙尘埃。

"是了，就是它！"

楚风无比喜悦，运转道引呼吸法，不断提取并掌握蛟魔拳的奥义。

那像是螺旋之力，但比螺旋之力要复杂得多，破坏力骇人。

有人做过试验，用一张纸取代砂轮，让纸快速旋转起来，可以轻易切开木头。

至于电钻旋转时的威力，那更不用多说，轻易就能穿透水泥墙、金属板等。

过去，楚风研究蛟魔拳最大的体会就是，它的旋转之力、撕裂之力惊人。现在，他利用道引呼吸法提取了蛟魔拳的本源奥义，获得的则是一种能量的释放形式，比螺旋之力复杂千百倍。

楚风越发镇定，在天神族圣人的压制下，他的收获越来越大。

尽管在这个过程中，他满身是伤，但是他的眼睛越来越亮，精气神十足。

"轰！"

终于，楚风成功掌握了蛟魔拳的本源奥义。

一时间，他挥动拳头时，像是有一个金色旋涡猛然释放出去，让罗洪闷哼出声。

人们骇然。

显而易见，胜利的天平已经在向楚风倾斜。

"这是什么妙术？竟能抵挡天神族的禁忌秘术！"星空中，很多人吃惊地发出疑问。

天神下凡，这种无上传承之术可以横扫四方强敌，将进化者压制成普通人。

可是，楚风的那种妙术居然可与天神下凡抗衡！

人们察觉到楚风施展的妙术像是在大战中体悟出来的，一时间都颇感惊异。

哪种敌人最可怕？毫无疑问，在生死大战中不断领悟的敌人最可怕！

"我有了共振术，就将你命名为螺旋术吧。"楚风道。

其实，这一妙术的能量运转方式比螺旋之力复杂千百倍，破坏力惊人。

"罗洪，现在该我出手了！"

楚风有道引呼吸法，可以跟天神呼吸法抗衡，实力一直都没有到山穷水尽时，他隐忍多时，不过是为了在压力下提取藏在蛟魔拳中的无敌术。

"得志便张狂！楚风，你算什么东西，体悟出一种拳法就觉得可以击败我？"罗洪很冷酷。

天神族人天生高傲，尤其是面对曾被他们灭族的地星上的进化者，一直有种优越感。

"哧！"

然而，楚风用事实说话，他的拳头发光，金色的旋涡像是闪电般冲出，重创了罗洪。

所有人都大吃一惊。

罗洪更是面色苍白。他体外的天神光阻挡不了那金色的旋涡，让他吃了一个大亏。

"死！"

楚风满头黑发飞舞，眼中闪着寒光，向前攻击而去。

人们吃惊地看到，他的拳头释放出的，有时是一个金色的旋涡，有时则是一道高速旋转的极细的光束，撕裂之力、穿透之力骇人。

他的对手是圣人，对敌经验无比丰富，在漫长的岁月中，早已将枷锁、逍遥、观想等境界修炼到完美无瑕的境地，可现在居然处在下风。

"嗖！嗖！嗖！"

楚风拳头释放出的高速旋转的金色旋涡和金色光束无坚不摧，战场外那些庞大的陨石或化作齑粉，或变成光雨，几乎彻底消失。

"噗！噗！噗！"

天神族圣人罗洪身受重创。

众人脊背发寒。

这种能量的运转方式太可怕了，对任何对手来说都是噩梦。

"小子，你好狠！"罗洪叫道，疾速后退。

这么短的时间内，罗洪伤势更重了。

罗洪现在是精神体，受的虽然是精神之伤，或许比肉体之伤更严重。

"呼！呱！"

这时，罗洪疯狂运转天神呼吸法，通体发光，肚皮鼓胀，体内发出奇异的声响，一会儿如同打呼噜，一会儿又如一只大蛤蟆在叫。

他的身体噼啪作响，不断痉挛。

楚风冲向前去，但是这时的罗洪避而不战，迈开步子，施展天神步法，忽左忽右，如同鬼魅在移动。

罗洪在疗伤，身上的伤口迅速愈合。

不过，他身上的光芒略微暗淡。显然，他也付出了很大的代价。

星空中，各族强者都神色一动。

这就是天神族无上呼吸法的神妙之处，进化者突破观想境后，运转天神呼吸法就可以断肢再生。

少数天才在观想境就能做到这一点！

同一时间，罗洪吟诵一段古老的咒语，身体宛若由黄金铸成。除此之外，空间不再稳固，神光从未知处降临。

"这是……召唤天神！"有人惊呼。

一些名宿瞳孔收缩。

传闻，天神族的秘术匪夷所思，有各种非常规的传承之术。

召唤天神与天神下凡是一脉相承的。

天神族人通过血祭、咒语等，能召唤空中的能量。

现在，罗洪正在召唤天神。

"轰！"

一道金光降落，那是一块金色的手骨，一刹那跟罗洪的手掌融合在一起，让罗洪的那只手变得十分璀璨。

接着，一块黄金皮发出金光，降落而下，护在罗洪的胸前。

"嗡"的一声，又有一块金色腿骨落下，跟罗洪的腿融合，发出刺目的光芒。

"楚风，赶紧出手，不然你没机会了！"

"快啊，这是在召唤天神，那些是天神的恩赐，是无敌的、不可战胜的！"

原兽平台上，许多人大喊着提醒楚风。

的确有很多人想除掉楚风，可也有一部分人希望楚风能击败天神族的圣人，来一场真正的封神之战。

可惜，楚风身在决战之地，根本听不到。

不过，他的本能也在告诉他，要立即出手。

罗洪的身体与那些黄金骨、黄金皮融合后，以那些融合的部位为中心，开始迸放光芒，直接笼罩全身。

他真的宛若天神，被从域外召唤而来！

"砰！"

楚风没有任何犹豫，再次施展螺旋术，打在罗洪那金色的手臂上。这一次，金色的旋涡被挡住了，没能对对方造成伤害。

"嗯？"楚风心头一跳，感觉罗洪像是穿上了一层坚不可摧的战衣，如同神斗士下凡。

"楚风，在这种状态下，我能很轻松地跨境界大战，你伤不了我，而我却可以轻易除掉你！"罗洪喝道，一掌向前拍去。

这是天神族的天神掌。

"砰"的一声，楚风硬接这一掌，结果螺旋术没有起到应有的作用，只伤到对方手掌的表皮，而他自己却血气翻腾，喷出一口血。

"圣人还真难解决啊！"楚风感叹，目光却炽烈无比。

星空中，来自十大星球的道子、魔子、天女等一个个面露异色。这个没落之地的家伙还真是有意思，到现在还想着屠圣呢。

此时，宇宙年轻一代前十大高手来了有五六个，有男有女，都在盯着战场。

一些圣人也面露异色，等着看楚风如何应对天神族的召唤天神。

"妖公主，你选的人处境不妙啊！对了，你现在到底是什么状态？恐怕连鬼魂都不是吧。你都这个样子了，还留恋世间啊？"灵族女圣穆青菡面带笑意，但言语不善。

"够了！穆青菡，当年你被妖妖翻手拍伤，现在报复，你不觉得过分吗？"

这时，星空中走来一个男子，他一身青衣，身材颀长，非常英俊，看起来很年轻，却掩盖不了眸子中的沧桑。

"原兽平台的主人林琦！"有远古圣人惊呼。

林琦，如今是一位绝顶圣人，映照诸天以下罕有对手，而且掌握的资源与势力庞大无比。

"你……"穆青菡张嘴，但没敢再多说别的。

"妖妖……"林琦轻唤。

"小林子。"妖妖也看向他。

林琦神色伤感，看着那个立在天藤上的空灵女子，感觉这么不真实。他还记得当年，她白衣染血，犹若飞蛾扑火，只身冲天而上，迎战强敌……那是他见到她的最后的凄凉一幕。

他想去阻止都不行，那个年代，他连圣人都不是，哪里有什么资格？

他不属于地星，来自其他星系，却是妖妖最好的朋友。当年，他赶到地星时，只看到她赴死一战的最后的场景。

想到这些，林琦鼻子发酸。

"小林子。"

妖妖嫣然一笑，洒脱中带着自信。

林琦见到她这样的风姿，心中越发酸涩。

这终究只是她的一缕执念，并非真正的她，当年那个身穿白衣的绝世女子再也回不来了。

这一刻，他竟有一种想哭的冲动。

过了这么多年，他已是宇宙中无比强大的圣人之一，背后还有映照诸天的至强者支持，将当年一个小小的对决平台发展成了如今闻名全宇宙的原兽平台。

漫长的岁月过去了，他依旧为妖妖保留着那个"妖妖成仙"的金色账号，希望她有一天还能再现世间。

可是，看着她白衣胜雪，看着她风采依旧，看着她绝世灿烂，他却越发凄怆，心中苦涩，眼睛也有些发酸，想要落泪。

要知道，那空灵的女子曾经是星空下第一，如今却只留下一缕执念。远不如她的很多人都成圣了，而真正的她在哪里？

天藤顶端，由精神力构成的对决平台周围星光璀璨。

在这个特殊的战场中，楚风和罗洪正在进行无比激烈的搏斗。

"屠圣，从天神族开始！"

战场中，人们料想的局面并没有到来，哪怕召唤天神成功，罗洪也没能除掉楚风。

相反，楚风战意高昂，运转道引呼吸法，左手施展共振术，右手施展螺旋术，向前轰击。

两种妙术一同施展，产生的效果十分惊人，叠加起来的威力无与伦比。

"轰！"

罗洪身上的金色战衣破损，有黄金骨被震了出来。

"这……难道今天真的要发生屠圣这种大事？"

星空中，所有人都震惊了。

"楚风！"罗洪披头散发，低吼着。

他遭受重创，实在难以接受这个结果。

他是谁？他是一代圣人，自远古崛起，这一路走来，灭敌无数，亲自毁灭的生命星球早已超过五指之数。

现在，他只是跟一个观想境初期的进化者对决，却处在下风，满身是伤，这让他情何以堪？

尤其是脚下的这颗星球曾经被他们征伐过，而楚风只是余孽的后裔，居然让他这么难堪。

要知道，现在几乎全宇宙的人都在看着这里。他堂堂一代远古圣人，竟被一个小辈打得极力躲避，这是天大的耻辱。

"啊——"罗洪大叫，心里有些后悔跟楚风决战。这样的决战，他胜利是理所应当的，可一旦失败，对他来说就会产生灾难性的后果，他不仅会身败名裂，还可能会死在这里，这也太不值了。

"轰！"

楚风的拳头再次砸来，左手共振术，右手螺旋术，两者结合在一起，破坏力简直达到了令人疯狂的地步。

罗洪怒吼，竭尽全力对抗。召唤天神成功后，他的身体中融入了很多块黄金骨和黄金皮，宛若天神的恩赐。

"砰！"

这一次两人相撞后，罗洪又一次变了脸色，因为他的天神掌挡不住对方。

"噗"的一声，他的手掌中一块黄金骨断裂，又一块被召唤而来的"天神骨"被毁。

这自然还不算完。

楚风凌空而起，全身上下所有部位都能施展共振术与螺旋术，不限于双拳。

他的膝盖、他的肘这些坚硬的部位，一起发出凌厉的攻势，他在半空中屈膝、收肘，而后猛然爆发，舒展身体。

这一刻，他呼吸急促，浑身环绕着白雾。

同时，他的身体释放出涟漪般的光芒和金色的旋涡，击向罗洪。

"啊——"罗洪大叫，带着恼怒和不甘。

他是远古武圣，怎能败给楚风这个小辈？

但是，现实很残酷，他全力对抗，更极力躲避，没敢正面迎战，可他的肩头还是被楚风的身体撞中，一块黄金骨被震落。

又一块从天外降临的"天神骨"被震了出来，在空中"咔嚓"一声裂开，而后化作一股特殊的金色能量消散。

"一群失败者的后代，死！"罗洪面孔铁青，近乎扭曲，在那里大叫。战到这一步，他恼羞成怒。

"砰砰砰！"

回应罗洪的是楚风无情的攻击，楚风身体略微弓起，如同一条尾端着地的真龙，猛然射出，爆发的威势愈加惊人。

"轰！"

螺旋形的光束从楚风那里飞出，璀璨无比，两人头顶的星空都因此变得暗淡了。此外，涟漪点点，激荡而来，那是共振术导致的。

"啊——"罗洪惨叫。

从域外降临的黄金骨一块又一块地跳出，在他周围消失。

"我是远古圣人！"他咆哮着，心中充满不甘和愤懑。今天这样的战斗对他来说简直是奇耻大辱。

他遭受重创，几乎彻底失去战力。

星空中，各方高手都在吃惊地看着这一幕。

天神族圣人罗洪输得这么惨，出乎所有人的意料。他们原本还想，召唤天神都施展出来了，罗洪怎么可能不大胜？

然而，现实就是这么具有颠覆性，楚风不仅扛住了召唤天神这一诡异的秘术，还分解了罗洪身上的黄金骨。

"楚大魔王太厉害了！"

原兽平台上，一群人都感觉口干舌燥。这真的要屠圣了吗？

地星也有很多本土进化者在关注这一战，这个精神战场上的景象可以用科技手段捕捉到。

楚风的故友如千里眼杜怀瑾、顺风耳欧阳青、叶轻柔、胡生、熊坤等，以及各大财团的人如姜洛神、齐宏林等，此时莫不震惊。

地星外，战场附近停着一辆又一辆战车，一部分属于各族嫡系后人，比如十大族群的道子、天女等，还有一部分属于各族的大人物，比如强大的圣人。

此时此刻，整个宇宙星空都无法平静，也不知道有多少人在关注这一战。

"哇，楚风好厉害！映无敌，你打得过他吗？哈哈，我决定了，将姐姐映谪仙送给他，哦不，是嫁给他。"

天藤不远处的一辆战车上，一个银发小女孩眉开眼笑，在战车上来回地跳。

许多人闻言愕然，不禁侧目，面露异色。这个银发小女孩来头太大了，名为映晓晓，是十大族群之一的亚仙族的小公主。

至于她说的映无敌，是一个银发披散、浑身被神圣光辉笼罩着的年轻男子，他气质出众，一看就是人中之龙。

他是亚仙族的最强传人，也是宇宙年轻一代的十大高手之一。

"你再敢乱说话，我直接堵住你的嘴，将你送回族中。"映无敌威胁幺妹。

"你太偏心了！"映晓晓撇嘴道。她多少有点心虚，大眼睛瞟啊瞟的，像是在找人。

映无敌一句话也不说，揪着她就向车厢里塞，恨不得立刻叫通天隧道公司开辟空间隧道将她送走。

"哎呀，救命啊！星空下第三美人映谪仙来了没有？赶紧救人啊！姐姐，救命啊，映无敌要杀人灭口啦！"映晓晓在车厢中哇哇大叫。

所有人都无语。亚仙族这个小家伙真是坑哥坑姐啊！

在这么紧张的大战时刻，战场外居然发生这种事，让一些圣人嘴角略微抽动，掩饰不住笑意。

一些丽人也侧头看向那里，其中几人称得上姿容绝代，让宇宙中的群星似乎都变得暗淡了。

这几人都是名列星空下美人榜的女子，排名都在前十，吸引了很多年轻人的注意。

"哎呀，映谪仙快来啊，救命！你再不出现，我长大以后就取代你的位置，将你的排名挤到第四去。"

终于，那个映晓晓安静了，明显是被制住了，但她最后发出的叫嚷声让人啼笑皆非。

这是一个典型的小叛逆。

在亚仙族映家兄妹闹腾时，不远处的天神族人正在低声商议着什么，其中有天神族的神女，也有天神族的圣人。

"天神族不能败！"

"罗洪是圣人，如果败给一个观想境的年轻人，我族将身陷旋涡，成为谈资，被人耻笑！"

"必须中断这次决战！可以向降临地星的神子、圣女级人物传音，甚至可以游说大梦净土的秦珞音，请他们去昆林山天藤那里果断出击，对楚风下手，或者想办法对天藤施加影响，干扰楚风的精神。"

……

"轰！"

战场中，楚风接连下狠手，罗洪惨叫不已。

这一刻，罗洪无比后悔，自己真不该跟一个后辈在这里决战！

楚风大喝，出手越发猛烈，两种无敌术叠加在一起，彻底压制了召唤天神这种秘术。

罗洪哪怕使出天神步法，也无法摆脱施展出天涯咫尺的楚风。

到了后来，在楚风的拳头前，金色旋涡轰鸣，涟漪共振，罗洪发出凄厉的惨叫声。

罗洪身上的黄金骨一块接一块地被剥离，全都被震落。

至此，召唤天神被全面瓦解。

"他的进化根基怎么还不崩开？"罗洪暗中咬牙。

他曾窥视到楚风的秘密，知道楚风体内的道基裂痕密布，无法持久大战，不然就会废掉。

可是，这么长时间过去了，楚风居然依旧生龙活虎，还越战越勇，而他自己彻底大败，性命即将不保。

"罗洪快要完了，屠圣这种事真要发生了！"星空中，也不知道有多少人在感叹。

"动手！"天神族那边，一名圣人对降临地星的一些神子、圣女级人物暗中传音，让他们在昆林山出击。

事实上，昆林山附近不缺域外降临者。早前楚风跟天神族少神大决战，吸引了无数人的目光。各条星路上也有很多人赶到，在昆林山外观战。

现在，真的有人响应圣人号召冲向天藤，要对楚风不利。

"滚开！"

"你们还真不要脸，想干扰楚风决战？"

大黑牛、蛤蟆、驴王、西伯利亚虎王、黄牛等一看就知道怎么回事，都怒了。

毫无疑问，太空中有人见罗洪快要完蛋了，就暗中搞破坏，想强行改变大战的结果。

妖妖立在天藤顶端，风华绝代，这时，她完美无瑕的面孔上露出一丝冷意，看向天神族那里，道："你们这是在找死吗？！"

她说出这种话来，可见她心中有多么不悦。

·—第292章—·
屠圣

昆林山中，一些神子、圣女级人物带着杀气冲来。他们接到圣人暗中传音，想冲上天藤去干扰楚风战斗。

"你们都滚开！"周全从归无山那位老妪手中接过一颗紫晶天雷，威胁道，"谁敢上前，立刻轰击！"

"嗖！"

蛤蟆、黄牛已经冲了出去，像是两道电光。他俩一个是神兽，一个得到了妖族无上呼吸法，实力惊人，面对神子、圣女级人物毫无压力。

"没见过你们这样无耻的人！族人实力不行，你们就从中作梗，让这群狗腿子去偷袭，真无耻啊！"蛤蟆斜着眼睛看天神族的人，狂喷口水，然后一声大吼，"亢龙有悔！"

蛤蟆"呱"的一声大叫，施展蛤蟆功，一双蛤蟆掌向前拍去，顿时飞沙走石，罡风浩荡，连山林都在战栗。

"砰砰砰！"

蛤蟆冲过去跟那些人厮杀，震得一些人大口咯血，踉跄后退。那些神子、圣女级人物中实力最强的是一名圣女，此时她尖叫着，因为蛤蟆的口水像滂沱大雨般"哗啦啦"地向她喷去。

"噗！"

有人被蛤蟆一掌拍死，而那圣女也中了招，被蛤蟆的金色巴掌抢中，横飞而起，兵器也被拍碎了。

另一边，黄牛也在奋力出手。

毫无疑问，想冲上天藤去的人实力算不上顶尖，被黄牛当场消灭了数人。

即便这样，大黑牛、西伯利亚虎王、驴王等也如临大敌，谨慎守护，生怕有人闯上天藤干扰楚风。

就在此刻，远方传来大喊声："兄弟，我们来了！"

葵王、马王、老僧人以及普梦山的太极老宗师赶来，每个人手中都抓着一把紫莹莹的东西。

"那是……紫晶天雷！"

他们手里的可都是货真价实的东西，绝非归无山老妪那一箩筐装样子的晶体。

"你们怎么来了？"大黑牛怪叫。大黑牛听楚风说过，虎泷山封山了，这些人身在虎泷山中出不来。

"都发生这种大事了，我们怎能不来？"马王嗷嗷大叫。

"妖公主苏醒了，暂时不再封山。"他们告知大黑牛。

"我们来助阵！"

"老黑、小黄，好久不见！"

"老黑，你怎么又黑了不少？"

旧友相见，无比热闹。

他们带来的紫晶天雷是从一些名山的底下挖出来的。他们之所以现在才出现，就是因为之前去挖紫晶天雷了。

在妖妖的指点下，他们寻到了一些遗迹，收获不小。这些紫晶天雷中甚至有妖妖当年渡劫时留下的，威力到底有多强，没人知道。

归无山老妪带来的紫晶天雷就能炸退西林族的天才，妖妖渡劫时留下的紫晶天雷威力简直不敢想象。

因为，渡劫者越强，留下的紫晶天雷威力越大。

妖妖当年可是号称星空下第一！

"别浪费，要炸就炸那些身上带着红光，被圣血笼罩着的人！"葵王说道。

天神族出手很果断，暗中降下圣血包裹着个别神子、圣女级人物，以便让他们更加强大。

"好嘞，炸死这群王八蛋！"

"轰！轰！"

昆林山这里发生大爆炸，一群人使劲地扔紫晶天雷，炸得一群神子、圣女级人物哭爹喊娘。

"不要太浪费，悠着点扔。妖公主说过，天藤可庇护楚风，他们即便真的闯上去，多半也奈何不了楚风。"

"唉，这一颗紫晶天雷有点特别，是不是妖公主当年渡劫所留？要不我们扔一颗试试，看看威力到底如何？"

"不行，这些人还不配！"

……

昆林山，那些赶到这里想要干扰楚风战斗的人都被炸得凄惨无比，欲哭无泪。

妖妖站在天藤的顶端，感应到天藤根部有人硬闯，脸上露出冷意。天神族实在是不要脸！

星空中，天神族的人面色平淡，有的甚至嘴角带着一丝冷笑。他们自然不会主动承认什么。

他们一向强势惯了，哪怕是昔日星空下第一的妖妖，他们也丝毫不放在眼里。在他们眼中，妖妖已死，还能翻出什么风浪？

然而，觉察到昆林山天雷滚滚后，他们很快变了脸色，一个个都怒了。

可是，他们再不甘也改变不了什么，众目睽睽之下，有些事情暴露，只会让天神族被各族耻笑。

天神族一个老妪面带冷意，对妖妖开口道："妖公主，你这么霸道，俯视我等，凭什么啊？"

天神族一个看起来四五十岁，披散着金色长发，气息恐怖的男性强者，更是傲慢地道："你真以为自己还是当年的无敌公主吗？别忘了，如今我们成圣了，而你只是一缕执念，连鬼魂都不是。"

显然，他们是与妖妖同一个时代的人，昔日只能仰望妖妖，而今成为圣人，就觉得自己高高在上了。

在说这些话时，他们暗中传音，命令昆林山那里的神子、圣女级人物哪怕拼命，也要继续行动，一定要闯上天藤毁灭楚风的肉身，惊动他的精神，逼他退出精神战场。

"妖公主，你强势过头了！"天神族的其他人也冷笑着揶揄道，"不要总觉得自己星空下第一，这已经不是你的时代！"

"天神族，你们过分了！"原兽平台的拥有者林琦英俊而年轻的面庞上露出怒意，略带沧桑的眸子中射出骇人的光芒。

哪怕面对天神族，他也无所畏惧，敢于跟他们针锋相对。

星空中，从年轻一代的高手，到金身境进化者，再到远古圣人，都面露异色，或许这里会有别的战斗发生。

"呵呵——"这时，妖妖笑了，那种不屑的姿态，表示她完全没有把天神族一群人放在眼中。

这着实刺痛了天神族人的心。当年，这个女子击败了他们这一族成群的天才，更是消灭了号称要在宇宙中称尊的羽化神体拥有者，扼杀了该族希望的种子。他们一直记恨着这个女子。

现在，她依旧这么轻慢，一向高高在上的天神族众人怎能容忍？

"妖妖，你都死了，还这样兴风作浪。哼！活下来的才是最大的赢家，你跟你的父辈一样，已经完了，这是属于我们的绚烂时代！"天神族一名金身境强者直接斥道。如他这样的没有经历过上古一战的人缺少对妖妖的敬畏，现在最是不满，直接向妖妖叫板。

林琦刚要再次开口针对天神族，却被妖妖摆手阻止。

"小林子，不用多说，你且退后。"

妖妖很淡定地看向天神族人，道："当年，你们在我面前是土鸡瓦狗，今天也没有任何改变，我看不起你们所有人。"

天神族一群人脸色都难看无比。那名老妪是亚圣，此时冷幽幽地道："你心中再不满，又能如何？"

"自然是消灭你们！一群当年的蝼蚁，哪怕时光流逝，对我来说，你们依旧是那么脆弱不堪！"妖妖这般开口。

她的手中出现了一块晶莹的磁石。有人眼尖，认出那是神磁中的瑰宝——磁髓，被打磨得温润晶莹，在妖妖的手中发光。

"轰！"

随着妖妖的抚摸，那块磁髓发出异样波动，太空中的月星随之轰然摇动，迸发无尽的光芒。

这一刻，海量的场域符文从月星那里蔓延而出，形成震撼人心的压制力量，光芒漫天，向天神族人冲击过去。

"这是……"

"不！"

天神族的人慌了，全都大叫起来。有人迅速撕裂空间，想要遁走。因为他们感到情况不妙，猜测到这是圣师昔日留下的后手，现在被妖妖激活。

然而，一切都晚了，月星上的符文十分密集，全部集中射向天神族众人那里，封住了四周的空间。

"砰砰砰！"

就这么一瞬间，那里的战车相继爆炸，化成一团又一团能量光芒。

天神族一群人怒吼，奋力抵抗，结果还是死的死，伤的伤，根本无法摆脱那些符文的压制，连圣人都遭到了重创。

"我灭了你！"那个看起来四五十岁的男性圣人披头散发，向天藤顶端冲去，想要毁掉妖妖的执念。

林琦目光冷漠，就要迈步，结果被妖妖传音阻止。

"嗡"的一声，天藤顶端出现一块魂界石。这块魂界石很大，比原兽平台提供的三块魂界石加起来还要沉重，镇压此地，直接形成一片精神战场。

天神族圣人冲过来的刹那觉得不对劲，精神受到压制，怒吼着想要摆脱。然而，身后的场域符文快速冲了过来。

"砰！"

最终，天神族这个圣人的精神离体，跌落到精神战场中，肉身则僵硬在那里。

"什么？"星空中，所有的人都震惊了。妖妖手段惊人，硬是拉下来一名圣人，让他进入精神对决平台。

"这是要……屠圣啊！今天天神族的人要倒大霉了，不止一个罗洪，现在又多了一人！"

附近一片大乱，上至圣人，下至年轻一代，莫不震惊万分。人们不会怀疑妖妖有屠圣的能力。

妖妖昔日太耀眼，那真是战出来的辉煌，她不仅有星空下第一美人之称，她的实力更加让人津津乐道。

此时，妖妖白衣猎猎，风华绝代，俯视那圣人，道："土鸡瓦狗！"

那圣人脸憋得通红，却硬是没敢怒斥妖妖，只是低声道："你……想要给这颗星球惹来大祸吗？"

"你们也来吧！"妖妖摩挲手中的磁髓，催动月星上的符文无穷无尽地倾泻下来，将天神族的亚圣老妪、金身境强者等总共八人一起拉了下来，进入精神战场。

"我说过，我一个人打你们一群！"妖妖的话语震动星空，四方轰鸣。

此时，原兽平台上彻底沸腾，无数人在惊呼，各族强者都睁大了眼睛，完全没有料到会有这种事情发生。

时隔多年，妖妖又要出手了！

另一边，楚风激战罗洪。毫无悬念，他震得这个天神族圣人体内的黄金骨尽皆脱落。罗洪失去战力，完全不行了，哪怕还在用各种秘法拖延时间，也无济于事。

"道基裂开啊！"罗洪心中怒吼，然而，现实情况是，楚风依旧生龙活虎。

"砰砰砰！"

罗洪的精神体被打得四分五裂，心中满是屈辱和不甘。他知道自己完了，一败涂地，再也无力回天。

"不，我是不灭的，我是圣人！"他嘶吼着。太羞耻了，堂堂圣人怎能败给一个后辈？

精神体被撕裂后，罗洪看到另外一片精神战场上，妖妖一个人俯视他们天神族一群人。他简直不敢相信自己的眼睛，而后万念俱灰，从头凉到脚。天神族将损失惨重，一切都是因为他！

那里的对手是谁？妖妖！那些人跟妖妖对决，怎么可能活下来？哪怕他是圣人，无比自傲，也明白那些人必死无疑。

"啊——"罗洪嘶吼着，挣扎着，想要重聚精神体，跟楚风拼命，拉楚风玉石俱焚。他知道，对方的进化根基满是裂痕，猛烈的碰撞必然会加速楚风进化根基的毁灭。

罗洪四分五裂的精神体渐渐凝聚为人形，却满身裂痕。

"你还是上路吧，这样苟延残喘有什么意义？"楚风的语气很平淡，螺旋术一出，金色旋涡向前飞去。

罗洪的精神体"砰"的一声炸开，在金色旋涡面前化为大片的光雨。

"死吧，我们一起上路！"罗洪号叫，想要再次重聚精神体。

这时，他哪里还像一个从容且高高在上的圣人？他知道自己的末日来临，想要拉楚风一起死。他的精神体再次凝聚，身后出现画卷，上面是残破的宇宙与兵器。

可惜，这里是精神战场，那画卷不完整。但他顾不上那么多了，尽力施展一切自己能动用的手段。

"那我也试一试。"楚风开口。他身后的画卷飞了出去，"轰"的一声撞向那残破的宇宙，将所有的兵器都震断了。

不要说罗洪现在处于垂死状态，就算是在巅峰时期，他的画卷也不敌楚风的。

"我不甘心啊！你的道基怎么还不崩开？"光雨飞舞，罗洪冲楚风嘶吼，快要疯狂。

今天发生的事对罗洪来说，实在是丢人又丢命！

他是圣人，跟一个小辈在精神对决平台上同阶决战，这原本就是一件不同寻常的事，让人觉得他不要脸面，以大欺小。

没想到，决战的结果更是让他悲愤，他居然败了，而且一败涂地。

这对他来说是何等匪夷所思的悲剧！

"罗洪身为天神族的圣人，也算是高高在上、俯瞰各族的强者，不料却落得这么一个下场。"星空中有人感叹。

堂堂一代圣人被小辈压制，简直是破天荒头一回。显然，罗洪将会成为最典型的反面教材。

"砰！"

"啊——"罗洪惨叫。精神体数次被打得四分五裂，他感觉自己虚弱到了极点，已经不能再重聚精神体了，精神力即将彻底消散。

"我恨啊！我是圣人，居然要死在一个观想境的小子手里，而且他还是地星上失败者的后裔，啊——"罗洪哀号。

早前，他还傲慢无比地说自己亲手消灭过地星上古时期的两名圣人，可到头来，他的结局更凄惨，注定要沦为笑柄。

"罗洪，上路吧，历史会记住你的！"楚风慢悠悠却很有力地说道。

听到这种话语，罗洪气得身体发抖。他将成为历史中的丑角，这对将死的他来说打击很大。

"死！"

最后的刹那，楚风一声冷喝。在他附近，粗糙的石球一个接一个浮现，上面被他刻上了场域符文。石球围绕那片精神光雨旋转着，对精神光雨进行炼化。

"用你来检测我的最新手段！"楚风道。将粗糙的石球当成磁石来布置场域，是他的全新尝试。

"啊——"罗洪惨叫，精神迅速瓦解，很快就灰飞烟灭。

"不错，这种战斗方式可以深入研究下去。"楚风点头。他以粗糙的石球为磁石进行场域布置，威力大得骇人。

一名圣人战死，震动宇宙星空，各族皆哗然。

"天啊，天神族的圣人被楚风给击灭了，这可是一位从远古走来的圣人啊！"

"这一战昭示着楚风在宇宙中的崛起，这是他的封神之战！"

"楚神，我对你真是佩服得五体投地。你什么时候进入星空啊？到时候我把亲妹妹介绍给你。"

亲眼看到一个年轻的进化者除掉一名圣人，许多人震惊无比。

整片星空都在热议，不少人幸灾乐祸。

天神族平日高高在上，颐指气使，一向看不起下面的进化者，不少人敢怒不敢言。今日楚风大胜，击灭该族的圣人，很多人感觉心中大为畅快。

当然，天神族一脉的人马就是另一种感受了，他们全都面如土色，如丧考妣，恨不得立刻活剐楚风。

至于其他仇视楚风的人，也是一个个面色发黑。楚风的声势越来越大，更关键的是，他真的有实力，且潜力无穷。

地星上则响起一片欢呼声。本土进化者楚风胜出，斩掉一名圣人，这简直是惊世风暴，很快消息便席卷各地。

尉迟空手中的茶杯"啪"的一声坠落在青竹扁舟上，茶水全部洒了出去。这个结果对他来说实在意外，所谓地星假子表现太惊人了！

地星外，各方强者都在长叹。在那个没落之地，一个名为楚风的年轻人就此崛起，被所有人记在了心中。

即便是十大星球的道子、天女、魔子等，也都面露异色。这个楚风都屠圣了，谁敢小觑？

星空下排名靠前的几个绝代丽人，也都美眸发亮，凝视楚风。

之前，谁都没有想到楚风可以屠圣，而且是占据绝对上风。

这一切都像是反过来了，原本应该属于天神族圣人罗洪的战绩，被楚风展示出来。

此时，精神战场中，楚风感觉到了一股强大无比的精神力被三块魂界石净化并吸收一部分，其余归于天地间。

那是罗洪被精神战场压制的精神力，在他的意志消亡后成为无主之物，现在跟着消散了。

沸腾过后，人们不再盯着楚风，而是看向另一片精神战场。妖妖一个人面对天神族八大高手，其中有金身境强者，有亚圣，也有圣人。

妖妖太耀眼了，颇有抢楚风风头之势。很多人感叹，时隔漫长岁月，终于又可以见到她出手了！

"一起上吧！"妖妖开口。等楚风那边的战斗结束，她才开始这边的战斗。

天神族的强者包括那个男性圣人都脸色发白，他们还未战就能猜到结果，却不得不硬着头皮出手。

"我们一起灭了这个妖女！"开口的是那个金身境强者，他第一个出手。

其他人也都没有迟疑，一股脑地释放各自的画卷，施展各自的绝学，向着妖妖攻击过去。

"哧！"

妖妖速度太快了，仿佛比光还快，空灵的身影"嗖"的一声就到了敌人近前。她右手发光，一柄能量光剑出现，对着那个金身境强者劈去。

那个人躲避不开，面露惊恐之色。一个人的速度怎么能这么快？这完全超出了他的认知，像是穿越岁月而来。

他怒吼着，浑身发光，拳头处能量翻腾，竭尽全力抵挡。

妖妖见状，神色无丝毫变化。剑光一扫，那个金身境强者毙命。

哪怕早有心理准备，星空中的人们还是一片哗然。一招就灭掉一个金身境强者，这太惊人了。

"注意，不要接近她！她修成了某种神域，一旦进入她的领域，就会毫无还手之力！"天神族的圣人吼道。

原本他几乎忘记了关于妖妖的传说，直到她当众斩灭金身境强者的这一刻，那些记忆才涌上心头。

然而，就算他提醒了众人，接下来的战斗也没有任何悬念。妖妖忽左忽右，忽东忽西，无论是施展剑气，还是挥动拳头，抑或是弹指，所到之处都有人倒下。

"啊啊啊——"

精神战场中，天神族人的惨叫声此起彼伏。有的人被重创后，利用该族的无上呼吸法复苏，然而，结果还是被斩。

到头来，连那圣人也被妖妖的一道剑气刺中，倒地身亡。

在精神战场中，妖妖依旧绝美，现在的她是专注的，也是冷漠的，所向无敌，是一个女战神。

"啊——"亚圣惨叫，被妖妖的手掌劈出的一道金光斩中。妖妖所过之处，无坚不摧。

"自身的神域？！"楚风盯着战场，大受触动。一刹那，他有了很多想法，看到了更为广阔的空间。

之前，他跟天神族圣人罗洪战斗时，曾经短暂地将罗洪禁锢在空间中，这就是一种"域"的雏形的使用。

后来，他又尝试在能量体石球上刻写符文，压制罗洪，这也是一种"域"的使用。

楚风觉得，自己找到了两条路，能追赶上妖妖的脚步，星空下第一的宝座，自己或许也能触碰到。

精神战场中，妖妖除掉了天神族从金身境强者到亚圣再到圣人的所有人，结束了战斗。

这时，星海中就像发生了大地震一般。

—第293章—

妖妖的未婚夫

圣人罗洪死了，精神体被楚风击灭。

天神族来到地星外的一群人，包括一名亚圣、一名圣人等，全被妖妖消灭。

这样的局面导致星空中沸反盈天，各族哗然。

这惊人的战绩，震动了整片星空！

楚风只是观想境初期的进化者，却以弱击强，在精神战场中屠圣，导致罗洪彻底消亡。

堂堂一代圣人，正常情况下有多少人可以除掉他？

结果，他却死在了楚风的手里。

先前他不顾身份，降下一颗精神种子，亲自对楚风下手。事情败露后，他又想在精神战场中杀人灭口，结果自身丧命。

这是典型的搬起石头砸自己的脚。

若非他一意孤行，何至于此？

至于妖妖一个人消灭天神族赶到地星外的全部人马，就更不用说了，人们瞠目结舌的同时，也觉得理所当然，毕竟她是当年的星空下第一。

在精神战场变得寂静，只剩下楚风和妖妖两人后，各族强者还是觉得不太真实，忍不住惊叹。

那可是天神族啊，并非其他族群，可是今日族中两名圣人接连被除，想不引发星空大地震都不行。

一时间，举世瞩目，所有的目光都投在了那两人的身上。

妖妖风姿绝世，站在天藤之上，睥睨群雄。有那么一瞬间，很多人精神恍惚，仿佛又回到了战火燃烧、烽烟四起的上古时期，再次看到妖妖震慑群敌。那是属于她的时代。

当年，她就是站在这里大战各族奇才，横扫元磁圣体、万星体、天命仙体等体质拥有者的。

而后，人们又看向楚风。

毫无疑问，今天这一战是他的封神之战。无论怎么说，他都除掉了一名圣人，正式崛起于这片宇宙边荒。

自此之后，很多人都会知道这片没落之地出了一个有天纵之资的年轻进化者，他叫楚风。

这可跟以前不一样，过去他也很出名，却入不了在场众人的法眼。

现在则不同，他被一些圣人记住了！

他开启千年未有之盛况，挑战并除掉了一名圣人，那些圣人怎会记不住？

此外，十大星球的嫡系传人也记住了他，这是不可忽视的强劲对手！

而在星空中排位前十的绝色丽人，也有几名在场外目睹了这一切。一战过后，她们私下打趣，说楚风如果不属于地星，将是一个不错的道侣人选。

但是现在，这支潜力股无人问津。

因为上至圣人，下至普通的年轻进化者，所有人都知道，楚风接下来的麻烦大了，天神族怎会咽下这口气？

屠圣，这种无比辉煌、极尽耀眼的战绩，将伴随楚风的一生。

可是，这种荣誉不是一般人能承受得起的，很可能会招致灭顶之灾。

那可是天神族，宇宙中排名前十的族群，所栖居的星球自古稳居于十大星球之列。

这样的族群高高在上，被他们毁灭的族群、攻破的生命星球不知道有多少。

人人都说天神族典藏丰富，收录了鲲鹏、饕餮等神禽圣兽的武学，可又有多少人了解背后的血腥？

这都是他们毁灭顶级强族得来的！

这一战后，地星多半会成为风暴中心，天神族应该会报复。

"妖妖……"

原兽平台的拥有者林琦有很多话想对妖妖说，哪怕知道现在的她只是一缕执念，再也不是当年的那个人。

妖妖微笑着冲他点头，用精神力传音，与他低语。

星空中，很多人盯着这里，看向楚风。人们轻叹，自今日过后，地星不知道会迎来怎样的惊天风暴。

没有人可以预测到，天神族究竟会怎样报复这个年轻人。

很多人神色复杂，无比忌惮，比如灵族女圣穆青菡就退出去了不知道多少里。

天神族人被拉进战场中的那一刻，她可是吓了一大跳，若妖妖当时也将她强行拉下去，她可能也会死。

楚风感觉到，很多人的目光正投向自己。他相当淡定，一点也不怯场，开口道："各位前辈，各位同道，大家好！我是楚风，有幸在此与来自星空中的各位碰面。"

"哇！"星空中，最先给楚风热情回应的居然是一个银发小女孩，她笑得很灿烂，从一辆战车中探出头来，喊道，"楚风大魔头，你不是将天神族少神压制了吗？把他送给我当车夫吧！"

众人都无语，这种关头还真有人敢应声，而且，她要天神族少神去给她赶车？

可是，看到说话的是这个银发小女孩后，人们服气了。这是来自亚仙族的小公主，身份尊贵，地位极高，完全不怵天神族。

楚风微笑道："小妹妹，看你这么聪慧漂亮可爱，没问题，回头我就将天神族少神给你送过去。"

"你真有眼光，我可是未来的星空下第一美人，会将所谓十大美人都向后挤出去一名，跟我打好关系，保证会对你有利。"

然后……就没有然后了。

一只大手抓住银发小女孩，硬是将她拉回了车厢中。

那是一个银发男子，此时在用光脑联系："通天隧道公司，我这里要邮寄一个人。"

银发小女孩激烈反抗："哇，映无敌你敢，我跟你拼了，你敢将我这么邮寄回去，我跟你势不两立！"

然而，映无敌黑着脸，直接将她扔进了救生舱般的包裹中。这是打定主意要将她送回去。

"各位，回见。"

"嗖"的一声，楚风从天藤顶端的精神战场消失，直接回归地星。他的精神进入肉身中，身体彻底复苏。

"还好道基没有裂开，仔细算一算，六道轮回丹也快到了。"

楚风很满意这次的战果，在跟圣人的大战中，他领悟很深，参悟出了一些真正可以走向无敌的路径。

"兄弟！"

天藤根部，一群人"呼啦"一下围了上来，除了大黑牛、周全、驴王等，还有昆林山诸王，热闹无比。

"咻！"

一道光闪过，妖妖也出现在这里。

"见过妖公主！"

昆林山诸王赶忙郑重地拜见，对妖妖无比尊敬。

大黑牛、西伯利亚虎王则讪讪的。当初与妖妖第一次相遇时，这两个家伙可谓胆大包天，还想追求妖妖呢，现在都老老实实地上前施礼。

"神仙姐姐！"

蛤蟆屁颠屁颠地跑过来了，那叫一个亲热，一双大眼睛扑闪着，绝对不是斜着的，而且一点唾沫星子都没溅出来。

楚风实在没忍住，狠狠瞪了它两眼。

妖妖微笑着看向楚风，道："这次，你很不错。"

她的声音非常好听。

看到昆林山如此热闹，妖妖略微出神，仿佛又回到了上古时期，又见到了那群天资出众、才华横溢的伙伴。可是，她摇了摇头，那些人几乎都死了，活下来的不过一两个。

"轰！"

就在这时，星空震颤，星月摇动，太阳失色，震撼人心。

地星外的各族人马还没有退走呢，这一刻全都战栗不已，即便是圣人都汗毛倒竖。

人们看到，一个人正向地星走来，他凝聚所有星光，呼吸间，整片火球系都仿佛在起伏。

随着他吸气，光芒涌进他的身体，星空暗淡；随着他呼气，星光从他的口鼻间散发而出，天地明亮。

这个人太强大了！

"当年的星空下第三！"一名远古圣人低语。

谁都没有想到，天神族的人还没有来，却来了这样一位大人物。

各族的人面色都变了，当年的星空下第三是妖妖的未婚夫，居然出现在这里！

当年的星空下第三，那是何等惊艳的人物，不然也不会被妖妖的父母看中，成为妖妖的未婚夫。

但是，当年发生的事让人心寒，昆林山一群才华横溢的天才几乎都战死了，最后只剩下妖妖独自迎战宇宙各族的天才。

西林族号称星空下第九的魏恒背叛也就罢了，连号称星空下第三的妖妖的未婚夫也远去，没有帮助她。

那个时候，星空下第三的师尊是映照诸天的猛人，带走了自己的弟子，但是，若星空下第三足够决绝，肯定会有不同的故事。

所以，妖妖在提及过去的事时，轻描淡写地说那个人已经死了，如今与她无关。她没有刻意回避，也不主动谈及，只是以一种无视的态度对待那个人，那件事。

现在，星空下第三来了，星海震撼，各族心惊，但是妖妖只是稍微露出一丝诧异之色。

"妖妖——"

星空中传来呼唤。

那个人也曾属于地星，是从这里走出去的最强大的天才，时隔无尽光阴，他回来了。

这是自他当年离开后第一次回来。

地星外太空，各族强者都还没走，此时全都在看着他。他吞吐星光，身影有些朦胧。

他的实力太强了，连圣人都心头悸动，惊骇不已。

"妖妖！"

星空下第三又一次呼唤，气息可怕，让四方人马都有些不安。

如今，他就是一个传奇，号称最有可能映照诸天的人，有人说他一只脚已经迈进了那一领域。

"昆宇，你也好意思再回来！"林琦开口，点出那个人的名字。

众人惊叹，如今这个名字一般人不敢提。

林琦发丝飞舞，俊朗的面孔上写满寒意，一双眸子中有沧桑，更有不忿。

"林琦，"昆宇很温和地开口道，"好久不见。"

"事实上，此生我都不愿与你再相见！你这样的人还有什么脸面再次来这颗星球！为了活下去，你连未婚妻都不顾，还有一点男人的血性吗？！"

昆宇吞吐整片火球系的星光，显然，如今他的修为到了常人无法企及的程度，突破在即，哪怕来这里也不肯放下修行。

他稍微沉吟，对林琦道："你不懂。"

然后，他一步迈出，强大如林琦也拦不住他，他就那么从容地迈了过去。

昆宇再次传音，要跟妖妖一见。

"这个人……"

地星外，有年轻人开口，想要说什么，结果该族圣人立刻散发威压，让他紧闭上嘴巴，一句话也说不出了。

圣人怕他说出不敬的话惹到昆宇，连圣人都惧怕那样的传奇人物。

昆宇轻叹间，星空中发出可怕的轰鸣声，他的口鼻间若有天雷，炸得空间裂开，惊得所有人都战栗不已。

他扫视四方，目光深邃无比，哪怕是各路圣人都不禁低头，不敢与他对视。

"妖公主，需要老黑我罗列他的罪状，将他赶……骂走吗？"大黑牛想说"赶走"，但是最后改口了，他知道那不现实，自己只能骂一顿。

"神仙姐姐，这个人是不是太讨厌了？让我上去，替你吐他一脸花露水！"蛤蟆拍着胸脯说道。

楚风也看向妖妖。他真的没有想到，妖妖的未婚夫会出现，太出人意料了。

"你们都不要妄动。"妖妖说道。"嗖"的一声，她化作一道光，再次来到天藤顶端。

地星外，天藤前，昆宇站在那里，身影渐渐清晰。他白衣无瑕，英姿勃发，是一个真正的绝世美男子。

"唰！"

他手一拂，整片星空都暗淡了，唯有面前还有朦胧的光，日月星辰仿佛都被他遮住了。

至于原兽平台以及其他组织的探测系统，全部被隔绝，无法捕捉这里的情况。

地星外，各族进化者都惊悚不已，因为他们眼前一片漆黑，看不到前方的景象。

天藤顶端像是与世隔绝了，外人根本感应不到。

昆宇丰神如玉，脸色不再平和，真挚地与妖妖交谈。

这里自成天地，他人无法窥视，所有的圣人都在昆宇强大的气息下感觉心惊肉跳。

许多人都能感受到，这片星空在震颤，像是强者悠长的呼吸所致。这是昆宇有意为之，他要压制这片星空，震慑所有人。

事实上，以他如今的身份，谁敢去触霉头？他的师尊是映照诸天的老牌强者，他自己也快要成功映照诸天了，可谓宇宙新贵。

最终，太空中恢复平静，不再暗淡，星光再次普照下来，人们又可以看到昆宇与妖妖了。

"妖妖，你真的不跟我走吗？我师尊穿过混沌边缘，进入残破的古宇宙探险，九死一生，获得一株仙药，也许能救你。"

人们不知道他们此前交谈的内容，但昆宇最后的话语被人们捕捉到了。

"你走吧，不要再回来。"妖妖拒绝。

人们不知道经过，只看到昆宇转身，踩着一条五彩斑斓的大道，直接穿过火球系，走出这片星空，就此远去。

"唰"的一声，妖妖化成一道光，从天藤顶端消失，回到昆林山。她一抬手，光雨飞舞，笼罩此地，让域外的人无法窥视。

她站在山地中一阵出神，非常安静。

"妖公主，你没事吧？"大黑牛小心翼翼地问道。

"谁没个前男友？这都不是事！神仙姐姐是谁？天上地下，唯她独尊！她自然没事。"蛤蟆大大咧咧地说道，一副满不在乎的样子。

然后……蛤蟆翻飞起来，跌了个四脚朝天，肚子像个大气球般不断膨胀，那是体内的能量在激荡。

它顿时明白，自己的马屁拍到马腿上了，这插科打诨的话惹得妖妖心情不爽。

"神仙姐姐，我错了，饶过我啊！"蛤蟆大叫。

"楚风，替我收拾收拾它。"妖妖说道。

"好嘞。"楚风走过去，把蛤蟆拎了起来。

"哎呀，救命啊！神仙姐姐，我是你们家养的第一神兽啊，偌大的门庭如今只剩下你我两人了，你怎么能这样对我？"蛤蟆大叫，又望向楚风，"姓楚的，你真要对我下手啊，亏我还想让你当我姐夫呢！我跟你拼了！"

昆林山这里，无论是大黑牛、黄牛还是驴王，抑或是周全、昆林山诸王，顿时全都傻眼。

妖妖身段婀娜，肤若凝脂，秀发飘舞，白皙的面孔完美无瑕，此时似笑非笑，睨视楚风和蛤蟆。

有那么一瞬间，楚风的心猛地一跳，精神有些恍惚。昔日的星空下第一也是当年的第一美人，着实艳冠天下。

"砰！"

就在这时，妖妖伸手向前点去，不仅修理了蛤蟆，连楚风都遭到她的攻击，成为她的出气筒。

不过，她动用的只是观想层次的力量，并未超过楚风的承受范围。

"呱！"蛤蟆大叫，运转蛤蟆功，满身都是金色斑纹，发出刺目的光，同时对楚风喊道，"兄弟，这是对你的考验啊，你必须胜出。"

楚风大怒，这死蛤蟆成心拉他下水，让他也成为妖妖攻击的目标。

"轰！"

楚风见妖妖动用的只是观想层次的力量，顿时全力以赴，催动自身的画卷，顿时，百强星球浮现，群山都在颤抖。

同一时间，他再次体会到了那种禁锢空间，凝固天地的感觉，这是某种"域"的力量。

之前，他在跟罗洪激战时有过这种领悟，可惜只成功那一次。

"嗯？"

妖妖颇感意外。她的身体变得迟缓了，被楚风的画卷和那种"域"的力量所阻，如陷泥沼。

"嗖！"

妖妖的另一只手捏成拳，向楚风击去。真要动手，她并不客气，不过风姿依旧绝世。

楚风顿时感觉压力大增，自己刚才展现的无形的"域"要被撕裂了，无法禁锢对方。

"轰隆！"

一刹那，他祭出一百个粗糙的石球。这是他演绎的能量体。

而后，楚风眉心发光，瞬间完成刻写符文的任务。他将那一百个石球当成磁石，在上面刻下各种神秘符文，形成超凡场域。

同时，他的画卷发光，也向前飞去。

楚风将多重手段组合起来，想要禁锢仅动用观想层次力量的妖妖。

可惜，他才入门，手段还不够娴熟，能量还不够强大。妖妖身体发光，也动用了"域"的力量，逼得他不断后退。

"在观想境只有真正触摸到'域'并演绎下去，才称得上宇宙中的绝顶高手，不然名不副实。"妖妖告诫楚风，"在我们那个时代，真正的绝顶天才都会触摸这一领域，想来如今也差不多。"

妖妖这样说，显然是怕楚风这次大胜罗洪后，心中自满，小觑各族高手。

楚风闻言，郑重地点头。

他始终明白，进化之路无止境，强中更有强中手。

"嗯？"

就在这时，妖妖身体一个踉跄，险些摔倒在地。

显然，她的身体出了状况。

楚风下意识地赶忙上前搀扶。

她的身体很真实，有温度，带着馨香。

这下轮到楚风惊疑不定了。

现在的妖妖不是一缕执念吗？在他看来可能是以能量的形式存在，可他现在触碰到的分明是有血有肉的躯体。

妖妖轻轻一拂，楚风松手，不由自主地后退。

妖妖看到蛤蟆正张大嘴巴，瞪着眼睛看她与楚风，顿时一脚飞出，将它踢得横飞而起。

"为什么踢我？我不服！"蛤蟆大叫，在半空中翻滚，"轰"的一声撞在远处的一座山峰上，顿时烟尘滚滚。

大黑牛、西伯利亚虎王、驴王等都面露异色。

妖妖一脸严肃，瞪向他们，道："我身体状态不佳，时间不多了，现在得抓紧时间说一些事。"

无论是黄牛，还是楚风，抑或是昆林山诸王，全都郑重起来，仔细聆听。

"昆宇，曾经的星空下第三，如今实力更是强大无比。他想让我用这片天地的传承能量古塔将他接引进地星主空间，借助这颗正在复苏的星球，铸就自己的无敌身，在这里映照诸天。那样必然会耗尽这颗星球无数年的积累。"

蛤蟆一瘸一拐地回来，叫道："啊，这孙子太不厚道了，当年跑得比谁都快，现在见有好处，又想回来独占，门儿都没有！"

妖妖道："虽然我拒绝了，但是我了解他，他必然会想尽办法回来，在这里成道，铸就无敌身。一旦让他成功，这里必然将永远没落下去。所以，你们的时间很紧迫！"

她看向楚风，又看向黄牛，最后也看了一眼蛤蟆。显然在这些人中，她对他们三个寄予厚望。

"昆宇说，哪怕是他弟子的弟子，都有修为惊人之辈，可以同境界压制地星上所有的真子、假子。"

妖妖提及两人不久前的谈话，提醒楚风他们，以后昆宇这一脉有可能会成为地星无法想象的大敌。

黄牛、蛤蟆、大黑牛以及昆林山诸王顿时愤怒无比。

这个人心性凉薄，当年离开地星也就算了，如今回来只想索取，以后居然还可能会成为地星的强敌。

妖妖接着道："时不我待，如今各方人马虎视眈眈，我不能按部就班了。我可能要离开地星，去复活我自己！"

妖妖这样的话语一出，众人全都心惊地睁大了眸子。

楚风也看着她，面露忧色。

第294章

灭族之祸

"你要去哪里？"

楚风非常担心。这种状态下，妖妖怎能离开地星？她只是一缕执念，一旦被人发现，全宇宙也不知道有多少人要追击她，她还有活路可言吗？

须知，妖妖曾经是星空下第一，她的对手哪一个是凡俗者？任何一个跳出来肯定都是惊天动地的大人物。

想想当年她击败的那些对手，羽化神体拥有者、天命仙体拥有者、元磁圣体拥有者……任何一个都可以成长为宇宙中的盖世强者。

大黑牛、蛤蟆、驴王、西伯利亚虎王等也是一脸担忧之色，纷纷劝阻。大家都不想妖妖远行，那样实在太冒险。

"不用忧虑。"妖妖微笑，很从容地道，"我接到一位长辈传来的消息，他突破宇宙边缘的混沌地带，进入残破的古宇宙，有惊人的发现，那里也许可以带给我希望。"

"我代你去，将你需要的东西带回来。"楚风开口。

"还是让我去吧，不会引人注意。"黄牛开口。

众人都觉得可行，黄牛目标小，完全可以代替妖妖远行。

妖妖摇了摇头，揉了揉黄牛的头，顿时让漂亮的小家伙脸红了。

"有些东西是带不回来的，只能我自己去。那里有一些特殊的地势，比如孕育混沌神祇的母巢。"

妖妖的话语让楚风等人全都面露惊容。那种孕育出混沌神祇的母巢真的存在？这简直是惊天的消息啊！

"我在等消息，等待被接引。"妖妖说道。

他们还谈了很多，不过妖妖没有提及那位长辈以及自己何时动身，这关乎生死，她也在慎重思忖。

而后他们又提及昆宇。这个人马上要成就无敌身了，真要盯上地星的话，威胁太大，简直是一座高不可攀的雄伟大山，谁能撼动？

连现在的妖妖也不行。

楚风又提及所谓地星真子的事，他告知妖妖，那个人手中有地星的传承能量塔，是一个变数。

因为，妖妖刚才说，昆宇想让她用这片天地中的传承能量塔接引他，助他一臂之力。

"他那种强者想要平静地闯进来，需要激活所有顶级的能量塔，缺一不可。"妖妖说道，"其中一座最为关键的传承能量塔在虎泷山，用来守护一粒长生金，我会将它带走。这意味着，他永远凑不齐。"

"太好了，让这孙子竹篮打水一场空。"蛤蟆哈哈笑道。

"我了解这个人，他不达目的不会罢休，而且，他不是一般的人，总会有非凡的手段。"妖妖警告众人。

眼下，地星处于复苏的时期，万众瞩目，除却昆宇，自然还有诸多威胁。

妖妖又告诉楚风等人，天神族肯定不会善罢甘休，但是不要怕。

最后，妖妖远去，前往虎泷山休养。

地星外发生那样的大事件，自然震动了宇宙星海，在各地掀起了轩然大波。

天神族兴师动众而来，结果少神被俘虏，圣人罗洪死亡，另一个圣人以及亚圣、金身境强者等全被击灭，连该族的某个神女都被从月星倾泻下来的场域符文活活震死。

这种大祸发生在天神族头上，不亚于一场宇宙风暴，震动了各族。

再加上最后时刻昆宇现身，踩着五彩斑斓的大道，穿过火球系，跟妖妖交谈后被拒，自然引发了诸多联想。

"想不到啊，天神族也有吃亏的一天！这么多年来，他们一向所向披靡，攻占的生命星球没有一千也有八百，可是在那片没落之地，他们的圣人却接连遇挫。"

"天神族拥有诸多绝学，那都是血腥的积累，是他们攻克蛮族，斩灭饕餮神兽老祖夺来的，可这次还是败了。地星那个年轻人不简单，屠圣啊，真是大快人心！至于妖公主，当年的星空下第一果然名不虚传，同阶对战依旧可以傲视整片星海！"

各大星系中，人们议论纷纷。

甚至有人说，天神族走下坡路了，辉煌不复存在。这自然是有人在推波助澜，而且是来头很大的族群在散布这种说法。

仔细想想，天神族侵占的利益太多了，掌控的生命星球遍布宇宙各地，不是长满各种灵药，甚至长有圣药的能量惊人的星球，就是蕴含稀有母金的富矿地。

须知，有些圣药、母金，对圣人乃至映照诸天的至强者都有极大的价值。

这自然惹人眼红。

各大强族之间看着和平，实际上一直在暗中较量，划分势力范围，比如十大族群占据的地盘彼此相邻，犬牙交错。

在某些长有稀世圣药的古老星球上，甚至有数股大势力盘踞，共同经营。每隔百年，这些大势力便要重新商议，再次分配采药权。

所以，天神族在没落之地大败后，顿时各族之间暗流汹涌，各种传闻甚嚣尘上。

"敢轻慢天神族者，死！"

这一日，天神族栖居的星球上响起一个冰冷的声音，震动整片星系，传到无数人的耳朵里。

天神族中接近映照诸天，甚至已经算是迈进这个领域的大人物从沉眠中复苏，俯视星空，这么开口了。

就在这一天，起码有十个金身境强者殒命。他们都是散布天神族没落这种消息的人，前一秒还在高谈阔论，下一秒便化成一片火光，形神俱灭。

但凡这样死去的人，所在的星球外都曾出现过一双巨大的眼睛。那双眼睛深邃无比，冷漠地注视着生命源地。

所有人都毛骨悚然。看来，天神族出动了触摸到映照诸天领域的绝顶强者，不然，怎么可能看一眼就让金身境强者丧命呢？

一日间，议论天神族的人安静了不少，起码不敢再夸张地谈论了。在这种强压下，许多人都很忌惮。

不过，原兽平台、黑血角斗场等网络平台上，人们依旧在热议。天神族管天管地，也很难覆盖整片星际网络。

"这一族太霸道了！"

"不久前，我还讨厌楚风这个魔头，可是现在我无比支持他跟天神族死磕到底，希望他能够真正成长起来！"

"难啊！天神族的怒火谁能承受？他们只忌惮前百星球，不敢轻易发兵，那些百名后的星球，他们敢直接去攻打，一向霸道惯了。这次在一片没落之地吃瘪，他们怎么可能会咽下这口气？"

人们一致认为，楚风危矣，天神族肯定会疯狂报复，不计一切代价！

"我就不信没人治得了天神族！十大族群真的无法撼动吗？"

星空各地，人们都在私下里讨论这件事。

果然，天神族没有隐忍，也不会默默吞下这颗苦果。就在两日后，他们动身，直接开启超级空间隧道，想要以最快的速度闯到地星外太空。

很快，由数名圣人带队的上万天神族人马，浩浩荡荡地降临火球系。

这震惊了宇宙各族，很多年都没有这种事情发生了，天神族派出的人马一旦过万，那就是要发动灭族大战的征兆。

尤其是数名圣人齐出，要知道，天神族一两名圣人就能压制一片星系，他们都太强大了。

"这是要撕破脸皮吗？他们不怕圣师未死，再给他们来一次重击吗？"有老古董感叹道。

当年，圣师躺在青铜古棺中，从宇宙边荒再现，一口气毁灭了天神族统治的很多颗星球，震惊了各族强者。

光脚的不怕穿鞋的。那时，地星都被灭了，只留下一片残地，圣师还有什么不可做的？他直接对天神族、幽冥族的统御之地下手，来了个鱼死网破。

这就是天神族、幽冥族都有映照诸天的至强者坐镇，却最终没有粉碎地星的根本缘由。

"圣师能吓唬我们一世、两世，却吓唬不了我们生生世世。他不可能再出现了，肯定早已死在混沌世界中的古宇宙内！"

这是天神族昭告星空各地发出的声音。

"楚风，过来领死！"

天神族太强势了，一来到地星外，就直接这样大吼。那是圣人的声音，震动天上地下，覆盖整片星空。

离楚风屠圣才过去两日，各族的很多强者还在地星外，一直都没有离去，因为他们预感到会有大事发生。

现在目睹这一幕，各族强者顿时一片沸腾，密切关注。

"楚风必须死！"

地星外，一股股恐怖气息降临，数名圣人带领上万人马，形成可怕的压力，让整片火球系都无比压抑。

有人感叹道："天神不满万，满万不可敌。"

这是一种流传很广的说法，天神族成员一旦过万，就预示着他们要对外发动灭族大战，不达目的誓不罢休。

现在他们出动这么多人马，自然让宇宙星空中的所有势力都惊悚万分。

楚风直接站出来，对着星空喊话。他都屠圣了，还怕他们的威胁？

"天神族，你们没落了，如今应该已经退出十大族群了吧？速速让位给幽冥族！都这样了还这么嚣张，跑到这里来耀武扬威，你们不嫌丢人吗？"

众人都发怔，没想到楚风连这种话都敢说出口。

此时，幽冥族的人一个个脸色发黑。这种挑拨也太明显了，可是他们相信，天神族的人绝对会上钩。

"楚风，如果你自己上来，我们就放过这片没落之地，不然的话，地星所有生物全都要为你陪葬！"天神族圣人震怒，大喝道。

"呵呵——"妖妖在虎泷山出现，道，"你们是想死吗？被除掉两名圣人还不长记性是吧？"

楚风站在妖妖身边，低声道："天神族两名圣人被击灭，他们这次还敢来，肯定有所倚仗。"

"无妨，我等的人也快到了，船要开了。"妖妖轻语。

等的人快到了？楚风、黄牛、蛤蟆等都面露异样之色。宇宙深处有人要开船来接妖妖？

地星外，天神族众人听到妖妖的威胁后，一个个面带怒意，那几名圣人更是目光森冷。

该族两大圣人在这里陨灭，是他们发兵的最重要原因。天神族高高在上，不会咽下这口气！

此时，虎泷山。

蛤蟆拍着胸脯，慷慨激昂地道："神仙姐姐，给我一张船票，我陪你上船，跟你到天涯海角，闯混沌，渡死海，一同寻找复活圣药！"

大黑牛也叫道："也给我一张船票，老牛我必然鞍前马后，陪妖公主共闯宇宙边荒，共进混沌中的残破古宇宙征战！"

然后，驴王、西伯利亚虎王这些厚脸皮的全都叫了起来。

"你们还真以为轻易就可夺到造化？实话告诉你们，圣人进入那片地带都九死一生，绝世强者去了也可能会陨灭。"

妖妖这番话语，顿时让他们都蔫了，打了退堂鼓。

这时，地星外传来冷冷的传音，是天神族一个圣人。

"妖妖，你以为自己是谁，还是当年的公主吗？你的族群早就覆灭了，而今你也不过是一缕执念而已！离开地星，离开天藤，你什么都不是。当年我族能让你血染星空，身死道消，如今我族依旧可以彻底将你毁灭。等着陨灭吧！"

天神族的人这样放狠话，而且是一个圣人亲自开口，这是少见的，一般来说，他们都是以实际行动展示自己的强大。

"你们问我是谁？我告诉你们，我是星空下第一，当年曾打得你族的所谓奇才成群成片地倒下，更灭过你族培养的号称要称尊宇宙星空的羽化神体拥有者。不久前，只是一缕执念的我，还消灭过你们的圣人、亚圣。在我眼中，无论是过去还是现在，所谓天神族人都是土鸡瓦狗！"

妖妖这种霸气的话语，彰显了她无敌、自信的风采，着实让天神族所有人面色铁青，一个个简直要气炸。

但是，他们说不出反驳的话来。这的确是妖妖的战绩，宇宙星空各族皆知。

当年，妖妖压得天神族抬不起头来，若非该族大人物实在坐不住了，亲自横渡宇宙，凌空压制妖妖，后果不堪设想。

域外，一群老怪物都面色通红，恼羞成怒。

天神族的上万人马更是吼声震天，整片火球系都在震动，滚滚杀意席卷星空，震撼人心。

很多来自不同星系的人还没有退走，他们一直关注这件事，此刻都震惊不已。

"天神族的血气震慑人心，果然有些可怕啊！'天神不满万，满万不可敌'，这多半不是虚言。"一名老辈进化者感叹道，神色无比凝重。

在场所有人都感受到了，天神族上万成员透出的血气和精神意志凝结在一起，产生共鸣，整体实力大增。

"妖妖，你要为自己的言行付出代价！今天，我们会毁掉这颗星球，让你们这一族彻底消失！"

天神族那里，一个远古圣人声音冰冷，让人感到后背发冷。

"灭掉这一族，毁掉这颗星球，让他们永远消失！"天神族那上万人马一同大喝，杀气冲天，震动星海。

"哗啦啦！"

在天神族大军中，大旗猎猎，迎着宇宙风而招展，简直要让整片火球系都震荡起来。

宇宙各地，无数人看到了这一幕，不禁哗然。

天大的风暴要来了！

天神族这次真要豁出去了！

地星，尉迟空坐在青竹扁舟上，眉头紧皱，心情复杂。他眼中的地星假子楚风太能蹦跶了，居然闹出这么大的动静。

"过刚易折。他不懂隐忍，这样惹怒天神族，实在是招惹祸端，终究不会有好下场！"

在尉迟空的对面，所谓地星真子周身一片朦胧，被白雾环绕着，盘坐在那里，皱着眉头，闭口不语。

"嗡！"

这时，月星发光，一股恐怖的气息弥散开来，顿时让各方人马悚然。要知道，两天前妖妖就利用月星对付过天神族众人。

然而，这一次天神族大军离月星很远，见月星发光，他们当即整体横渡星空，一退再退，不敢靠近。

"妖妖，楚风，我再给你们一次机会，都出来领罪，这样的话，我天神族可网开一面，放过地星上的生物，给他们留一条性命，最多让这里成为奴隶星球！"天神族的圣人大喝。

这种高高在上的姿态，以及一切尽在掌握中的样子，顿时让楚风和妖妖觉得不爽。

地星外，其他各族强者也都神色一凛。天神族哪怕两天前吃过大亏，败走火球系，今天回来依旧这么霸道、强势。

这说明什么？说明他们这次有底气！

楚风回应，语气非常冲："天神族算什么东西？我都屠圣了，你们又能怎样？如今你们有什么可趾高气扬的，只是我的手下败将而已！别的不说，有种你们下来，先进入地星再谈！"

他相信该族人马下不来。

"楚风，你要为自己的话付出代价！亵渎天神族的人无论是谁，哪怕是高高在上的一族之主，宇宙中惊天动地的大人物，也得死！天神族让你亡，你不得不亡！没有人可以拂逆我族意旨，从未有例外！知道当年这里在宇宙中排在第十一位，辉煌灿烂，何以还是被灭掉吗？就是因为你们的祖先拂逆我族！"

天神族一个圣人冷冷的声音传来，让地星上所有进化者都愤怒不已。

而后，此人一挥手，顿时人喊马嘶，甲胄寒光刺目，兵器不断震颤。

"嗡嗡嗡！"

空间在颤动，然而，他们没有进攻地星，而是整体化作光芒，逼近火球系中心的恒星，接着一起出击，释放炽烈的能量光束，要毁灭那巨大的火球。

"地星有圣师留下的场域，一时间难以破开，那我们就毁掉这颗恒星！我们倒要看一看，一个黑暗的地星，在没有光明和温暖的情况下能坚持多久！我们要让你们亲身经历黑暗而冰冷的最可怕的时代！"

这是数名圣人一起大吼出来的，带着张狂和无尽的快意。他们要毁灭火球系中心的恒星，让这片星空变得枯寂而没有温暖，让地星跟着慢慢消亡。

蛤蟆顿时急了眼，浑身金色斑纹发光，挺着肚子，对着太空吼道："这群人太阴毒了！你们不该取名为天神族，应该叫天阴族。这么欺负人，真是一群小人！"

地星外，各族强者心中悸动。天神族撕破脸皮，无所不用其极，今天这架势是要彻底毁灭火球系。

天神族一名圣人出手就可以毁掉星球，更不用说数名圣人联手，再加上可怕的上万大军了。

整片火球系都在颤动，那翻腾的能量席卷星海，要将前方的大火球淹没，惊天动地。

天神族这些人体形相对星球来说是微小的，可释放出的能量是可怖的，足以毁灭天地。

地星上，许多进化者发抖，面色发白，感觉到灭世的气息到来。

突然间，那颗恒星发生异变，它越发刺目，且变得近乎透明。一面镜子绚烂到无以复加的地步，从恒星上腾空而起，上面各种场域符文流转，密密麻麻的，迸放光彩。

镜子材质特殊，是用最珍贵的磁髓打磨而成的。

"轰"的一声，所有攻向恒星的能量光束全部反弹回去，形成一片能量汪洋，倾泻向后方。

"该死，圣师在这颗恒星中也布置了大型场域，通过那面磁镜显现出来！"天神族的几名圣人大吼，带领族中人马疯狂后退，并利用身上的秘宝，横渡宇宙星空，疾速远遁。

他们冲着地星而去，想以地星为盾牌，阻挡那片能量汪洋。

后方的能量无比惊人，如同惊涛骇浪般拍打着，席卷这片天空，眼看就要追上来了。

他们撕裂空间，疾速远遁，但最终还是有一部分人马被赤红如同岩浆般的毁灭性能量浪涛击中，凄厉的惨叫声响起。

"啊——"

八百多名天神族人被那斩圣场域击中，当场蒸发。

其他人怒吼，血气与意志凝为一体，撕裂空间逃遁而去。

天神族兴师动众而来，结果出师不利，一出手就有八百多人灰飞烟灭，其中包括很多高层次的进化者，那可都是潜力很大的英才。

这对天神族来说是一次重大的打击。

在此过程中，虎泷山上，妖妖把玩着一块流光溢彩的磁髓。

磁髓发光，与恒星中的场域共鸣，激活恒星中的那面磁镜。天神族遭受的一切都是妖妖手中的磁髓导致的。

"'天神不满万，满万不可敌'的传说在今天被无情地打破了，天神族的威严被削弱……"

各方名宿眼中闪烁着惊人的光芒，有人震惊，有人嘿嘿冷笑，都在期待接下来的事态发展。

"你们是想死吗？"

这时，妖妖的话语清晰地传上星空。不久前，她说过同样的话。那时，天神族众人对此不以为意，还讥讽妖妖，现在同样的话语再次传来，他们所有人的脸色都无比难看。

突然，整片火球系都暗淡了，一种无比恐怖的气息在释放，在扩散，如同惊涛拍岸般"轰隆隆"地砸来。

接着，一双可怕的眸子在火球系显现，淡金色的眼球震惊世间。

那双眸子冷酷无情，让圣人都忍不住心悸，头皮发麻，生出一股透进五脏六腑的寒气。

"圣师已死，此星当灭，余孽全部消亡！"

这是眸子的主人的话语。他的威压散到整片火球系，骇人的气息让所有生灵都胆寒，忍不住要跪伏下去，对他顶礼膜拜。

这是一种天生的威压，举世无双，震慑人心。

接下来，一只漆黑如墨的大手出现，吸收宇宙中所有的星光，像是黑洞般吞噬一切，且庞大无比，遮盖了火球系中的星球，一路探来，要毁掉地星。

这一刻，地星本土进化者的灵魂都在颤抖，这是一种无法想象的威压。

同时，地星外，来自宇宙各地的强者，包括圣人在内，都感觉内心空落落的，肉身与灵魂都感受到惊悚。

"天啊，这是天神族古祖出手了吗？看来曾经在宇宙排位第十一的星球要彻底消失了。"

"难怪天神族有恃无恐，扬言要毁掉这片没落之地。现在看来那不是虚言，他们真的下死手了！"

浩瀚星空中，也不知道有多少人在看着这里，各地的生灵都屏住呼吸，凝视着这足以载入史册的震撼一幕。

"完了，地星将不复存在了！"

"可惜了，曾经无比辉煌的一颗星球，今天将走向毁灭的终点。天神族来袭，终究没有人可以抵挡啊！"

无数人暗中叹息。

天神族大人物出手，有天下无敌之势。

整片火球系的空间都在颤动，所有星体都仿佛要炸开。

巨大无比的眼眸，漆黑如墨的大手，恐怖无比！

突然，"嗡"的一声，一道亮光瞬间迸发，照亮被天神族巨头压制的火球系，光明重现。

"虚空映照！"人们惊呼。

那绝对是无上大人物施展的手段，天神族的人马顿时不安起来。

一幅又一幅画面呈现在火球系中，驱散黑暗，映入所有人的眼帘。

那是无尽光年外发生的事，却显现在这里，一定有不可想象的巨擘在出手，展现无上神威。

那里应该是宇宙边荒，弥漫着混沌雾霭，有可怕的杀劫在显化，有古神失去了生机的身体在飘浮……一具带着斑斑锈迹的青铜古棺浮现在那里，化作一道光，撕裂宇宙空间，疾速而来。

下一刻，这具青铜古棺撞击天神族统治的一颗星球，那颗星球"砰"的一声炸开，如同一朵烟花般绚丽绽放。

青铜古棺速度太快了，瞬间进入宇宙深处。

"那是我族一颗无比重要的资源星球，有无价的母金啊！"天神族的一个圣人怒吼，同时面带惶恐之色。

"那个人……还活着，他归来了！"另一个圣人的声音都在颤抖。

一刹那，宇宙星海一片寂静，而后又突然沸腾。很多人知道，传说中的那个人又出现了！

"映照诸天！他当年就可以对抗这个级别的强者，现在他自己也……映照诸天了？"有的人胆寒。

地星，虎泷山。

楚风发现，妖妖一直很镇定，始终望着宇宙深处。

他明白，妖妖要等的就是那个人，她早就知道会发生什么，故此引天神族前来，将事情闹大。她与那个人要在离开前一战震乾坤，威慑天神族。一切都在她的预料之中。

看着妖妖自信的风采、绝美的容颜，楚风不得不叹，妖妖的霸气并不是没有道理的，她的确有那种底气。

—第295章—
圣师再现

星空中，那双巨大的眼眸瞬间更骇人了，如同两盏大大的黄金灯笼悬挂在黑暗的宇宙中，除此地之外，其他各地都很昏暗。

空中的画面一幅又一幅，从宇宙边荒映照而至，从宇宙深处传递而来。

那具锈迹斑斑的青铜古棺前行的速度太快了。火球系原本漆黑一片，但因青铜古棺相隔无数星系的映照，景物渐渐可见。

"有意思，一个已经死去的人还能复活？不太可能！"天神族这个不可想象的巨头开口，声音传出，周围的星球都跟着微微颤抖。

天神族众人闻言，紧张的心情顿时有所舒缓。

"对啊，我们的古祖曾冒险跨越宇宙边荒，进入混沌中的残破古宇宙探险，发现那个人死去的一些证据，他怎么可能还活着！"

星海各地，无数人在观战，很多人心潮起伏的同时也无比期待。那青铜古棺再现，意味着接下来可能会发生绝世大战，不亚于一场宇宙大地震。

许多人屏住呼吸，紧张而密切地关注着。那个人如果回来，有可能会撼动天神族！

"即便真的是你又如何？早就想跟你清算了！当年我初步崛起，只能对付这里的圣人，还无法面对你，而现在已经不是当年！"

巨大的金色眼眸发出可怕的光芒，声音冷得没有一点感情。他知道是谁来了，却还要出手。

他瞳孔幽幽，眼眸深处倒映的是成百上千颗星球被毁灭的景象。

那都是他在漫长的岁月中经历过的战斗！

他亲手毁灭的强大族群不知有多少，双手沾满了血腥。

"这可是曾经在宇宙中排位第十一的星球，当年我在这里大战，看着那些老圣人绝望的面孔，真是一种享受啊！昔日景象历历在目，我又闻到了熟悉的气息。"

他声音低缓，明知有强大的对手赶来，还这般开口，这绝对是挑衅，更是对地星族群的蔑视。

而后，他缓慢而坚定地出击，那只漆黑如墨的大手覆盖星空，向地星那里抓去，带着无尽的能量，星空因此再次黑得瘆人。

"我现在就毁掉这颗星球，你能怎样？如何阻我？"他森然开口，金色眼球发光，映照出面庞模糊的轮廓，张嘴时雪白的牙齿看起来有些可怕。

这应该是一个容貌不俗的生灵，但是释放的能量和气息，让他显得万分可怕。

黑色的大手越过其他星球，拍向地星。很难想象他没有显露的本体有多庞大。

地星上，许多进化者面色发白，忍不住发抖。这是灭世大祸，谁能逃离？

大手探来，要毁灭天地，简直无法阻挡。

"哧！"

突然，这一刻地星发光，月星则释放出符文，周围的八颗行星也全都释放出可怕的符文。符文交织，形成惊天动地的场域，整片火球系都变得刺目起来，震撼人心。

外界的人一下子惊呆了，全部心里发毛，身在火球系中的强者，包括圣人在内，更是头皮发麻。

谁说这里可以随意出入？当年圣师回来过，整片火球系居然都被布置了大型场域，现在场域发威了。

"嗯？"

接近地星的那只黑色大手被光芒照耀着，接着被绝世剑气洞穿，喷出金色的血液。

周围的星球，甚至还有一些巨大的陨石，全都流光溢彩，内部埋着被刻上了至强符文的磁髓等瑰宝级材料，形成威力巨大的场域。

"诛神场域！"

有人倒吸了一口凉气，身体颤抖，面色发白。这是专为对付神祇而布置的可怕场域，当年曾让天神族强者死伤无数。

当年圣师悲愤出手，他闯过绝地，摆脱围追堵截，消灭天神族某一部。正是那样的战斗，让各族至今难忘。

"圣师，你这个毒瘤，留下这些破烂符文，真以为能对付我吗？"

天神族的巨头声音冰冷。他已经负伤，在这片没落之地连他都如此，天神族不会有多光彩。

"嗖！"

他再次动了，那只大手疾速缩小，目标不再那么明显。他想要摆脱诛神剑气，脱离危险之地。

然而，地星及其周围的八颗行星全都迸发光芒，向他那里斩去，剑气冲天，撕裂宇宙空间。

远处，躲在一边的他族圣人都在战栗，无比恐慌，怕自己也成为被攻击的目标，毕竟他们也在这片星系中。

还好，目前诛神场域只针对天神族的巨头。

谁能想到，偌大的火球系平日看着平静，眼下直接成为战场。

此时，远在很多光年外的机械族所有高层都脸色难看。机械族曾派遣铺天盖地的战舰前往火球系，现在看来很可笑，这些场域要是复苏的话，那简直是飞蛾扑火，所有战舰都会化成齑粉。

"轰！"

突然，地星及其周围的八颗行星转动变得异常，它们连成一条线，在火球系中形成奇异的景观，而后激射出能量光芒。

"锵！"

一个声音响起，像是仙剑出鞘发出的金属颤音，又如同龙吟声。可怕的景象出现，九颗行星再加上火球系中心的恒星，连成一条直线，组成一柄宇宙剑。

这种景象惊呆了所有人，无论是在此地观战的进化者，还是在域外的生灵，全都感觉不可思议。

这就是圣师的手段吗？圣师当年布下场域，排列星体，居然可以这样！

此时，场域符文璀璨而夺目，能量被催发到极致，九颗行星与那恒星连成一条直线后，化作宇宙剑。

"哧！"

星空被斩开，那黑色的大手被宇宙剑劈中，震惊星海。

这是一位场域研究者的手段，他当年还不是映照诸天级的至强者，却可以对抗那个级别的存在，果然惊人。

宇宙剑出鞘，一道可怕的光束横劈竖斩，击向天神族的巨头。

"怎么可能？"天神族的人战栗不已，有些恐慌。该族的恐怖存在亲自出手，居然负伤了。

星空中，那双巨大的金色眸子透出无比愤怒之意，当中有星球被毁灭的景象浮现，杀意冲天。

"圣师，你这个已经死了的人，隔着时空还想伤我？滚！"

天神族的巨头咆哮着，张口喷出成片的光芒，冲向那柄宇宙剑。那些光芒化作飞矛，矛上金光闪烁，天神之力流转。

"锵！"

星空中火星四溅，那些飞矛跟宇宙剑碰撞，最后全被斩断。宇宙剑再次劈下，庞大的天神族巨头张嘴的刹那，犹如巨大的黑洞般吞噬宇宙星空，想要吞掉宇宙剑。

"噗！"

光芒耀眼，九颗行星回归原有的轨道，在那里旋转，发出能量涟漪。现在除却那柄宇宙剑，还有由能量涟漪所化的金刚圈向着天神族巨头套去，要将他禁锢起来。

"嘿，天神族那个大块头，你在吹牛皮啊，有种你下来！都受伤了，也敢妄谈毁掉地星？"

蛤蟆在虎泷山上叫板，惊得很多人心里发毛。这主儿真是天不怕地不怕。

大黑牛也喊道："天神族，你们真差劲！这就是所谓毁灭地星之力吗？也不怎么样啊！你们不远亿万里而来，难道就是为了送死？"

"天神附体！"

星空中，天神族巨头发出一声冷冷的咆哮。顿时，他身体不断缩小，并且发出无比绚烂的光芒，瞬间摆脱宇宙剑与金刚圈，站在了远处。

"圣师，我等你来，今天必要你死！"他的声音越发冰冷无情。

宇宙星海中，那具青铜古棺横渡星空，穿越星域，通过空间隧道，以常人无法想象的速度逼近火球系。

刚才那些场域的阻挡，为青铜古棺赢得了足够的时间。

悠悠古棺，不知道在宇宙边荒飘浮了多少年，有宇宙尘埃，更有岁月的沧桑感，锈迹斑斑，却震撼人心。

"圣师！"

"当年的那个人又出现了，果然没有死吗？"

"圣师回来，要跟天神族再次决战吗？"

宇宙中，许多强大族群的主事者惊呼，心头悸动，盯着火球系这边。

"轰！"

空间破碎，青铜古棺从火球系中冒出，出现于这片旧地，直接对上了天神族的巨头。

"圣师，让我看看你究竟是死了还是活着！"

天神族的巨头一声大吼间，金光大盛，焚烧诸天，整片火球系都仿佛要炸开。他露出真身，浑身金黄，绚烂至极。

他很霸道，抬起大脚，一迈步就到了青铜古棺近前，并施展天神拳，向青铜古棺轰去。光芒撕裂星空，照亮整片火球系。

"咔！"

青铜古棺的盖子开启一道缝隙，一根古朴的鞭子出现，正是圣师昔日的赶星鞭。鞭子猛然立起，迎击对手。

"轰！"

刺目的光芒冲起，覆盖此地，整片火球系都仿佛在燃烧，什么景物都看不到了。双方第一次碰撞而已，居然就如此激烈。

天神族巨头罗启成的每一寸肌肤都向外喷出金色能量，能量沸腾起来时，焚烧天宇，撕裂空间。

毫无疑问，他现在释放的金色能量足以点燃一颗又一颗星球，真正称得上是毁天灭地之力。

星空中，也不知道有多少族群的主事者通体冰冷，从头凉到脚。

他们刚才还抱着看热闹的心态，等着看天神族无上的地位受到挑战。可是现在，他们如被冷水泼头，一下子清醒了。

天神族还是那么可怕，那么高不可攀，依旧具有统御之力。

若非圣师，谁能抵挡天神族的巨头？星空中很多族群就算联手，恐怕都只能一击落败，举族皆灭。

青铜古棺那里光芒四射，外人看不到真实的景象，只觉得它具有无上伟力。

此际，赶星鞭劈开宇宙空间，带着无穷无尽的符文，轰在天神族巨头罗启成的拳头上。这是一场激烈的碰撞。

宇宙空间如同破烂的画卷在飓风中被扯开，四分五裂。

在他们的周围，一些巨大无比的陨石一瞬间熔化，如同人间蒸发般消失不见。

两人间的能量太霸道，毁灭诸天物质。

火球系内的星球若非被圣师布下了绝世场域，估计也要遭受重创。这是毁天之战！

"砰砰砰！"

罗启成后退，他每一次落下脚步，星空中都会发生爆炸，都会有黑色的宇宙深渊出现。他的脚掌踏出的能量太强大了。

第一次对击中，他被赶星鞭击退，落在下风，但是他不急，脸上反而露出冷笑，金色瞳孔越发璀璨，杀意越发浓烈。

他在深呼吸，整片星空都在起伏，漫天星光如潮水般涌来，没入他的体内。天神呼吸法号称无上呼吸法，具有常人无法想象的能力。

"圣师，到现在你还躺在棺椁中不现身吗？你到底是还有一口气，还是真的死了？你如果真的消亡，布置的这些场域就不能持久！"罗启成冷冷地开口，散发的气息席卷整片火球系。

这一刻，他仿佛成为星空中的唯一，立在金色的光团中，随着呼吸法的运转，整个人越发金黄刺目。

早前进入火球系，在地星外观战的各族强者都早已躲在周围星球的后面，不然被大战波及的话，将无比凄惨。

"召唤天神！"

罗启成的声音在这片空间回荡，如同远古的大钟在敲响，在每一个人的心头轰鸣，震撼人心。

他像是一个盖世霸主踏上回归之路，要统御六合八荒，能量翻涌，压迫星空。

这种手段一出，很多强大族群的族长面色都变了，所有观战者都心头悸动。

"轰！轰！轰！"

从那黑暗中，从那宇宙未知处，飞来一块又一块黄金骨，它们燃烧着，发出炽烈的金光，照亮一片又一片星海，而后没入火球系，带着大道和鸣声以及各种惊人的异象，跟罗启成融合在一起。

召唤天神！

他施展出来的召唤天神的威力，比罗洪不知道强大了多少倍，震慑星空各族。

当然，罗洪当时被压制在观想境，所以很难展现召唤天神的威力。

而现在完全不同，天地在颤动，一块又一块黄金骨和黄金皮融入罗启成的身体，他像是换了一个人。

那些从未知空间飞来的黄金骨都带着异象，有的仙气袅袅，被白雾笼罩着，有的发出龙吟声，还有的伴着真凰虚影，有神禽环绕，沐浴在刺目的金光中。

"砰砰砰！"

罗启成的身体在震动，一块又一块黄金骨被召唤而来，跟他融为一体，让他成为宇宙中无比刺目的一团光。

任何强者都可感知到他的能量强度骤然提升，比刚才提升了一大截。

"圣师，我渴望这一战很久了，不管你是人还是鬼，今天我都要灭掉你，铲除大患！"罗启成霸道地吼道。他的金色长发变长，血气如海，从毛孔中弥散而出，一下子笼罩这片空间。

"轰隆隆！"

在他周围，雷声轰鸣，闪电交织，巨大的闪电一道又一道浮现，简直像是太初的第一缕光，劈开星空。

此时，火球系中，九颗行星的运转都出了问题，它们仿佛要停滞，要走向毁灭。

毫无疑问，如果没有圣师当年留下的场域，什么星体都会被罗启成那惊人的能量覆盖，从而彻底毁掉。

"天神显化啊！"

就连一些老辈圣人都发出惊叹，生出无力感。这个状态下的罗启成简直是无法阻挡的，有无敌之势。

罗启成举拳轰击，所在的地带自成一方空间，被金光笼罩着，仿佛万法不侵，但是他打出去的拳印霸绝天地，可伤任何人。

"轰！"

火球系颤动，青铜古棺那里发生大爆炸。

九颗行星与火球系中心的恒星迸发出场域符文，不然的话根本挡不住罗启成的拳印。火球系外，有行星炸开，有行星被点燃，这就是天神之威！

相隔那么远，罗启成的拳印还有如此可怕的威势，让原兽平台、黑血角斗场等平台上一片沸腾，各族进化者都在讨论，罗启成的能量强度到底有多高。

"青铜古棺呢？怎么看不到了？该不会被天神拳轰碎了吧？"

"那些黄金骨到底来自哪里？是特殊的能量吗？我听闻，黄金骨是从宇宙边荒的残破古宇宙中飞出来的，不知道是真是假。"

"圣师怎样了？"

各地，无数人在紧张地注视着这里。

"轰！"

赶星鞭挥出，同样带着雷霆，带着火焰，照亮火球系，将那拳印轰开。

"锵锵锵——"

就在这时，九颗行星一起颤动，都发出刺目的光芒，像是仙气在激荡，而后仙剑出鞘般的声音发出。

九颗行星像是九把剑鞘，经过从上古到现在的漫长岁月，培育出九柄仙剑。剑光璀璨无比，带着雷霆，带着仿佛可摧毁宇宙的闪电，还有无穷的瑞彩，冲天而起，旋转着向罗启成劈去。

九柄仙剑，九道剑光，都是场域养出来的，杀气冲天，震撼这片星海，外界的人都倒吸了一口凉气。

"噗噗噗——"

罗启成中剑了，哪怕有所谓黄金骨融入体内，哪怕初入映照诸天的领域，他也挡不住九柄仙剑，挡不住圣师当年布下的绝世场域。

"啊——"罗启成嘶吼。

"天啊，圣师这是神威无敌啊！"

星空中，许多老牌强者惊呼。哪怕听说过上古一战，知道圣师的一些手段，他们现在也还是心惊肉跳。

"难怪当年的他敢跟映照诸天的存在对决！将场域研究到这个程度，也算是震古烁今，无人可及了。"

各族强者看着圣师的手段，都惊叹不已。

九柄仙剑全都刻着密密麻麻的场域符文，在火球系中纵横旋转，上下飞舞，劈向罗启成。

"啊——"

罗启成披头散发。他映照诸天后，觉得自己所向无敌，终于可以压制传说中的圣师了，雄心万丈地要在这里击灭圣师。可是现在看来，他依旧不是圣师的对手。

"轰！"

罗启成轰碎星空，从火球系中冲了出去，沿着一条空间隧道逃走，出现在火球系外，大口喘息。

他运转天神呼吸法，通体发光，身上的伤口在愈合，在生长，生命气息浓重。

"圣师，你这个毒瘤还不死吗？你在火球系中有布置，但我现在逃出来了，你还有什么手段？"

罗启成不服，瞳孔金光大盛。

果然，那九柄仙剑没有追击过来，最后都没入九颗星球中不见踪影，火球系恢复平静。

"如果你没有了手段，我就要出招了！"罗启成森冷无比地说道。

"嗯？"

就在这一刻，只见九颗行星转动，围绕着恒星排列成一条优美的弧线。

而后，九颗行星连接在一起，宛若一张弓。

接着，最两侧的星球发出的光连接在一起，形成弓弦，并发出轻颤之音，聚集起来的能量惊人无比。

此时，恒星正好处在弓弦上，一道金色能量光束从恒星那里发出，化成一支羽箭，"嗖"的一声射了出去。

这一切发生得太快了，超越人思考的速度。

罗启成预感到不对劲，可是已经来不及躲避，巨大的羽箭飞来，正好对准他展现出来的宛若星体般庞大的躯体。

"噗！"

能量羽箭在罗启成的身上炸开。

所有人都惊呆了。

地星，虎泷山。

楚风十分激动。这就是场域的延伸与发展吗？以宇宙星体为棋子布置场域，对付映照诸天的敌人，这为他打开了一扇更开阔的大门，让他看到了一条不可想象的路。

人们全部瞠目结舌。以九颗行星为弓，以恒星为箭，射杀天神族巨头，这是何等惊人的手段！

"圣师，我与你不死不休，这一次……你死定了！"罗启成咆哮着，拼命恢复身体。

众人一怔。他为何还有这样的底气？

就在这时，宇宙星空中又出现了几道庞大无比的身影。

一道身影降临后，带着幽冥气息，如黑雾般遮盖火球系。

另一道身影出现在另一个方向，金光璀璨，金色的眼眸无比庞大，同为天神族，却比罗启成更强大。

还有一道神秘身影被雾霭包裹着，站立在星空中，气息骇人，让圣人都忍不住战栗，要跪伏下去。

三个映照诸天的强者同时出现，要压制圣师。所有人都惊呆了。

毫无疑问，这一次，天神族准备充分，下定决心要除掉圣师。

天神族古祖、幽冥族古祖以及一个神秘人物联袂来袭，这是难以化解的杀局！

　　"圣师,这次来了就不要走了!"天神族古祖开口,金色瞳孔发出的光芒相当可怕。

　　这时,青铜古棺"咔"的一声轻响,棺盖开启,从里面探出一只手来。

—第296章—

映照诸天者齐出手

那是一只指甲很长的手，用力地按在青铜古棺边沿。

棺体上有铜绿，更有很多模糊的纹路，将那只枯瘦且指甲宛若铁钩般的手衬托得无比醒目。

人们心中微颤，总感觉这只手十分妖邪。它缺少血气，粗糙干瘪，指甲黑亮，有半尺多长。

"咔！"

棺盖猛烈摇动，被推开一道很宽大的缝隙，里面黑乎乎的，接着另一只手也在青铜古棺边沿出现，指甲划在青铜古棺上，发出让人牙酸的金属颤音。

这时，别说在火球系内目睹这一切的各族高手，就连远在星海深处，通过天眼监测看到这一幕的进化者心底也都冒起一股寒气。

圣师这是怎么了？跟当年不太一样。

昔日，他白发如雪，但是面庞俊朗，皮肤润泽，是一个罕见的美男子。

现在，那露出的两只手却有些阴森森的，让人觉得不舒服，甚至感觉瘆得慌。

金色血气滚滚，罗启成在火球系外再现，脸上带着冷冷的笑意，道："圣师，你已经成这样了吗？人不人鬼不鬼的，真是……可笑！"

见到从青铜古棺中伸出的那双手，他脸上的冷意越发浓烈。

"轰！"

突然，青铜古棺中冲出一个人来，那人没有理会罗启成，而是横渡天宇，直接向天神族古祖冲去。

天神族古祖有巨大的金色眸子，看起来恐怖无比，散发出的气息让宇宙星空都在剧烈颤动。

他仿佛高坐于九天之上，俯视世间，带着冷酷无情的气息。

这一刻，他见到那人冲来，情绪上也有了波动。

"轰"的一声，那片空间炸碎，浓重的能量气息也不知道吓坏了多少强大的进化者。

天神族古祖一下子从原地消失，进入火球系，迎上那道从青铜古棺中冲出来的身影。

一只金色的手掌向前拍去，天神族古祖施展的天神掌，比罗启成施展的要强上一大截。

与此同时，星空中许多强者终于看清了那道身影，无不倒吸一口凉气，觉得有些毛骨悚然。

那人浑身都是黑色长毛，连面孔上都是如此，可怕而瘆人。

只有干枯的手上没有黑色长毛，却有黑亮的长指甲，像是铁钩，寒光森森，使人心颤。

他的身形不断变大，直到跟天神族古祖齐高。

"圣师！"

此时，不要说其他人，就连虎泷山上的妖妖都惊呼出声。她第一次在人们面前露出伤感之色。

当年英俊伟岸的一代圣师，压制星空中各路对手，所向披靡，连映照诸天的强者都拦不住他。

可是，在漫长的岁月中，他竟变成了这个样子。

妖妖认为，这一定是当年圣师受伤过重导致的。

那样才华惊世的人，竟落得这样一个下场，实在太可悲，妖妖黯然神伤。

她自己的经历已经很凄凉了，但她从来没有为自己伤感过，现在看到圣师这个样子，她第一次这般悲伤，忍不住要落泪。

"哈哈——"罗启成大笑道，"这还是当年丰神如玉的圣师吗？居然成了这个样子，嘿！"

他尽情奚落，满脸都是冷酷的笑意，心情越发畅快。

"轰隆！"

那浑身都是黑色长毛的身影立在星空中，迎对天神族古祖，大手向前拍去，迸发黑光，能量惊人。

火球系内各大星球上，符文闪烁，场域光束交织。

而火球系边缘地带没有场域守护，一些小星球此时一颗又一颗地燃烧起来，化成一团又一团火光，照亮星海。

"圣师，你蛰伏了这么漫长的岁月，终于出来了，落得这个下场也是够可悲的！当年我隔着星空对你发动一击，断了你的生机，让你陷入绝境，想不到你硬是拖着残身不消亡，那今日我便彻底送你上路吧！"

火球系外，幽冥族古祖开口，声音像是来自地狱。随着他的呼吸，他浑身都冒出黑光，幽冥气息漫天。

"轰！"

在幽冥族古祖移动时，空间裂开，他闯入火球系内，果断对那浑身都是黑色长毛的身影下手，毫不留情。

幽冥呼吸法运转时，他宛若化成魔神，压制得九颗行星都要停止转动了。

这一刻，空间都凝固了。

在他周围，异象频生，一颗又一颗星球被毁灭。这都是当年发生的事。

其中，有些异象正是上古时期发生在地星的惨案，更有他针对地星先民的画面。

"父亲！"

妖妖咬着红唇，绝美的面孔上带着凄然之色。她在那些画面中看到了自己的父亲，知晓了他是如何陨灭的。

她的父亲无比强大，但是拖着重伤之体，被人围攻，最后的致命一击就是出自幽冥族古祖。

"圣师，死！"

此时，天神族古祖、幽冥族古祖联手，将那浑身都是黑色长毛的身影夹在中间，轰然出手，能量翻腾。

关键时刻，那个被雾霭笼罩着的神秘人物也凌空而来，果断下了杀手。

"也算我一个！彻底毁灭圣师这种让人心情舒畅的大事，怎能少了我？"罗启成大笑，也扑击了过去。

四大高手全都施展绝世神通，有惊人的光芒浮现，将那里淹没，四人从四个方位一起攻击那浑身都是黑色长毛的身影。

显然，这是绝杀，根本躲避不了。

"你都成这个样子了，居然还能映照诸天，也算是惊艳古今了。不过，你终究是要消亡的！"

"嘿，从上古到现在，我们等了你那么漫长的岁月。只要除掉你，我们还有什么可顾忌的？今日铲除你这个毒瘤，自此之后，你们这一族就会覆灭了！"

这冷酷的话语，显示了这几个映照诸天级强者的杀意。为了对付圣师，其他的事他们都可以放下。

在他们看来，上古一战后，地星余孽中就只有一个圣师实力令人惊艳，他们担心他有朝一日突破到至高领域。

现在，他们终于可以铲除大患了！

"轰！轰！轰！轰！"

罗启成与三大映照诸天级强者一同出手。放眼宇宙星空，有谁可以抵挡这个层次的进化者的全力攻击？

"噗！"

那浑身都是黑色长毛的身影炸开，震撼了各族。

"圣师……就这么消亡了？"

"一代圣师啊，想不到下场竟这么凄惨！"

宇宙各地，也不知道有多少从上古活下来的老族长在轻叹。他们经历过那个年代，深知当年的圣师多么的才情无双。

要知道，圣师当年以场域手段抗衡映照诸天级强者，纵横星域，震慑敌人，为他的母星争取到了最后的生机。

如果没有圣师，映照诸天级的强者还会忌惮谁？哪怕破不开火球系中的场域，无法硬闯进来，他们也能让此地彻底化为死地。

"圣师，你终于死了，现在，让整片火球系都为你陪葬吧！"幽冥族古祖哈哈大笑。

"轰！"

突然，幽冥族古祖被一根鞭子击中。

同一时间，天神族古祖也怒吼起来，声音震动天地。他的腰部被鞭子打中，金色的血液溅在火球系某一片区域，有的小星球都被熔化了。

"你……怎么可能？"

天神族古祖看到了一道身影，又惊又怒。刚才那道身影太快了，在他们都没有觉察到的时候，就下了死手。

刚才，他们几个以为圣师终于死了，在他们最为大意的时刻，一道身影悄无声息地冲了过来。

那人白发如雪，面孔俊朗，能看出昔日是何等的英俊，何等的丰神如玉，只是面无血色，眸子显得很沧桑。

他是在那浑身都是黑色长毛的身影冲出青铜古棺时，无声无息地跟着冲出来的。

他动用了场域的手段，掩盖了自身所有的气息，连映照诸天级的强者都无法感应到他。直至下杀手时，他才显露出身形。

毫无疑问，他动用的是绝世场域。

一般来说，任何人都瞒不过映照诸天级强者的神觉，唯有将场域演绎到极致，才能达到那样的效果。

不然，谁都无法偷袭映照诸天级的强者。

这才是真正的圣师！他手持赶星鞭，第一时间击中了幽冥族古祖，同时将天神族古祖重创。

"死！"

那个被雾霭笼罩着的神秘人物发出吼声，扑向圣师，要跟他来个生死大决战，为两族古祖恢复身体争取时间。

"你……"罗启成更是惊恐无比。

圣师未死，居然反过来重创了两大古祖。

"嗡！"

火球系中，九颗行星发光，迸放出涟漪般的光环，最后九个光环融合成一个璀璨的伏魔圈，直接将罗启成套住。

"轰！"

圣师在跟那神秘人物大战时，又掉头冲来，手中的赶星鞭抽中被伏魔圈禁锢在那里的罗启成。

宇宙各地早已寂静无声，所有人都没有想到会发生这样的惊天大事件。

映照诸天级的强者可洞察一切，现在居然受到重创。

"轰！"

圣师再次挥动赶星鞭，猛地抽向罗启成，打得罗启成的精神意志都要崩溃了。

同一时间，青铜古棺进入地星，降落在虎泷山。

妖妖眼中闪着泪光，回眸一笑，向楚风等人告别。

她要离开了。

"我就知道，圣师叔叔永远不会让人失望，我们早已提前说好……"

"这就是所谓的船？"蛤蟆鼓着眼睛问道。妖妖曾说过有船来接引她，到头来居然是……一具青铜古棺。

虎泷山深处，一座被白雾笼罩着的能量塔浮现，朦胧而超凡，内部有一粒长生金，流光溢彩。

"再见！"妖妖说罢，"嗖"的一声冲进能量塔内，没入长生金中。

"喂，妖公主，我们怎么去找你？你要去的地方到底是什么情况？"楚风询问妖妖，想了解去残破古宇宙的路径以及那里的详情。

"对啊，神仙姐姐，你这样一走了之，我们以后怎么去找你？"蛤蟆也喊道。

黄牛、大黑牛以及昆林山诸王都长长叹息，有些不舍。

"我要去的残破古宇宙非常危险，路途更是极其艰险，需要穿过宇宙边缘的混沌地带才能进入。目前，连圣人前往那里都是九死一生，哪怕是映照诸天的强者贸然进去也可能会死。那里很广袤，大到无边，比我们这片宇宙都要大很多，无法探索到尽头。那片残破的地带伴着混沌之气，至今还栖居着一些古老的生物，有的是混沌神魔，实力强大到不可揣度，不可战胜。有人说，残破的古宇宙也只是一片过渡地带……"

妖妖简单的述说，让人产生诸多联想，在场的人心中都无法平静。

然后，能量塔发光，冲入青铜古馆中，"哐当"一声，棺盖扣上。

"虎泷山依旧是我的道场，星空中各族的降临者不得擅闯，否则杀无赦！"妖妖最后的话语传来。

铜锈斑斑、刻着各种纹路的青铜古棺"轰"的一声冲天而起，从虎泷山消失，没入星空中，速度实在太快了。

这种速度让很多人眼睛发直。别人达不到这种速度，但是走在场域这一领域最前沿的圣师可以。

人们叹息，如果圣师跟通天隧道公司竞争，以场域手段穿过星空，实现空间跨越的话，估计会让后者头痛。

这时，星空中还在大战，由九颗行星发出的光环融合而成的伏魔圈牢牢锁住罗启成，使之无法逃脱。

这片地带场域符文密集，伏魔圈不断缩小，赶星鞭爆发的威势更是惊人无比，不断向罗启成抽去。

"圣师，你……"罗启成长啸。他被困在原地，承受赶星鞭一次又一次的重击，精神意志都要被打散了。

这是要消灭映照诸天的强者？

今天的事果然闹大了！

宇宙中，各方进化者都盯着那里，目光灼灼，心中掀起惊涛骇浪。

"死！"

那个被白雾笼罩着、实力无比强大的古祖级神秘人物杀气冲天，轰向圣师，对他展开狂风暴雨般的攻击。

今天，四大高手来袭，如果还让圣师除掉一人，他们还有什么颜面可言？

这时，天神族古祖受创的躯体正在恢复，发出照亮整片火球系的刺目的光芒。

他真的怒了。自己一个大意，居然被圣师偷袭成功，在他这种老牌至强者看来，这是耻辱。

他那巨大的眸子中飞出两杆大戟，金光冲天，向圣师劈去，震慑了所有人。

另一边，幽冥族古祖的躯体也再现出来。

"轰！"

圣师在攻向罗启成的同时，对幽冥族古祖给予重点"照顾"，远处恒星中的磁镜腾起，迸发出刺目的场域符文，向幽冥族古祖照去。

"嗞嗞嗞——"

这对幽冥族古祖造成了不小的伤害。

"一时不察，竟被你伤到我。幽冥空间开启！"幽冥族古祖显现身形，发出低沉的咆哮声，撕开一片漆黑的空间，要吞噬这里的一切。

他在展示非凡手段。

这时，圣师在空中挥动赶星鞭，猛然间，不光是火球系内，就连火球系外都在发光，诸天星斗在排列，在组合。

"轰！"

远处飞来一杆又一杆长矛，都向着天神族古祖、幽冥族古祖他们飞去。这是星体级别的兵器，都巨大无比。

它们由诸天星斗提供能量，由场域符文组成，威力无穷。

这是专为对付映照诸天级的强者而准备的！

"没用的，圣师，你今天死定了！"天神族古祖喝道。

他金色的瞳孔让太阳都暗淡了，从他眸子中飞出的两杆大戟跟那些长矛碰撞，铿锵作响。

同一时间，幽冥族古祖、罗启成等人也遭到飞矛攻击。

罗启成情况最糟糕，被伏魔圈禁锢，一时间无法脱困。

"轰！"

这时，天神掌拍出，帮罗启成脱困。同时，神秘人物的拳头砸来，幽冥族古祖的利爪袭来，终究对圣师造成了伤害。

哪怕圣师面前出现了一面由场域符文构成的盾牌，也不能阻挡两大强者的攻击，盾牌被打得崩开，圣师的身体横飞出去。

"嗡！"

这时，青铜古棺飞来，居然"砰"的一声撞击在天神族古祖身上，让他横飞而起。

圣师大口喘息，踉跄后退，在青铜古棺上站稳。他猛然挥动赶星鞭，一刹那，整片星空都如潮汐般在起伏，景象奇异。

接着，人们感觉到，这片星空像是有了生命，在有规律地呼吸，并跟圣师融为一体。

"嗯？"

天神族古祖、幽冥族古祖等几人都惊异不已。这像是他们族群中的无上呼吸法，可以产生各种神秘莫测的神通，释放无敌的妙术。

但是，圣师施展的应该是场域手段，为何也能如此？

星空深处，场域研究领域的古老存在激动无比地道："这是禁忌秘术啊，是无上的手段！场域研究者修行到极致，也能诞生出至强呼吸法。那是圣师所在的宇宙星河跟他合而为一，同时呼吸，演绎出无上神通！"

"轰！"

果然，这一刻，圣师被诸天星辉笼罩，他抬手间右臂发光，落下一道剑光，切开这片天地。

"当！"

天神族古祖手持一杆大戟扫开剑光，火星四溅。

他惊得不轻。他可是映照诸天的老牌强者，圣师怎能跟他对抗？对方这次可不是取巧。

"灭了他！他不过是借助星海的能量，跟我等无法相比。再说，他才踏足这一领域，不足为惧。"

幽冥族古祖第一个向前击去。他运转自己族群的呼吸法，顿时幽冥雾霭覆盖星空，一下子让漫天星斗都变得暗淡了。

这时，他们都冲出了火球系，进入了更为壮观的地带。

"嗡！"

突然，这片地带无数星斗排列，化成一个炉子，将所有人都吞了进去。漫天繁星发光，化作火光，焚烧此炉。

"嗯？"

天神族古祖、幽冥族古祖等人大怒。圣师胆子未免太大了，居然敢在众目睽睽之下炼化他们。

"轰！"

下一刻，圣师站在青铜古棺上，跳出那个炉子，脱离那片区域。

这由诸天星斗排列而成、释放着场域符文的炉子，此时光芒璀璨，近乎半透明，显得神圣无瑕。

这片星空中的各种星体都在发光，为炉子提供能量，大火燃烧，要炼化四大高手。

"当！"

圣师手中的赶星鞭变大，向炉子抽去，让它震颤起来。

里面的四大高手都身体剧震，其他人还好，可罗启成刚从伏魔圈中脱困，现在又遭遇重击，有些受不了了。

"真要炼化映照诸天级的强者？"

各族进化者都傻眼了，简直不敢相信。

"噗！"

不过，圣师在咯血，在青铜古棺上摇摇欲坠，俊朗的面孔越发苍白。最终，他一声轻叹，有些无奈。

"他的身体有问题！上古一战后，他差点形神俱灭，至今都没有解决自己的身体问题。同时，他所谓映照诸天也有问题。我们冲出去，除掉他，更要毁灭这片星空！"天神族古祖咆哮着，猛力挣动，要撞开那巨大的炉盖。

"走了！"

圣师果断离去。他自身的确存在严重的问题，没有办法久留，不然，必然会死在这里。

一旦他死去，他们这一脉绝对会覆灭，母星留下的所有后裔一个都活不了。

"哪里走！"

天神族古祖冲出炉子，手持一杆大戟向圣师追去，接着出来的是那个神秘人物与幽冥族古祖。

"破！"

圣师回首，一声大喝，身后的炉体轰然炸开，最后一个人罗启成还没有冲出来，又被重创。

罗启成痛苦万分，哪怕映照诸天级强者很难消亡，可这样的攻击手段还是让他受不了。他多次被重创，此时道基已裂开。

"圣师，你敢走的话，今天我们必然毁掉你的母星，让那里成为死地，生机绝灭！"幽冥族古祖威胁道。

"映照诸天级进化者妄自动手的话，我必让你们付出千倍代价，第一击送你！"圣师开口，声音冷淡，却震动星海。

虚空映照！

他施展神通，将宇宙深处的景象映现出来。那是幽冥族所统治的星空，这时有场域被激活，一颗资源星球像是烟花一般，轰然炸开。

"你敢！"幽冥族古祖怒吼。

那颗资源星球上有圣药，更有大面积的灵药园，还有他们这一族的一队强大人马，现在直接灰飞烟灭。

"圣师，你想被灭族吗？"天神族古祖也在大吼。

圣师回应道："这么多年来，我从不受人威胁。我活着，我族就不灭。作为这一次你们袭击的代价，你族也要接受一击！"

"轰！"

远方，天神族所统治的星系中，也有一颗资源星球炸开，化作璀璨的光焰，照亮那片星系。

毫无疑问，资源星球上驻扎着一批强者，结果都跟着那颗星球一同毁灭了。

"你……"

后方，四大强者心中悚动。这么多年来，他们没有轻举妄动，就是因为忌惮圣师。

他们不敢再威胁圣师了，只是展开追击。

"轰！"

同一时间，宇宙深处有一只大手探来，向圣师抓去。又有映照诸天级的人物出手了！

"唰！"

圣师躲避开来，没有被抓中。

"灵族古祖，你以为掩藏气息，遮蔽自身的一切，我就不知道是你吗？在这种关头阻我，毁你族五星！"圣师怒喝。

宇宙深处，五颗星球炸开，光芒照耀那片空间，举世皆惊。

毫无疑问，圣师准备得很充分，这么多年来，他早已在一些敌对势力统治的星球上布置了场域，随时可以激活。

"西林族，你们这些叛徒，我原本还对你们心存幻想，结果……你们也坐不住了。魏西林，我真是小看你了，映照诸天？"

圣师面向另一片星海，大声呵斥。那片地带有杀意，但是慢慢收敛了，没敢爆发。

圣师突然转身往回冲，引爆一片星空，那里有绝世场域，追击而来的幽冥族古祖惨叫，陷入场域中。

"轰！"

圣师冲过去，挥动赶星鞭，猛然一击。

"砰！"

接着，他用同样的手段，攻击天神族古祖。

可惜，这种人物太强了，很难消亡，圣师哪怕借助很多年前就准备好的无上场域，布置下很多场域陷阱，也依旧力量不足。

他轻声一叹，疾速远去，并不停留。

"你该死！"幽冥族古祖怒吼，声音震动宇宙星空。

这对他来说是奇耻大辱。

一向高高在上的天神族古祖就更不用说了。

"啊——"

远方传来罗启成无比凄厉的惨叫声，天神族古祖大吃一惊，急忙赶过去。

"不！"

罗启成号叫。他是映照诸天级的强者，仅凭身体有问题的圣师很难消灭他，但是这次，他的道基彻底炸开了。

罗启成能够恢复肉身，重组精神，却无法修复道基。他的境界跌落了，想要恢复过来，不知道要耗费多少光阴。

"再见！"

这一次，圣师回到火球系，开启一条超级空间隧道，跟青铜古棺一起彻底消失。

"映照诸天者若亲自出手，灭我族一人，我就毁他族一颗星球！"

这是圣师的威胁，在他离开后，他的声音还在星空中回荡。

——第297章——
战后

圣师远去，星空中，大战突然结束了。

可是，宇宙深处依旧如同来了狂风暴雨，天神族古祖、幽冥族古祖和那神秘人物真是太不甘心了。

此外，灵族古祖等之前也在中途下死手，想要留下圣师，可是都失败了，而且他们统治的一些星球也被炸开。

这是一场宇宙风暴，席卷各大星系，是千年未有之惊天大事件！

星海深处传来惊人的能量波动，几大高手杀意无尽，席卷天上地下，让很多星球都跟着颤动。

"可恨啊！"天神族古祖低吼，抬起一只大手，一把砸中一颗很大的星球，星球顿时化成齑粉。

幽冥族古祖更是脸色阴沉，周围黑雾漫天，随后他一声大吼，在他前方，这片未知的星系中有星球直接炸开。

那神秘人物则身体缩小，坐在一颗燃烧着的星球上生闷气。

他们多方联手，居然让圣师逃掉了，而且在激战的过程中，他们数次陷入场域陷阱，遭到圣师赶星鞭的重击。

这实在是奇耻大辱。

宇宙星空中，弥漫着一股压抑的气息。

然而，星际网络上，虚拟世界中，人们早已沸腾，无数人在热议。今日之战震撼人心，引发了一场星空海啸。

圣师归来，居然这么霸气。

他只身一人而已，就敢跟各族古祖周旋、激战，而且在交手时结合场域手段，丝毫不落下风。

这是何等惊天的战绩！

若非圣师身体有问题，今天也许会有映照诸天级强者陨灭。

起码，罗启成会凶多吉少。

不少人看得清清楚楚，这一次罗启成很惨，道基都被打得裂开了，称得上最大的输家。

经过漫长岁月的积淀，他才迈入那个高高在上的领域，如今落得境界跌落这么一个下场，这对他来说是最惨的结果。

"圣师霸气无敌，只身一人进出火球系，那几人都拦不住！"

"这就是上古传说中的圣师吗？今天终于见到他本人出手了，不愧是才情无双、风采过人的人物，在场域这条路上走到了最前沿，无人可比！"

星海中一片哗然。

不管天神族多么不喜，悠悠众口他们堵不住，今天发生的大战有目共睹，他们想要隐瞒都不行。

"嘿，天神族、幽冥族、灵族等族这一次丢人丢到家了，我看他们还怎么继续高高在上，趾高气扬！"

"你不想活了？忘记不久前十个金身境进化者被烧成灰烬，就是因为多说了几句的事了？"

"我在虚拟网络上发言，有种他们查到，过来烧我啊。"

"真要查你的话，你保准跑不了，小心点吧。"

……

宇宙中，各地人声鼎沸。

就连十大族群今天也都在开秘密会议。这件事影响太大了。

宇宙深处那几所高等学府中，所有学子都热血沸腾。圣师一个人迎战数名映照诸天级的强者，这是何等的神威！这也是他们追求的最高目标。

滞留在火球系内的各族进化者则心神激荡，灵魂悸动。他们亲身经历、亲眼看到这一战，永生永世都难以忘记。

这些人中有圣人，也有金身境强者，大多降落在地星周围的星球上，受到圣师场域的庇护，这才活了下来。

"嗡！"

突然，火球系变得暗淡了，并且无比压抑。

黑雾扩散，覆盖这片空间。

接着，一双眸子冰冷无情，像是黑洞般出现在地星外，俯视着这片生命源地。

这是幽冥族古祖，他从火球系外回来了。

"轰！"

又一双金色的眸子出现，也死死地盯着地星。

这一刻，整片火球系都沉寂了，没有一点声息，气氛压抑到极点。

就连宇宙各地以及星际网络上的讨论都一下子停止了，无数人紧张地看着直播画面。

天神族古祖、幽冥族古祖这般接近地星，难道要破解圣师的场域，将这片星土变成死地吗？

这一刻，浩瀚星海中，各族强者都在紧紧地盯着。决定地星命运的时刻到了。

最终，那双金色的眸子闭上，无声无息地从这里消失了。

接着，黑雾翻腾，那双黑洞般的眸子也不见了，幽冥族古祖带着雾霭退去。

整片火球系恢复正常，不再压抑，也不再死气沉沉，能量雾气散尽。

这意味着，这一战彻底落幕，天神族、幽冥族、灵族等终究没敢鱼死网破，对地星下死手。

因为，圣师活着，这一族就不灭！

圣师一向说话算话，他们对地星下手的话，圣师肯定会大举报复，引爆敌人所统治的那些星球。

早前，所有人都看到了，一些星球如同烟花般绽放。

双方真要死磕到底的话，想必星海中会有无尽绚烂的烟花雨，不知道有多少星球会从宇宙中彻底地消失。

地星，虎泷山。

蛤蟆浑身是汗，都快虚脱了，见那两双巨大的眸子消失了，不由得长舒一口气，道："终于走了。"

黄牛也满身汗水。

楚风也擦了一把额头上的冷汗，感叹道："结束了。妖妖与圣师临去时，以霸气的姿态来了一场告别战，对地星有诸多好处！"

"终于结束了。"大黑牛、驴王、西伯利亚虎王一屁股坐在地上，觉得精疲力竭。

映照诸天级强者俯视地星，对地星所有进化者来说，不亚于一场生死大战，在那一刻，众人内心饱受煎熬。

那些古祖万一发怒，决定出击，整个世界都要被颠覆。

"接下来我们要低调，别闹出太大的动静。"大黑牛建议道。

"有道理，做人要低调。"西伯利亚虎王表示同意。

他们几人没有刻意掩饰，这种话语自然被天眼捕捉到了，传到了星空中，顿时让域外一些人面露异色。

这时，楚风用光脑联系某些人："赵老魔，你们怎么还不动手？不是说要对大梦净土的人下手，还要俘虏他们的传人秦珞音吗？不会忘了吧？"

"俘虏什么啊，再见！"

地星外，赵老魔、元老魔等不愿搭理楚风，连还在楚风手中的孙子、孙女也暂时不理会了。

经历了这种事，他们还有什么心思对大梦净土的人出手？映照诸天级的大战太骇人，让他们一个个心里发毛。不久前，他们躲在地星周围的星球后面避险，真是无比后悔来到这里。

"走了，走了，一切都结束了，我们也去庆祝下吧。"蛤蟆嚷嚷着。

正在这时，虎泷山深处的折叠空间光芒闪烁，有空间隧道开启。

同时，楚风的光脑上有提示音响起："您的包裹已到，通天隧道公司祝您在进化道路上顺利愉快。"

楚风无语，这家公司还真是……颇为人性化。

他一声怪叫："六道轮回丹到了！"

果然，他等了很多天，六道轮回丹终于到了。一个精美的玉鼎中，两颗丹药金光耀眼，上面有很多神秘纹路，馨香扑鼻。

仅这两颗丹药就价值一千六百亿宇宙币，这还没算中介费，真是贵得吓人。

楚风迫不及待地吞掉一颗金色的丹药，整个人刹那间被一团光笼罩着，龟裂的进化根基快速愈合，浑身生命气息旺盛。

这种宝药是专门为金身境进化者准备的，他这个境界就服食，实在有些奢侈。

很快，楚风的进化根基痊愈，身体隐患彻底消除，整个人神采奕奕，充满生气。

蛤蟆狂流口水，大黑牛、驴王等也都眼巴巴地望着。

"别羡慕，我保证能送你们每人一颗六道轮回丹。"

"这个……咱不是要低调吗？"驴王小声道。经历了这么大的事件，驴王现在小腿肚子还在抽筋呢，站都站不稳。

楚风点头，一本正经地道："对，要低调，不能大肆宣扬。"

星空中，许多人无语。

"还低调？这可是全星空直播呢！"终于，有人忍不住说道。

昆林山，群山叠翠，白雾蒸腾，瑞气袅袅。

尉迟空心情糟糕，一言不发。这两天他都在昆林山观看域外的大战，最终的结果让他好半天都在沉默。

被他认定是假子的楚风不仅未死，还声势惊人，正式崛起了。他对此心结颇深。

如今连映照诸天级的强者来犯，楚风都没有受到波及，这让尉迟空眉头深锁，感觉自己的判断出问题了。

在尉迟空不远处，他眼中的地星真子周尚浑身发光，那是无劫神体在运转呼吸法，吞吐天地间的能量，气息非常恐怖。

"无妨。楚风是很强，但遭各族忌恨，这样的人是活不长久的。我有预感，天神族、幽冥族不会让他活下去。谁是真子，谁是假子，谁是真龙，谁是蛟虫，自有水落石出时。"尉迟空开口。

然而，他一阵皱眉，就连他自己都感觉到自己有些偏执了。但是，他没的选择。身为周尚的护道者，他希望周尚强势崛起，最终无敌，他们的命运早就已经连在了一起。

他将宝押在了周尚身上。

楚风一群人在虎泷山庆祝，这里有他的父母，也有昆林山诸王，还有黄牛、蛤蟆、驴王等，非常热闹。

"最近不是在进化，就是在战斗，都快成野人了。"大黑牛建议大家一块去城市喝酒，比在这大山中有气氛。

一群人都无语。你一头老牛也好意思这么说？如果不是天地剧变，说不定这会儿你还在高原上啃青草呢。

"走，走，走！"蛤蟆喊道。它去不灭山前，曾被大黑牛、西伯利亚虎王带着，享受过城市生活。

一群人浩浩荡荡地从虎泷山出来，向印城赶去。虎泷山和印城同在嘉西境内，以他们的速度，从虎泷山赶往印城太轻松了。

当然，楚风的父母、老僧人、普梦山的太极老宗师等人都没去，用他们的话说，他们不适应年轻人的生活节奏。

沿途，一群人突破声障赶路，动静着实不小，像一群轰炸机贴着地面飞行般。

印城，高楼林立，商铺鳞次栉比，夜晚霓虹灯闪烁，无比繁华，生活气息浓厚。

有这么一瞬间，楚风心神有点恍惚，回首这一年多的经历，宛若一场梦，天地突然剧变，整个世界都不同了，他竟然走上了这样一条路。

他一声叹息，无论心情多么复杂，自己也不可能再回到过去。

现在，城市的夜晚很热闹，灯红酒绿，步行街上，人流涌动，可是城外大山横亘，有猛兽在嚎叫，有凶禽在展翅飞翔。

就连普通人都适应这样的大环境了。

"嘿，兄弟，怎么了？"西伯利亚虎王用肩头碰了碰楚风，面露诧异之色。

"人生迷茫，经历这样一番大战后，我突然感觉很空虚，缺乏前进的动力，甚至有点厌恶进化的道路。"楚风下意识地答道。

大黑牛不屑地撇嘴道："你这是典型的'高点后遗症'，就像是攀登高峰，来到山顶后，感受到成功的喜悦，但极目远眺结束，整个人失去目标，短暂迷茫。现在如果将你扔进宇宙深处他们所说的黑暗秘狱中，让你被秘狱蚁、秘狱黑龙等追击，我看你还迷不迷茫！我保证你会打起十二分精神，拼命厮杀，努力活下去。"

楚风点头道："有道理，我也只是一时精神恍惚而已。"

然后，他想到了妖妖，想到了林诺依，她们都进入了宇宙深处。宇宙那么大，星空的彼岸有诸多精彩，他也想去看一看。

"我想离开地星了。"楚风忽然开口，并且很想立刻行动起来。

西伯利亚虎王道："说什么胡话呢！你现在敢进宇宙深处？相信天神族、西林族等无数对头就等着你出去呢。"

半个小时后，一群人包场，各种美酒都搬上来了，大家开始畅饮。

此刻，在场的除却楚风、黄牛、周全等人，还有昆林山诸王、紫鸾、元魔、赵晴等人。

紫鸾专门负责给楚风倒酒，看得驴王、蛤蟆眼睛发亮，一边喝酒一边嚷嚷着，也要降伏一个圣女当侍女。

紫鸾听闻，高跟鞋嗒嗒作响，使劲对驴王和蛤蟆翻白眼。

这时，被楚风俘虏的神子、圣女级人物所在的家族有一些开始找上门来，用光脑联络楚风，非常强势。

"楚风，你可知道，天神族、幽冥族不会咽下这口气，必然要除掉你。现在你还这么高调，简直是在挑衅。听老夫一言，将所有神子、圣女级人物都放掉吧，那样我们各族都会念你的好。"

这还算是客气的，更有甚者直接威胁楚风，让楚风尽快放人，不然会有杀身大祸。

"你们在威胁我？"楚风让紫鸾倒酒，一口喝下琥珀色的酒浆，而后眉毛一挑，道，"嗯，我明白了，你们已经放弃了族中的神子，可又拉不下脸，这是逼我解决他啊。好，我满足你们的愿望！"

接着，楚风又盯着另外一些较为强势的家族，冷笑道："还有你们，也不想自己族中的神子、圣女活下去是吧，直接说啊！"

星空中，那些家族的人无语。这一次天神族、幽冥族大举进犯，若非圣师出现，地星肯定会被毁掉，而今两族心中肯定有无尽的火气。他们想借此向楚风施压，结果楚风根本不在乎。

星空中各族怕楚风、大黑牛他们真的要对那些神子、圣女级人物不利，都捏着鼻子忍了，当场老老实实地答应楚风的条件。

"七个神子或者六个圣女，换一颗六道轮回丹。"楚风这般要求，黄牛、蛤蟆、驴王等全都点头认可。

一颗六道轮回丹，在宇宙黑市的价格是八百亿宇宙币。

仔细算下来，这些神子、圣女级人物能换到三十几颗六道轮回丹。

那是什么丹药？对金身境强者来说，那是价值连城的。

从某种意义上来说，一颗六道轮回丹值一个金身境强者的性命。

其实，很多金身境进化者一辈子都没有见过六道轮回丹，因为六道轮回丹的价格实在太高。

现在一个小小的观想境进化者居然要疯狂地收集六道轮回丹，可以说这一晚楚风简直要成为金身境进化者的眼中钉了。

此时，星空中，天神族、幽冥族、西林族、灵族、机械族等族群内部掀起了狂风骤雨。

"对了，天神族少神还在，他的族人到底还要不要他？"大黑牛嘀咕着。

本着低调行事的原则，他们不想激怒天神族。

然而，天神族主动联系他们了，趾高气扬地要求他们放罗屹离开。

楚风怒了，摔掉酒杯，道："凭什么？我跟你们早已不死不休，你们现在还在我面前这么霸道？一百滴天神液，一滴也不能少！"

谁都没有想到，关键时刻楚风被激怒了，要跟天神族死磕到底。

事实上，天神族举族都恨不得将楚风碎尸万段，他们所有的耻辱与败绩都是从楚风出手开始的，后来的一系列事件也都是因他而起。

然而，罗屹是大人物的后代，他们这一脉在族中话语权非常大，不想就这么放弃罗屹。

不过，一百滴天神液显然太离谱，天神族不可能同意的，就算是他们内部，这种资源都不充裕。

"十滴天神液！"天神族妥协了，私下联系楚风。

"滚！"楚风喝得醉醺醺的，直接霸气地拒绝。

"二十滴天神液！"

这时，大黑牛、蛤蟆等也都喝醉了，闻言后一致开口："滚！"

"三十滴天神液！"天神族有人硬着头皮再次加价。

此刻，昆林山诸王也喝醉了，听到后一起大叫："滚！"

天神族内，许多人大怒。

"我苦命的玄孙啊，老祖宗我绝不会让你受苦！"天神族一个来头很大的老妪大哭，接着眼中寒光闪烁，道，"五十滴天神液！再多一滴的话，我们都不会同意了，这是我们所能接受的极限！"

这时，楚风、黄牛、蛤蟆、驴王、周全以及昆林山诸王都喝醉了，楚风张嘴又要说"滚"。

在他背后帮他捏肩的紫鸾赶紧使劲掐他，帮他捶腿的大魔女赵晴也用力捏他，及时提醒。

楚风顿时惊醒过来，赶紧将滑到嘴边的"滚"字咽了回去，并且施展秘法，封住大黑牛、蛤蟆等的嘴巴。他点头同意，道："成交！"

他知道，他们这次得到的天神液数量完全超出了他们的想象。

最后，一群人都被楚风弄醒，明白怎么回事后，全都大喜过望。

楚风一本正经地提醒道："低调，别这么高兴，全原兽平台的人都知道我们要低调，你们这个样子成何体统？"

宇宙中，不知道有多少人无语。他都坑天神族了，也好意思说自己低调？

亚仙族那个银发小女孩映晓晓见此情景，兴奋地叫了起来："哇，太有意思了！天神族一下子拿出这么多天神液，我都眼红了。哥，姐，五十滴天神液啊，还有三十几颗六道轮回丹，真要抢过来就发达了！"

"咚！咚！"

她被两个人同时敲脑袋。

"你们自己说的要去地星看一看，凭什么打我？我要去投奔楚风，到时候联合他对付你们两个！"

"你胡说什么！"

……

这一夜，地星上的楚风等人无比兴奋，而宇宙星空中却是一片嘈杂。

随后，大梦净土的传人、在宇宙中排名第六的绝代丽人秦珞音联系楚风。

第298章

山雨欲来风满楼

楚风张口就要一颗六道轮回丹，让秦珞音拿来交换她的表姐罗妙香。

秦珞音闻言，眼中光芒闪烁，透过光脑屏幕盯着楚风。

她明确告诉楚风，自己不接受这种条件。

楚风叹道："美女，你可真无情，连自己的表姐都不救。"

"人我会救，但我不会接受你的条件。"秦珞音平静地回应道。此时，她还在地星上，身穿斑斓彩裙，戴着五彩面具，有种神秘的美感。

然后，她向楚风发起挑战："三天后，我要跟你决战！"

楚风一怔，而后一口拒绝。

秦珞音语气坚定，依旧要跟楚风决战。她明显是无比自信，想击败楚风的同时解救自己的远房表姐。

楚风笑了笑，道："跟你决战，我其实也很乐意。你是星空中年轻一代十大高手之一，又是排名第六的美人，毫无疑问身价很高。我若是一不小心将你打败，应该会在我的战绩上添上辉煌的一笔。"

秦珞音顿时面色发黑。这个家伙将她视为猎物，真是岂有此理！不过，她十分自信，不怕跟此人决战，就怕他拒绝。

然而，楚风接下来的话语又让她皱眉："我是一个讲原则的人，一码归一码，现在就是想跟你谈放了你表姐的条件，其他先免谈。"

然后，他果断结束通话。

接下来，原兽平台上有非常醒目的一条消息提示各方，这是楚风动用自己的金色账号权限发布的。

"各位，你们觉得秦珞音的表姐值一颗六道轮回丹吗？"

更为关键的是，后面有备注，称罗妙香跟秦珞音长相有七分相似，身材有八分相似，性格有九分相似。

原兽平台上顿时炸开了窝。

"哎哟，这家伙太坏了！"有人发现问题的本质，不禁怪叫起来，"那些备注分明是在宣示，罗妙香可以作为大梦净土那位仙子的替代者。"

在星海中，秦珞音拥有无与伦比的高人气，是很多人心中的圣洁女神。

她无论走到哪里，都是万众瞩目，如同众星捧月般被人簇拥着，绝对是焦点所在。

她身份高贵，无论是她所在的道统，还是她自己，地位都非常高。

没有人敢亵渎她，更没有人敢对她不敬。

现在楚风这么宣扬，自然引发了轩然大波。

"这个楚魔王太混账了，居然这样亵渎师妹，我们大梦净土绝不会放过他！"

秦珞音身边的人首先不干了，觉得楚风太嚣张。

按照他们了解的情况，秦珞音和罗妙香的容貌、性格等完全不一样，那个楚魔王纯粹是造谣生事。

原兽平台的特约嘉宾罗老爷子气得胡子都翘起来了，火冒三丈道："气煞我也！我都跟你达成协议了，你还这样对我孙女。姓楚的，老朽跟你拼了！"

……

"停！"

最终，大梦净土的传人秦珞音妥协，让楚风罢手，说自己愿意送上一颗六道轮回丹。

清晨，楚风他们返回虎泷山时，便收到了大梦净土的人送过来的一颗金光耀眼的六道轮回丹。然后，罗妙香被放走了。

大梦净土的人临去时告诉楚风，三日后，昆林山前，决一死战！

这是秦珞音下的战书，她还是要跟楚风决战。

"爱做白日梦的丫头，我还怕她不成？上一次，大梦净土送我金色请柬，结果秦丫头居然莫名其妙地针对我，拒绝我进净土，宣布我的请柬无效。这次我正好收拾收拾她。你回去告诉那个爱做梦的丫头,这次我逮住她后,会把她收在身边当丫鬟。"楚风醉醺醺地回应道。

他是真的喝醉了。

他与大黑牛、蛤蟆等整整喝了一夜酒,清晨才赶回虎泷山,一个个醉眼蒙眬,呼吸间都是浓烈的酒气。

大梦净土负责送六道轮回丹并传达消息的少女闻言,气得不行,但也只能忍着,没敢当面顶撞楚风。

她深知,这可是屠圣的存在,就连秦珞音都不敢说稳胜他。

毫无疑问,这个消息第一时间传遍星海,激起惊涛骇浪,并且持续发酵。

到了午时,几乎各方皆知。

"秦仙子不要跟他对决啊,这家伙都能屠圣了,千万不要跟他死磕,万一被他俘虏,那简直……不可想象!"

"女神,我心中最美的秦仙子,虽然我知道你实力惊世,但是跟那魔王对决实在有风险。女神,你要三思啊!"

"以实力来论,秦仙子的道行高得不可想象,尤其是她可以进入敌人梦中对付敌人,所向无敌,至今都未有一败。有人说同阶一战的话,她也可以直接压制圣人。可是,为何我还是替她担心呢?想来一切都是因为楚风这个魔王从未吃过大亏,每次都能笑到最后。"

星空中一片哗然。

秦珞音人气太高,也不知道有多少人在为她担心,哪怕知道她天赋超绝,实力强大,可还是为她而忧。

哪怕有一丝输掉的可能,她那些仰慕者也觉得不稳妥。

地星这片古地刚发生一系列大事件,可谓举世瞩目,现在又将有这样的决战,消息自然传播得非常快。

一天后,有消息传来,亚仙族的最强传人映无敌降临地星。

"啊,映谪仙居然也来了,这可是在宇宙中排名第三的绝代丽人!"许多人惊呼。域外的天眼捕捉到了他们兄妹的身影。

"哇,地星,我终于来了!"除此之外,还有一个银发小女孩在青草地上打滚，叫道，"楚风，你在哪里？我要投奔你，我们一起压制映无敌，一起擒拿美女映谪仙！"

然后，她又悲催了，白皙而漂亮的额头上出现两个大包，分别是被她哥哥和姐姐用力敲的。

她噘着嘴，泪眼汪汪。

"你们两个等着！"

"砰！砰！"

"啊，好痛啊！你们欺负人！"

同一日，十大族群之一的始魔族也有人降临，为首的居然是该族太子，来头大得离谱。

接着，道族年轻一代第一高手也赶到地星。他是典型的道骨仙身，浑身仙气弥漫，体内有道鸣声。

道族的第一传人有不小的概率会获得宇宙年轻一代第一人的称号。

接着，佛族传人也到了，脑后浮现神环，通体发光。这也是宇宙年轻一代第一人的有力竞争者，很多时候甚至能压制道族传人。

随后，又有消息传来，天神族第一传人出现在地星上。所谓天神族少神罗屹只是该族的几个种子选手之一，不是最强者，更未进入宇宙年轻一代十大高手的排名内。

这引发各方轰动。

"欸，听到消息了吗？据悉，星空下第一美人也可能会赶来，真的假的？"

就在一日间，各种消息满天飞。

毫无疑问，宇宙中无比耀眼的一群人，称得上是未来的宇宙霸主，都对地星很感兴趣，先后现出踪影。

楚风酒醒后第一时间得知，宇宙中一群年轻一代的绝顶强者以及诸多名人降临地星。

同时，他也了解到，自己醉酒后答应跟秦珞音决战，并说要收她当丫鬟，不禁脸微红。

真是喝酒误事！这般放浪形骸，扬言要收秦珞音为使唤丫鬟，这不是将自己树为靶子吗？

他可以有行动，但是这样提前说出来，不是在吸引火力吗？

谁不知道大梦净土的传人秦珞音人气高得离谱，一言一行都备受外界关注？现在估计有一群热血年轻人想要为她出头。

果然，楚风登录原兽平台后，众人的声讨铺天盖地而来，无数人给他留言。

这叫什么事？！

楚风捏了捏下颌，这还真是捅了马蜂窝。

秦珞音的仰慕者与拥护者太多了。

然后，有人看到楚风的金色账户留下了一条文字信息。

"请叫我终结者，括弧，女神。"

这是典型的挑衅。这样的话语，绝对是对那些声讨者的回应，顿时引发了众怒。

楚风自己看到时，脸都变色了。他确定自己没有手滑，并未这样留言。这是怎么回事？

而后，楚风看到蛤蟆挺着肚子，咧嘴大笑，而此时它也抱着一台光脑。

楚风悄悄地凑了过去，当看到蛤蟆登录的金色账号名为"无敌是多么寂寞"后，他的脸顿时黑了。

"我饶不了你！"楚风揪住蛤蟆。

"哎哟，错了，登录错误，一不小心登上了你的账号。"蛤蟆怪叫。

楚风教训蛤蟆，虎泷山上"呱呱"声不绝于耳，蛤蟆的口水如暴雨倾盆，无奈对楚风无效。

"我是气不过，看到他们声讨你，对你群起而攻之，我才会回应他们，这是为你出气。"蛤蟆不服，在那里叫嚷着。

"不错啊，这样回复挺霸气的。"西伯利亚虎王添乱，摇晃着方头大耳，瞪着铜铃般的大眼睛。

楚风的脸越来越黑了："你们这是在为我树敌，我都快成为年轻男性的公敌了。"

这一日，楚风金色账户发出的挑衅式回应，引发了一片热议。

他直播了一段自己教训蛤蟆的视频，进行解释，结果越描越黑。

"通天快递，我这边要开辟空间隧道！"楚风长号。

为了转移自己的注意力，他亲自将那些神子、圣女级人物从虎泷山深处的折叠空间送走。

他已经询问过通天隧道公司——因为他是白银贵宾，所以有权限查询——那些家族的确已经将六道轮回丹、天神液等寄送过来了。

"各位，走好啊！

"一路平安，不送。

"各位，遥想他日，我们在星空中重逢，彼此一定会感慨万千。

"有朝一日，蓦然回首，忽然发现，每颗星球未来的最强者都是我的旧识，那种体会肯定不错。"

……

楚风在那里嘚瑟。

所有神子、圣女级人物心中都无比悲愤。他们被这样送回家乡，真可谓丢人丢到家了。

"这次你放走我，下次我必斩你！"天神族少神罗屹上路前，眼神森冷，对楚风放狠话。

"就凭你？你已经败给我一次，以后就不要多想了，既然我敢放你走，从此之后你都不会被我视作对手。"

听到楚风这样的话语，罗屹简直要吐血了。平日，他都是俯视别人，今天被这么瞧不起，真是浑身难受。

他带着悲伤和愤懑上路。

不久后，通天隧道公司的人提示，楚风已经正式成为白金贵宾。

"有什么好处吗？"楚风询问。

"有的，以后我们开辟新航线，比如通向黑暗秘狱、神之禁区、混沌神魔母巢、残破古宇宙等地的新道路，都会提前通知您，您可最先体验。"

"谢谢好意，我不想当小白鼠。"

"还有其他服务，比如，一旦您有要求，只要您出得起价，我们就可以在最短的时间内将您投向任何一地！"

"比如？"楚风尝试问道。

"比如您在被人追击，陷入绝境时，如果您身上有足够多的宇宙币，您可以立刻召唤我们，我们会第一时间受理请求，瞬间为您开启超级空间隧道远遁。只有白金贵宾才有此待遇。"

楚风听到这样的话语，眼睛顿时亮了。

这很实用，他急忙了解详情。

"楚风，有人向菩提基因打探你的消息，了解你的点点滴滴、方方面面，这是有意调查你，你要小心。"

姜洛神突然来电，告知楚风这样一个重要信息。

接着，千里眼杜怀瑾、顺风耳欧阳青、叶轻柔他们也跟他通话。

"老大，有人在了解你的性情、爱好、平日的各种习惯等，这是想将你研究透啊，你要当心！"

甚至有大学同学苏灵溪、叶轩联系他，告知他有人想通过他们了解他。

须知，楚风怕自己的亲朋好友受牵连，私下跟他们说过，他敌人太多，最近彼此尽量都不再接触。

尤其是他的大学同学，几乎都不是异人，他更是怕他们被波及，早早就给他们打过预防针，可是现在还是有人去和他们接触了。

楚风感觉到，一场狂风暴雨要来了。

"这是要将你研究透啊，从你的性格和习惯，推演出你进化路上的各种习性，比如出招果决与否、虚实应变等。"大黑牛沉声道。

黄牛、驴王等都神色凝重，感觉到一股压抑的气息。

山雨欲来风满楼！

"这是大梦净土在收集我的信息吗？"楚风皱眉。

"也有可能是天神族、幽冥族、西林族等族的人。"黄牛道。

一时间，虎泷山上，气氛越发沉重。楚风站起身来，走来走去。

所有人都知道，天神族、幽冥族绝不会善罢甘休，必然会反扑，对楚风下死手。这一次大规模调查他的人，究竟是不是他们？

"楚风，这次要当心啊，别在决战中翻船！"

一群人都无比严肃，再也无法嘻嘻哈哈。

楚风静下心，盘坐下来，运转呼吸法，默默地将身体调节到最佳状态。

隐约间，他感觉到了一股压力，像是一座太古魔山在靠近，要压制他的灵魂，让他心悸。

"看来，这次真可能会出大事。"他郑重无比。

三天时间一晃眼就过去了。

在此期间，楚风一直在打坐，让自己提升到最强状态。

时间已到，他在黄牛、蛤蟆等的陪同下，赶向昆林山。

此时，有人跟楚风一样无比郑重，一直在关注昆林山的动静，也在关注楚风的动向，那就是尉迟空。

尉迟空自言自语道："地星假子，你到底有多强，是否有天命，能否活得长久，今日将水落石出！"

事实上，楚风在虎泷山调整状态时，昆林山就已人满为患，太多的人想观看容貌与实力都令人惊艳的秦珞音与楚风决战。

"昆林山真是决战的好地方，上古如此，今世也如此，许多辉煌之战都是在这里展开的。"有人开口。

开口的人一下子就被认了出来，这是一位名人，足以在宇宙高手榜上排进前二十名内。

这种排位高得吓人，宇宙何其大，排在前二十的进化者都当得起一代天骄的称号。

接着，更多的名人现出踪影。

"啊，我看到了亚仙族的最强传人，宇宙年轻一代至强者之一，映无敌！"

"始魔族太子到了！好恐怖的气息，他多半有实力争夺年轻一代第一人之位，或许在这代人中他已经是星空下第一！"

昆林山一点都不平静，各方人马都赶到了。

楚风来到这里后，越发觉得心情沉重。他打起十二分精神，神色无比凝重。

　　远处，一辆蓝莹莹的车被四匹龙鳞天马拉着，凌空而来。

　　秦珞音赶到了！

—第 299 章—
精神梦境

巍巍昆林，雄伟而绝丽，有葱郁的古树林，有茫茫的瀑布群，阵阵白色的能量腾起。

山壁间紫气萦绕，这是龙气在蒸腾；一些古井内氤氲雾气袅袅而起，这是地髓、神泉在复苏。

楚风皱眉，盯着那凌空而来的车，不禁暗叹，大梦净土真是底蕴深厚，上一次被不灭山卷走一辆车，现在又送来一辆。

这辆车同样绚烂，一看就是非凡的座驾，上面刻着神纹，有场域波动，可攻可防，价值连城。

四匹龙鳞天马摇头摆尾，无比神骏，皮毛比绸缎还光亮，泛着斑斓色彩，像是四道神虹横贯长空。

这四匹龙鳞天马祖上有真龙血统，在它们身上的体现就是，腹部等原本脆弱的部位长出龙鳞，守护躯体。

这样的瑞兽，这样的车，亚圣坐上去都不掉价。

"你该不会是想借这辆车对付我吧？"楚风问道。

半空中，蓝莹莹的车在昆林山这片上古仙家道场上方悬浮着，越发显得不凡。

身材修长的秦珞音原本是侧躺在车上的，此时已经坐起，略显慵懒。

她顾盼生姿，气质出众，风姿绝世。

在车的周围，一群白衣男女连鞋袜都是雪白的，一尘不染。而秦珞音则有些不同，她身穿色彩斑斓的长裙，在那些缺少烟火气的白衣男女的衬托下，显得格外明艳灵动。

秦珞音紫色秀发披散着，戴着五彩面具，并未露出真容，双目熠熠生辉，如同紫色的宝石，像是能看透人心，给人留下难以磨灭的印象。

"只是你我之间的战斗，我不会动用车的力量。"秦珞音的声音非常悦耳，让众人觉得通体舒泰，如被暖风轻拂。

哪怕看不到她的真容，众人也感觉异常惊艳。

此际，昆林山中，各族人马来了很多，降临者一批又一批，高手云集，比天神族少神罗屹之前的所谓兴师动众更加惊人。

事实上，罗屹上次带来的那些人跟现在来的这些人没法比。

现在来的这些人有的比罗屹来头都要大，比如亚仙族的映无敌，比如始魔族的太子，比如天神族真正的最强传人。

道族的最强道子、佛族修成丈六金身的佛子等虽然还未露面，但是追随者已经来了不少。

这绝对是一场前所未有的盛会，宇宙年轻一代的前十大高手出现大半，他们是未来的霸主，将来会统御这片宇宙。

此外，还有名动星空的绝代丽人。

百强星球的诸多道子、天女等就更不要说了，来了一大批。这简直是这个璀璨大世中盖世英才的一次聚首。

"欸，我看到映谪仙了，好有仙气，宛若仙子下凡！"

"佛族的佛子来了！咦，怎么还有一个高大的金发男子跟他并排，地位这般超凡？"

"那是佛族的护法金刚，当初跟佛子争夺第一传人之位，单以修为而论，不弱于佛子，只是性格过于刚烈，最终成为这一代年轻而强大的护法者。"

远处，佛子和一个身姿挺拔的金发男子并肩而行，透出的气息让很多进化者战栗不已，望之胆寒。

山地中，各路人马都大有来头，震撼人心。

"孔雀族圣子纪呈来了！宇宙年轻一代中他排在第十三位，真是英俊而强大。他身边的女子好漂亮，是他的妹妹纪萱！"

远处，一对年轻男女走来，都穿着羽衣，气场强大。孔雀族一直是宇宙中的顶级强族，排在前二十强内。

"哇，我看到了谁？不死蚕公子！"有人惊叫。

不远处，一个身穿金色蚕衣的男子气息恐怖，缓步走来，仿佛一座大山压迫而至。

"好强！据说他的不死蚕功已经练到了第五变，每一变都是死而再生，每一次都能脱胎换骨。现在他排在宇宙年轻一代第十二位，可所有人都认为，他绝对能闯进前十！如果不断脱胎换骨下去的话，他甚至会进入前三！"

这时，一个文质彬彬的男子走来。他看起来只有十六七岁的样子，年龄着实不大，还带着些许少年的稚嫩。

可是，他的体内隐约间透出一缕又一缕星光，让人心惊胆战。显然，他在压制那些星光，却压不住。

"万星体拥有者，徐成仙！"

这句话一出，顿时在这片区域引发了不小的轰动，一群人上前，热情地跟他打招呼。

万星体、天命仙体、元磁圣体、无劫神体等，都是宇宙中无比强大的体质，拥有任何一种，只要成长起来都会是宇宙霸主，能俯瞰整片宇宙。

徐成仙来自灵族，年龄不大，就已经在宇宙年轻一代中排在第二十名左右，实力令人惊艳。

随着孔雀族圣子纪呈、不死蚕公子、万星体拥有者徐成仙走来，人群涌动，就连天神族最强传人罗浮、始魔族太子元世成、亚仙族传人映无敌都面露笑意，跟他们交谈起来。

道子、佛子、佛族护法金刚等也都参与到交谈中。这是未来霸主彼此间在打招呼，谁都不敢小觑对方。

在成长过程中，他们的排名是会变动的。

从某种意义上来说，现在的前十与前二十，很难说清将来究竟孰弱孰强，谁能笑到最后。

"徐小兄弟，你觉得谁会胜出？"这时，一个袅娜而来的丽人开口。她是始魔族太子的亲妹妹元媛，也是星空下十大美人之一，排名第十。

附近黑色魔气缭绕，她则肤色雪白，有种妖艳的美。而且，她穿的不是衣裙，而是裸露部分皮肤的黑金甲胄。

徐成仙微微一笑，道："自然是秦仙子胜，我灵族对大梦净土有信心。"

元媛微笑道："听闻大梦净土发出的金色请帖，第一张就是送到灵族徐小兄弟的手中，看来传言不假，徐小兄弟多半会被选为秦仙子的道侣。"

周围的人听到这话都是一惊。大梦净土与灵族都排在宇宙前二十内，这两大势力联手，那可真是强上加强。

徐成仙年岁不大，却拥有万星体，潜力无穷，以后必定成为宇宙霸主级人物，跟秦珞音相比只强不弱，这样的联姻非常惊人。

徐成仙道："元姐姐说笑了。大梦净土选人严苛，你这样一说，可能会让我沦为笑话。"

"你们太虚伪，这次保证是楚风成为人生赢家，押大梦净土会赢或者想做秦珞音道侣的，都注定失算。"

这时，一个稚嫩的声音传来，所有人都回头，然后又低头去看。

那是一个银发小女孩，正被映谪仙牢牢地抓住手腕。

"开盘了，开赌了，我赌楚风大胜！"银发小女孩映晓晓叫嚷个不停。

她的兄长映无敌、姐姐映谪仙都脸色微黑，一起动手将她给拎走了。

"小姑娘太有眼光了，我们……必胜！"大黑牛在远处赞叹道。

"牛头怪，你们也只能从孩子口中寻找安慰。这次楚魔王要是大败的话，你们这些人都要死，是不是压力巨大？"不远处，有人冷笑道。

"楚风一旦败亡，各族怎么可能不报复？他的这些狐朋狗友自然要覆灭！"有人微笑，跟着说道。

同时，他们也略微心虚，看了一眼正在跟秦珞音对峙、随时会爆发激烈大战的楚风，担心被他听到。他们都知道楚风是个狠人，他听到了的话说不定会先掉头来对付他们。

还好，秦珞音那里腾起淡淡的雾气，已经覆盖战场，锁定了楚风。

大黑牛、西伯利亚虎王、驴王、周全等人的脸色都阴沉下来。域外有部分人果然对他们抱有很大的敌意，就等着楚风落败，再斩灭他们。

他们意识到，楚风若死，许多本土进化者都要遭殃。

刹那间，轻松平静的气氛被打破，所有人都感觉到一阵压抑。

"会说人话吗？你们几个活腻了吧？"大黑牛呵斥那几人。

有人不屑地道："嘿，楚风开始跟秦珞音对峙，已经腾不出手来了。我们从某些渠道了解到，他这次死定了，你们这些人就等死吧！"

"召唤不灭战船！"

这时，黄牛开口，吟诵一段古老的咒语。顿时，东海不灭山那里，"轰"的一声飞出一艘几乎腐烂的大船。

大船划破长空，很快就出现在昆林山这里，黄牛、大黑牛等全都跳了上去。船上密密麻麻的有数千骷髅生物，等待号令。

"这次用完一艘召唤一艘，免得都召来后，时间一到，十艘大船全都跑掉。"蛤蟆说道。

大黑牛盯着刚才冷言冷语的那几人，道："要除掉我们？我们先灭了你们这些浑蛋！"

"啊——"那几人先后惨叫，被大船射出的黑光击中。

这里顿时鸦雀无声，域外的人都很吃惊，地星上的这群进化者当真强势，丝毫不惧。

另一边，秦珞音依旧坐在车上，她风华绝代，五彩面具后，绝美的脸庞渐渐发光，眸子更是变得深邃无比。

"嗡"的一声响起，两人还没有真正交手，楚风却感觉自己的精神意志要被剥夺了，仿佛要踏足另一片战场空间。

"以梦入道，可以进入别人的梦中？"楚风神色凝重。他感觉秦珞音在造梦境，在拉扯他的精神。

他决定按原计划行事。对方进入梦境对付敌人，着实诡异。这三天来，他也想过一些对策。他觉得自己保持本心，就不可能入梦。不过，他还是有所防备。

越是觉得自己不会入梦，说不定越会着道儿。

楚风感觉自己的精神在被拉扯，像是真要进入另一片战场中，这应该是秦珞音出击了。

他不想被动防御，而是将早就准备好的精神片段投放出去，主动出击。

所谓精神片段，是大黑牛、西伯利亚虎王、驴王精心研究，为楚风准备的"大杀器"。

按照他们所说，秦珞音被无数人视为女神，始终保持圣洁无瑕的风采，真要入梦，在楚风的精神场中看到这些精神片段，估计会当场慌乱，那时楚风便可以发动突袭。

霎时间，对面蓝莹莹的车上，秦珞音果然不太对头了，风姿绝世如她，在车上一个踉跄，差点栽落下来。

这种冲击实在是难以言表，她都有点怀疑人生了。生死险境中，她一旦入梦，潜进别人的精神领域，动辄即可消灭强敌。

可是现在，她看到了什么，经历了什么？

这跟以往完全不同！

这还是一个进化者的精神世界吗？跟其他高手的完全不一样。她几乎怀疑自己走火入魔了。

平日间，她高高在上，是星海中无数人心中的女神，圣洁无瑕，纤尘不染，哪里经过这种阵仗？

在地星这种宇宙边沿的蛮荒之地，她有种超然在上的姿态，可是现在她心慌了，精神刹那间失守。

就在她出神的一刹那，楚风果断抓住机会，动用精神武功。一团精神力凝聚成人形，运转道引呼吸法，"嗖"的一声向前扑击。

"砰！"

前方，一团精神力正是秦珞音的样子，跟真人没什么区别，被楚风凌空一击，横飞而起。

"啊——"

秦珞音遭受精神创伤。这种对决最是凶险，没有第一时间解决敌人，就很容易被敌人所伤。

同时，她脸色通红，感觉楚风太卑鄙无耻了，居然这么对付她。她当即恼羞成怒，施展入梦手段，要去对付楚风的精神。

毫无疑问，大梦净土的人施展的手段令人防不胜防，号称该道统最出色的弟子的秦珞音更是如此。此时她全力以赴，拉楚风进入梦境，进入精神战场。

楚风因为准备充分，并未慌神，从容应对。

他大喝道："枯井横空！"

一口枯井横空浮现，吞虚空，吸月光，十分诡异，而后爆发精神能量。

秦珞音感受到精神受到压迫，严阵以待。然而下一刻，她又听到了靡靡之音。那些精神片段太荒唐了，简直让她受不了。

楚风虚虚实实的招式结合在一起，这是听从了大黑牛、西伯利亚虎王、驴王的建议。

那些精神片段像是惊雷般，全都炸在秦珞音身上，让她气得不行。

更可气的是，她自己居然也出现在那些画面中。

"我饶不了你！"

这绝对是对她最大的亵渎。

在精神领域中，在大道梦境中，秦珞音脸色一阵青一阵白，完全接受不了。她觉得自己遇上了一个最卑鄙无耻的对手。

楚风的精神很强，超乎一般人的想象。他曾在天藤之上屠圣，罗洪的精神大部分消散了，一小部分被魂界石吸收，还有丝丝缕缕被他用道引呼吸法当作能量给吸收了，炼成了最本源的精神力。

所以，他虽然才进化到观想境，可真正的精神力远胜其他观想境进化者，精神能量非常强。

十几杆精神战矛飞出，射向秦珞音。

"楚风，拿命来！"秦珞音的声音清脆悦耳，却尽显冷酷无情。她杀气腾腾，通体发光。由精神所化的她跟真人一样，在这片空间中彩裙猎猎，当真是风华绝代。

"砰砰砰！"

一杆又一杆精神战矛被她的纤纤素手击断，在她身前炸开。

楚风吃了一惊，大梦净土的人在精神领域果然得天独厚，他怀疑对方超越了观想境。

"武腾气冲霄！"

楚风大喝间，一道又一道武道精气滚滚而起，那是精神场能所化，铺天盖地向前涌去，要化作牢笼，将秦珞音禁锢。

秦珞音又惊又怒。对方的精神攻击手段着实不凡，这是要在她最擅长的领域跟她决战吗？

在她冷笑着应对时，周围又出现异常，大黑牛等为楚风准备的精神片段又一次海量投放而出。

秦珞音气得浑身颤抖，雪白颈项都通红了，眼中杀气逼人，恨不得将楚风一掌拍死。

对方这么卑鄙无耻，实在是她从未见过的可恨对手。

虽然由精神场能所化的武道精气覆盖了秦珞音，同时有海量的精神片段干扰她，但是精神牢笼依旧不能困住她，她突破出去，奋起反击。

楚风神色越发严肃，他觉得对方真的有可能超越了观想境，这实在是糟糕透顶。

现在看来，双方消息严重不对称，大梦净土一直在收集有关他的各种信息，他却连秦珞音的境界都不了解。

"轰！"

在精神梦境中，一切都是如此真实，楚风一时间摆脱不了，只能全力以赴。此时，他的精神拳印发光。

"咔嚓！"

楚风的拳印险些击穿精神梦境，这是绝对的力量。秦珞音吃了一惊，急忙应对，准备动用绝招。

"哧哧哧——"

下一刻，这片战场中，一道又一道剑光飞起，一个又一个秦珞音全都如同真人，一起向着楚风凌空冲去，让楚风防不胜防。

一时间，楚风负伤，踉跄着后退。

"你超越了观想境！"他脸色难看。他知道对方是宇宙年轻一代十大高手之一，一旦超越观想境，那是相当难对付的。

楚风可以跨境界对付其他进化者，可是想要跨大境界对付同样天赋超绝的天才人物，那就太难了。

"轰！"

楚风爆发精神能量，施展共振术和螺旋术。这都是以弱击强的绝世妙术。

同时，粗糙的石球被他释放出来，无敌的画卷也浮现在他身后。

他要决一死战！

当然，到了这个地步，他也没有忘记一声大喝："终极一式，楚秦争霸！"

他在施展共振术、螺旋术的同时，投入海量的精神片段。这一次有些不同，因为那些精神片段中，纠缠的身影都是楚风与秦珞音。

"楚风，你这无耻之徒！"

秦珞音的心绪波动剧烈，这是从未有过的事情，自己居然被眼前这个男人如此亵渎，她实在难以接受，肺都要气炸了。

楚风不以为意，道："你悄然拉我入梦，进入你的精神梦境中，我还没有说你无耻呢，你好意思责怪我？同样是用精神领域的战斗方式，你我有什么本质的区别？"

他再次大喊一声："楚秦争霸！"

"万剑齐飞！"秦珞音叱呵。她哪怕脸色通红，但出手还是冷酷的，动用了最强手段。

这一刻，精神梦境大震荡，上万柄仙剑向楚风激射而来。

"轰！"

楚风引爆一些上面雕刻着场域符文的石球，这是他的撒手锏。

战斗到现在，他的心神大受震动，精神躯体在咯血。他已经可以确定，对方超越了观想境。

不是他天赋、才情等不如敌人，而是双方境界上有差距。

不过，万剑齐飞没能将楚风除掉，那致命一击硬生生被他抵住，可见粗糙的石球被他刻上场域符文后威力有多大。

秦珞音也无比震惊。换作其他任何一个观想境的进化者，肯定已经死在她手上了。

同为宇宙顶级天才，两人能差多少？楚风不可能跨境界大战才对。她心中波澜起伏，难以平静。

"你很强，但是在我的领域中，在我展开精神梦境后，我是主宰，你没有一点机会！"秦珞音不急不缓地开口。她酝酿的终极绝招突然爆发。

"哧！"

刹那间，一股强大的精神能量跟她融合，她的实力提升了一倍。

楚风一下子明白了，早前秦珞音的精神能量没有全部投入这片精神战场，直到现在她才毫无保留地出手。

这的确是致命的招式，正常情况下，低了一个大境界的楚风根本无可奈何。

楚风再善战，面对这等人物，也很难跨大境界抗衡。

不过，他一直在等待这一刻，心中很冷静。"轰"的一声，精神场域爆发，像是有血气冲天而起，淹没这片精神战场。

强大如秦珞音也双眼刺痛，无法探清对方的虚实。

不过，她依旧提着精神仙剑向前冲过去。她相信自己能斩灭一切敌人！

凭她现在的实力，她自信可以排进宇宙年轻一代前几名内。

此时，一道身影迸发精神能量，像是要自爆般，朝着秦珞音扑击过去。这是典型的玉石俱焚。

后方，楚风真正的精神躯体在后退。那个准备与秦珞音玉石俱焚的精神躯体是他投出去的，那是天神族圣人罗洪的精神种子。

数日前，楚风跟天神族少神罗屹决战时，该族圣人罗洪暗中干预，并降下观想层次的精神种子，结果被楚风俘虏。

楚风一直没有把那颗精神种子处理掉。

这两天，除却大黑牛、西伯利亚虎王、驴王等为他筹谋，他自己也在做准备，封印圣人罗洪的精神种子，准备关键时刻祭出。

现在这个方法果然奏效了，秦珞音哪里会想到，她与楚风的决战会有其他人参与。

她一剑劈落后，感觉到有人的精神印记毁灭。她以为是楚风被斩灭，顿时放松下来。

一刹那，楚风脱离梦境，冲出那片精神领域，回归现实世界。

他刚才没有在精神领域袭击对方，因为那是对方最擅长的，他要在真实的世界中对秦珞音出击。

电光石火间，楚风的肉身腾起炽烈的光芒，眼眸明亮有神。他"轰"的一声向车上飞去。

他掌握了天涯咫尺这项技能，速度飞快，几乎可以无视空间距离。

这个时候，外界一片哗然。

刚才两人对峙，楚风发出梦呓声，很多人以为他着道儿，被拉入梦境了，等待他的可能是绝境。

然而，他很快就清醒了，而且这么果断地扑向秦珞音。

成片的惊呼声响起，很多人为秦珞音担忧。

也有不少人皱眉，回想着楚风的梦呓声。

"难道他真的掌握了盖世无敌的秘术，所以才破解了秦仙子的梦境？"有人这般怀疑。

"轰！"

楚风直接出现在秦珞音的车上，背后无敌画卷浮现，身前粗糙石球排列，一手施展共振术，一手施展螺旋术，向秦珞音轰去。

这个时候，秦珞音还没有回归现实世界，自然被动遭受攻击。她以为自己在梦境中解决了楚风。

楚风祭出一条捆灵绳，瞬间绑住秦珞音的双臂与身体。

不得不说，大梦净土秘宝无数，底蕴深厚。楚风的共振术与螺旋术本来足以消灭秦珞音，可是她身上有五色光芒腾起，庇护她的躯体，因此她没有被击灭。

五色光芒暗淡时，楚风双拳直接轰向她的眉心。他知道，此女最强大的就是精神领域，攻击其藏神处最有效。

这时，他的无敌画卷也向着秦珞音压落而去。

不过，刚才秦珞音身上的秘宝为她争取到了时间，她一下子从自己的精神梦境中回归，体外浮现画卷，挡住了楚风的画卷，避过死劫。

她没办法躲避楚风的拳印，但额头发光，调动能量，硬扛楚风的拳印。

楚风原本杀气腾腾，没想到对方及时醒来，精神回归。他看到对方的美眸中怒火熊熊，杀意强烈，顿时感觉不妙，便直接低头，向下而去，一口吻在她鲜红而湿润的红唇上。

秦珞音瞪大美眸，简直不敢相信。

周围，所有人都瞬间惊呆了。

—第⟨300⟩章—

宇宙公敌

周围鸦雀无声，所有人都如同泥塑木雕般，呆呆地看着半空，有些难以相信。

秦珞音是宇宙年轻一代十大高手之一，也是星空下第六美人，可谓风采绝世。

她跟楚风原本在决一死战，可是现在，人们看到了什么？

"怎么可能？那是秦仙子！"有人大叫着，声音颤抖。

"楚魔王，你找死吗？"一个紫发青年腾空而起，扑击过去。

人们认出，这是在宇宙年轻一代中足以排进前三十内的高手，称得上一代强者，在他所在的星海中，他在同龄人中绝对是实力第一。

大黑牛、蛤蟆、驴王等驾驭不灭战船，顿时挡在前方："找死的是你吧！"

哪怕面对宇宙年轻一代的绝顶高手，他们也无所畏惧，因为有不灭山的战船在手。

"不，这肯定是假的，不是真的！"

"我看到了什么？那可是我心目中的女神！圣洁仙子秦珞音怎能被如此亵渎？"

一群人怪叫，这片地带沸反盈天。

谁都不敢相信，居然发生了这样一幕。

此时，星空中各族强者全都瞠目结舌。

楚风跟秦珞音在精神领域的战斗，人们无法看到，可这是现实中的对决，大家有目共睹。

大梦净土的传人秦珞音实力与容貌并存，称得上风华绝代，在宇宙中的人气太高了，仰慕者无数。

她是许多人心目中的完美女子，圣洁无瑕，所到之处都会引发巨大波澜。现在她跟楚风决战，一举一动备受关注。

"楚风，你这个魔王太无耻了！"

"怎么能这样？秦仙子，你实力超绝，在精神领域接近无敌，不该让他占到大便宜啊！"

有人长号，眼睛都红了，恨不得横渡星空，立刻闯到那颗没落的蛮荒星球上去跟楚风血拼。

显而易见，这一幕在星空中引发了轩然大波，各族人马都被惊得不轻。

一些热血青年一个个嘶吼着，眼中寒光闪烁。毫无疑问，此时的楚风快成为宇宙公敌了。

昆林山，映无敌、道子、佛子、始魔族太子元世成、天神族最强传人罗浮等人也都看得发呆了。

不死蚕公子身上的金色蚕衣猎猎作响，迸发冲天光芒，可以想象他心中有多不平静。

万星体拥有者徐成仙更是一改文质彬彬的气质，恐怖的气息扩散而出，简直要撕裂空间。他们灵族有意与大梦净土结盟，两族如今关系很好，他私下里已经视秦珞音为道侣。

可是，他现在看到了什么？

不远处，映谪仙等女子也都在发呆。

"我没看到！"银发小女孩映晓晓用手捂着脸，做出一副害羞的样子，其实一双大眼睛正在手指缝间骨碌碌转动，看得津津有味。

这个时候，秦珞音蒙了，眼前发黑，差点昏厥。她被尊为女神，怎能容忍这种事发生？

她的精神攻击早已爆发，向着楚风而去。她恨不得立刻毁灭他的意识海。

然而，楚风准备充分，早已抓住她羞怒交加、分神的一刹那，先一步发动了攻击。

他的额头发光，各种细小的兵器一同飞出，轰向秦珞音。那都是精神武器。

同时，甲胄碰撞的铿锵之音不绝于耳，那是他的精神甲胄，他全副武装，将自己保护起来。

这次大决战，他精挑细选，带上了很多战利品。

现在，他直接引燃一些精神武器跟秦珞音拼命，甚至不惜玉石俱焚。他洞察到对方比自己高了一个大境界，只能用非常规手段来对付。

"轰！"

两人附近不时有光芒炸开，两人的精神在对决，各种精神武器也不断炸开。

还好，他们都有精神甲胄、精神盾牌等防御秘宝，不然肯定会危及生命。

精神很玄妙，普通人看不见，但又真实存在。现在刺目的精神光团迸发，震慑了周围所有的进化者。

在这个过程中，楚风的肉身也在进攻，他双手捏拳印，施展共振术和螺旋术，不断轰向秦珞音。

这是致命的攻击，如果换作其他人，哪怕比楚风高一个大境界，也肯定早已承受不住了。

秦珞音身上有秘宝，自己也足够强大，才挡住了这致命的攻击。

同时，两人各自展现的画卷也在轰鸣，在碰撞，无比激烈。

楚风的优势是，他的精神比秦珞音的精神先回归身体，抢占了先手。一步主动，步步主动。

而且，他第一时间祭出的捆灵绳锁住了秦珞音的双臂与躯体，等于拔掉了凶虎的爪牙，使之攻击力锐减。

不然的话，楚风危矣。

"你……找死，滚开！"

秦珞音声音冰冷，各种手段尽出，额头上跳出精神光焰，并催动小矛、天戈等只有手指头长的各种武器，攻向楚风。

然而，楚风那边浮现更多的精神武器，数十件精神武器不断炸开，对她猛攻。楚风不要命以及不惜损耗诸多秘宝的打法，让强大的秦珞音也头痛。

而且，在这一过程中，楚风为了干扰她的心神，吻上了她的双唇。

两人看似暧昧，实则杀气腾腾，冷酷无情。

秦珞音羞愤无比。

众目睽睽之下，这让她情何以堪！

正因如此，她的心神无法平静，受到剧烈干扰，连自身的精神攻击都不完美。

附近，大梦净土的弟子一个个先是愣住，而后脸色铁青。这可是他们道统的神女，是未来的宇宙霸主，怎能被人这样亵渎？

这些人忍不住了，一个个都要动手。

"想围攻我们兄弟，问过我们了吗？"蛤蟆、黄牛、驴王等大喝。

"你们大梦净土……太无耻了，想围攻我。"楚风也含混不清地说道。

秦珞音听到他这种话语，气得眼前发黑。到底是谁无耻啊？

"你给我滚开！"秦珞音呵斥。

然而，她很被动，一条等级非常高的捆灵绳将她锁得结结实实的，若非精神力足够强大，她早已败在楚风手上了。

"该死！"楚风低吼。

这时，很多玄磁针从楚风的双手中飞出，向秦珞音的身体刺去，要将她封住。

并且，他浑身爆发能量，想要倚仗行动自如的躯体，压制这个如今被捆住，因而行动不便的星空下第六美人。

"我要斩了他！"星空中，大梦净土的女圣低喝，脸色阴沉。

他们大梦净土的清誉和荣光被楚风一扫而光，这种场面让她难以接受。

"此子必死！"灵族的女圣穆青菡也森冷地开口。数日前，她就针对妖妖，结果反被妖妖蔑视。

"自然不会让他活着离开！"来自西林族的一个圣人点头。

同一时间，天神族圣人、幽冥族圣人等都站在地星外，冷漠无情地俯视着地星上的战斗。

"砰砰砰！"

楚风发狂，双拳不断出击，祭出自己的能量体——粗糙的石球，还铺展开画卷，恨不得立刻将秦珞音灭掉。

果然，被捆住的秦珞音越发被动，虽然精神力无与伦比，不断释放，但还是负伤了，开始咯血。

她身上也不知道有多少秘宝被楚风的共振术破坏了。

"轰！"

就在这一刻，秦珞音爆发，通体都是五色光芒，释放出的能量万分恐怖。

"咔嚓！"

锁着她的捆灵绳直接炸开，她的周围出现斑斓旋涡，围绕着她迅速旋转，气息滔天。

"砰"的一声，楚风都被她震了出去。

此刻，她踏出蓝莹莹的车，立在空中，彩衣猎猎，五色面具发光，眸子如同紫色宝石熠熠生辉。

她又恢复了女神范，睥睨天下，冷漠地向楚风俯冲过去。

霎时间，她周围的空间都仿佛扭曲了，缭绕着斑斓光华，她神圣无比，散发出越发炽烈的光芒。

"等一下！"楚风大喝，让秦珞音暂时罢手。

"你想怎么死？"秦珞音停在那里，衣袂飘舞，风姿绝世。

楚风道："说起来，你拉我入梦，与我精神共鸣，你……亵渎了我。"

听到这话，别说秦珞音，就连站在地星外的大梦净土的女圣都要吐血了。

此子该死，可恶至极！这是那女圣最直接的感受，她真恨不得俯冲下去，代秦珞音击灭此人。

地星，昆林山。

所有人都瞠目结舌。这位的脸皮得有多厚啊，估计都能上战场当甲胄、当盾牌用了。

他吻了星空下第六美人，却倒打一耙，说自己被亵渎了。

真是太无耻了！

万星体拥有者徐成仙脸色铁青，双拳握紧，身体都在颤抖，所有毛孔都在向外散发刺目的光芒。

他早已视秦珞音为道侣，见到这样一幕，简直要发狂。

不死蚕公子、孔雀族圣子纪呈等人也都心神震动，身上的战衣鼓荡起来，铿锵作响。

就连一向平和、心静如水、面带微笑的佛子，脑后的神环也摇了三摇，差点熄灭。

他身边的护法金刚则眼中透出两道闪电般的光束。

"太不要脸了，不过总比那些假惺惺的人率直！"亚仙族的银发小女孩映晓晓叫了起来，还在那里补充道，"亲一个嘛，再亲一个嘛！"

许多人无语，回头看向她。

映无敌一把捂住她的小嘴。他感觉头痛，自己这妹妹没事就知道瞎起哄，也不看看现在是什么情况，那秦仙子都要气炸了。

映谪仙也赶紧出手，不让自己的妹妹乱说话，并对大梦净土的人露出抱歉之色。

此时，秦珞音真的是神魂都要出窍了，这是被气的。

她被那浑蛋偷袭，遭遇羞耻之事，结果对方反倒说自己被亵渎了，真是岂有此理！

她体内轰隆作响，精神翻腾，要离体而去。

她赶紧稳住自己的精神。

"噗！"

她咯出一口血，那血带着彩光，显得非常神圣，又有阵阵馨香飘出，让所有人都大吃一惊。

"秦仙子受伤了，精神光焰都略为暗淡，糟糕！"

"楚风这个魔王真是卑鄙下流啊，居然做出这种事情，还颠倒黑白，太可耻了，堪称星空下的败类。"

昆林山这里炸开了窝，群情激愤，不少人恨不得立刻出手收拾楚风，尤其是一些青年男子。

那可是秦珞音，宇宙中很有名的几个女子之一，名副其实的女神，居然被人这样亵渎。

"楚风，你还要不要脸？我羞于与你为伍，你真是男人中的败类啊！"

宇宙年轻一代中排名第二十几的一名青年强者大叫，面孔扭曲，脸色发青。看得出来，他真的被气坏了。

然而，他旁边的一个魔族人长叹道："什么耻辱、败类，那样的经历，我真是恨不能取而代之啊！"

一些人回头，纷纷呵斥那个魔族人。

"魔族人果然都不是良善之辈，你竟敢说出这样的话！"

"魔族的人没有底线，当心我们一起诛魔！"

然而，这些话语戛然而止，因为始魔族太子元世成转头，眸光如同可怕的闪电扫了过来，让人通体发寒。

"诸位，秦仙子遭受这样的耻辱，你们能忍受吗？我都要气炸了，那可是我心目中最完美的女子！我们要联手去斩了那个祸胎！"

很多人大叫，满面怒意。显而易见，秦珞音人气很高，无论走到哪里都如同众星捧月般被人捧着，拥趸无数。

事实上，此时始魔族太子元世成的脸色也不是多好看。他对秦珞音也有想法，当初赵老魔、紫老魔等人还想联手擒获秦珞音送给他呢。

别说其他人，就连亚仙族的映无敌也在轻叹，觉得大梦净土的绝代仙子遭遇这样的事，实在让人遗憾。

这些年，秦珞音人气高得无与伦比，更是被尊为女神，顶着璀璨的光环行走世间，此时突然遭遇这种变故，不少人心中不平，就像是看到一件完美无瑕的艺术品被溅上了一点泥水。

"喂喂喂，这是公平决战呢，你们要一起出击吗？这不是映衬出楚风的强大吗？"银发小女孩映晓晓开口。

众人回头，都神色不善。

不过，也有人觉得有道理，这本是那两人的决战，如果所有人一起出手，确实不妥。

映晓晓接着补充道："你们要是想替秦仙子打抱不平，完全可以以其人之道还治其人之身。"

楚风原本还对她面露赞赏之色呢，结果听到她后面这种话语，顿时狠狠瞪了她一眼。

这小丫头明显是看热闹不嫌事大。

"轰！"

半空中，秦珞音爆发，光芒四射，一拳轰出，天地都在动荡，昆林山脉都在轻颤。

她的拳印有无敌的气势，如果是没有场域守护的山岳，肯定都会炸开，化成齑粉。

即便是映无敌、道子、佛族护法金刚等人都变了脸色，感觉到她的战力着实高强无比。

楚风躲避开来，没有撄其锋。对方比他高一个大境界，拥有压倒性的优势，他没有办法逆转。

真要是硬扛的话，他可能会承受不住。

这是楚风从未遇到过的危机，在同辈一战中，他竟没有办法越阶一战！

秦珞音是宇宙级天才人物，天赋、才情超绝，同境界一战的话对楚风来说都是劲敌，何况是高一个大境界？

楚风相信，在不久前的精神领域战斗中，若非果断抛出圣人罗洪的精神种子作为替身，自己已经死了。

秦珞音浑身都在发光，一身斑斓彩衣，让她看起来宛若九天玄女下界，神圣而强大。

她再次挥拳，拳意宏大，迸发的光芒映照天地。

楚风动用天涯咫尺这种妙术，横移数十里远，才避过这一击。

"咔嚓！"

昆林山外部区域，没有场域守护之地，一些大山炸开。

"唰"的一声，秦珞音追了过来。她通体发光，美丽超凡，同时强大绝伦，难以抗衡。

发生那种事后，她不吵不闹，一言不发，只是以实际行动表示自己的态度——她要出手除掉楚风。

"时间怎么还不到？"楚风皱眉，擦去嘴角的血迹。哪怕竭尽全力躲避，他还是负伤了。

秦珞音发出的拳光，气势磅礴，简直要遮盖天地。拳光扫中了他，让他承受了宛若洪荒神兽撞击般的力量。

此刻，星空中各地早已沸腾，通过原兽平台观看直播的人更是吵翻了天。

"我心中的女神被占了大便宜，这该死的楚风！"

"珞音仙子早前怎么会失手,遭受那样的亵渎?真是没天理!"

"秦仙子扭转颓势了,现在占据了压倒性的优势!"

众目睽睽之下,秦珞音被人亵渎,这件事像十八级飓风般席卷各地各族,引发排山倒海般的热议,各地都不能平静。

然而此时,楚风躲避到昆林山外去了,显然他很难抵挡秦珞音的无敌拳印。

地星昆林山外,大战场景惊人。

秦珞音浑身光芒炽烈,彩衣舞动间,无坚不摧。

在她的拳光中,滔滔大河都被蒸干,湖泊都在消失,山脉不断崩断。

她凌空而行,追击楚风。这就是宇宙年轻一代十大高手之一的真正实力与无敌风采!

事实上,以她的实力,能排进宇宙年轻一代四五名内,而不是外界估计的第九第十名。她的实力被外界低估了。

现在,她哪怕身体有伤,也在压制对手。

楚风身体遭受重创。他可以跟其他人跨境界大战,但是跟宇宙级绝顶天才对决,那种优势便不再有。

"噗!"

他在咯血。这还是他避其锋芒、不断躲避的结果,如果正面交锋,后果不用多想。

他眼神冷厉如同刀锋一般,心中暗叹,这就是消息不对称导致的。对方对他进行了深入调查,非常了解他的情况,可是他连对方的真实境界都是到了开战后才知晓。

说是公平决战,可是境界上有那么大的差距,这还怎么打?

显然,大梦净土是想要他死,或许秦珞音不仅是在执行大梦净土的命令,还受了天神族、幽冥族、西林族等族的委托。

的确如楚风所猜测,地星外一群圣人齐聚,皆在观战,他们都是来自那些族群,气息恐怖。

"想除掉我?不可能!今天必反擒你!"楚风冷冷地望了一眼高空,又看了一眼秦珞音,再次大逃亡。

"砰！"

突然，秦珞音身体一颤，浑身光芒不稳，她急忙稳住身体。

楚风回首，顿时不再逃了。他脸上露出一丝冷笑，道："时间终于到了！"

第301章

活捉仙子

突然间，楚风神色庄严，一改之前的不正经。他披上一件袈裟，袈裟鲜红的底色中有一条又一条金线熠熠生辉。

他披着袈裟，大步向前走去，浑身金光闪耀，越发庄严神圣，简直像是换了一个人。

这自然是蕴含着"众生平等"场域的袈裟，利用这件袈裟，可以拉着对手进行同境界的大战。

早先这件袈裟不管用，是因为秦珞音身上有秘宝。在昆林山脉中决战时，楚风其他的场域手段也施展不出，当时他便知道，对方早已将他研究透了，进行了有针对性的布置。

就算他跟秦珞音纠缠在一起时，用玄磁针刺对方，玄磁针也都是入体就崩断，无法封印对方。

那时，楚风便明白，他的场域被对方压制，失去了用武之地，对方身上有场域这一领域的秘宝。

不过，那个时候他想到了破解之法。

他动用了在月星上学到的一种秘法，引导玄磁气在玄磁针断裂时融入对方负伤的身体内。

然而，他等了很长时间，都不见秦珞音发作，直到现在才奏效。

秦珞音体内有玄磁气，简直像是一个人形的场域材料。

楚风再次催动袈裟，袈裟蕴含的"众生平等"场域与秦珞音体内的玄磁气产生共鸣。

"嗯？"

秦珞音吃惊。刚才体内能量突然紊乱，她就觉察到不对劲，现在楚风催动袈裟后，她的实力急速下降，道行锐减，拳印也不再那么有力。

"还不束手就擒！"楚风叱呵，一抖身上的袈裟，凌空而行，"轰"的一掌向前拍去。

"轰隆！"

两人在半空中掌印相对，雷霆蔓延出去，像是数十条紫色的蛟龙，撞断周围的几座山头。

两人间能量旋涡浮现，疯狂涌动。

秦珞音大吃一惊，现在两人的能量强度相差不多，她原本压倒性的优势不再，这是糟糕透顶的情况。

她知道，这跟楚风身上的袈裟有关。

"嗖"的一声，她施展出大梦净土星移电掣的身法，猛然抓住楚风的袈裟，想要夺走。

"你干什么？不要脱我衣衫！"

楚风怪叫，手上却没闲着，施展出共振术，顿时天崩地裂。

两人展开生死搏斗，都不会手下留情。

秦珞音的五色面具下，那吹弹可破的脸早已冷若冰霜。她今天一再被亵渎，身为女神级人物，这是她从未经历过的。

"轰！"

她身体一震，虎口流血。若非动用了秘术，恐怕她这整条手臂都要被共振术震伤。

楚风脸上依旧带着笑意，但是目光有些冰冷。下一刻，他动用了更强大的手段，共振术、螺旋术齐出。

同时，他身后浮现一幅画卷。他要用百强星球压制对方。

"轰！"

这时，秦珞音的身后也浮现迷蒙的画卷。她的画卷很特别，像是一片朦胧而真实的世界，要将整片天地都吞噬。

"死！"楚风大喝。

可是，对方的画卷太古怪了，乱了他的心神，让他这一刻昏昏欲睡，差点失手。他赶紧催动自己的画卷，发起猛攻。

"剥夺！"秦珞音喝道。

她感觉到了楚风那画卷的危险性，有恐怖的力量扩散开来。

她后退，躲避，没有跟那无敌画卷碰撞。而她的画卷很特别，化成朦胧的彩光融入整片天地中。

这就是高一个大境界的强者的手段，哪怕她现在的道行、能量都锐减，但她的见识与手段还是很可怕的。

到了更高层次，她便可分解画卷，不知不觉间影响对手，从而消灭对手。

楚风的画卷飞了出去。哪怕画卷的威力还没有全部显露，百强星球中的生物轮廓不曾彻底浮现，但画卷此时的威力也是巨大的。

画卷一展，哗啦啦作响，"轰"的一声将前方一座高耸入云的大山直接打得崩开，化作飞灰。

画卷追击秦珞音，在锵锵声中，沿途十几座山峰被画卷削断，山体滑落，倾塌声震耳欲聋。

"天啊！"

星空中，也不知道有多少人发出惊呼声。他们都感觉到，这是无敌画卷，连秦珞音都不敢轻易与其硬碰硬。

后方，映无敌、道子、佛子、徐成仙等人都瞳孔收缩，仔细地盯着。

楚风深感意外。过去他的画卷一出，即便不能立刻消灭对手，也可重创对手，可以说无坚不摧。

但是今日，秦珞音避开了，没有一击奏效。

"哧哧哧——"

画卷发光，其中有璀璨的骄阳飞出，有金色的纸张飘落，光芒炽烈，压制着秦珞音。

要知道，这都是百强星球中那些映照诸天级高手的手段，楚风现在只催动了一部分，没有全部暴露。

然而，秦珞音依旧避战，没有硬碰硬。

"你逃不了的！"楚风追击，大口喘息。

画卷消耗的能量过大。

他动用场域手段，感知秦珞音体内的玄磁气，以判断她的移动轨迹，然后猛然爆发。

"轰！"

这次，画卷铺天盖地而来，它是立体的，宛若一个真实的世界，追逐秦珞音，判断出她的轨迹，锁定了她。

此刻，楚风脸上没有一点笑意，冷酷无情，果断下了杀手，画卷全面爆发，百强星球发光，无敌真义尽显。

"你……"

秦珞音震惊了，她终于看到了楚风无敌画卷的玄机所在，得悉了楚风的秘密。这个人胆子太大了，居然以百强星球为背景，用血气与精神绘出了属于自己的绝世画卷。

秦珞音的画卷重新凝聚，迎了上去。"轰"的一声，两者间发生了大爆炸。

"砰！"

秦珞音飞了出去，脸上的五色面具轻颤，发出耀眼的光芒，身上的七彩长裙被撕裂了很多处。这是秘宝，是顶级战衣，可还是被毁掉了。

不过，她虽然在咯血，五色面具下的绝美面孔上却露出冷笑。她被重创不假，却也有意借楚风之手，又一次分解自己的画卷，麻痹对方。

接下来，楚风收起画卷。因为一再展开画卷，消耗太大了，就连他也吃不消，他担心自己的身体先于对方变得衰弱。

不得不说，秦珞音太强大了，她再次冲过来跟楚风厮杀，不落下风。

"这个爱做白日梦的丫头怎么这么厉害！"楚风倒吸一口凉气。

事实上，在他忌惮对方时，星空中也不知道有多少人在忌惮他，就连圣人都在沉默，感觉他成长得太快了。

秦珞音是谁？那是在宇宙年轻一代中实力排在前面的高手，能胜过她的人就那么几个而已！

可是，在这片没落之地，一个本土进化者居然能跟她厮杀到这个地步，实在惊人。

须知，宇宙中的年轻高手都是顶级大师培养出来的，而楚风不过是野路子出身，没有道统教导，一切全靠自己。域外的人调查之后，对他能走到今天这一步深感震惊。

星空中，很多观战的人顿时热议起来，比屠圣大战时讨论得还要热烈。

宇宙中有种说法，宇宙年轻一代排名前二十的进化者都有屠圣的能力。

现在，楚风跟秦珞音这种实力排在前列的人厮杀到这一步，实在惊人。

"嗯？"

楚风感觉头晕，精神恍惚。他立刻知道自己中招了，对方又在对他施展精神领域的秘术。

对方所在的道统名为大梦净土，自然有其独到手段，以梦入道，托梦伤人，最是可怕！

"咻！"

一道剑光突然在楚风的头脑中出现，向着他劈来，他惊得一声大叫，浑身冒出冷汗。

他赶忙躲避，精神力翻腾。

然而，躲避过去后，他发现那只是虚惊一场。对面，秦珞音正在浅笑，像是在揶揄与嘲讽他。

"咻！"

又一道剑光飞来，闯入他的心神。这次他有所防备，没有慌乱躲避，而是硬扛。

"砰！"

结果，他心神震荡，精神受伤。他大吃一惊，这剑光不是虚幻的，真能杀敌？

"这是我的精神领域攻击，你逃不走的！"秦珞音开口。这不是好心提醒，而是在施压，让楚风更紧张，方便她出手。

楚风明白自己遇到了致命的危机。这种手段防不胜防，在精神领域直接攻击他的心神，过于可怖。

他动用"域"的力量，这次没有展开画卷，而是催动自己的能量体——一百个粗糙的石球，并在全部石球上刻上场域符文，封锁空间。

"轰！"

石球旋转，向前轰击而去。

这一次，秦珞音神色凝重，再次催动精神仙剑时，发觉精神滞涩，难以突破。对方果然也掌握了"域"的手段。

"嗯？"

楚风心头一动，发现一百个石球靠近后，秦珞音体内的玄磁气在激荡。

"很好！"他决定冒险，动用从未施展过的场域手段，将对方当成一块磁体来雕琢。

"哧哧哧！"

楚风浑身能量大增，向前扑击。他用从月星上学来的场域手段进攻，眉心发光，在空中刻写符文，横扫向秦珞音。

"嗯？"

秦珞音第一时间觉察到不对劲，她身体僵硬，行动不便了。

"轰！"

一百个粗糙的石球彼此碰撞间，突破阻挡，撕裂秦珞音周围的光芒，驱散四周的迷雾。

"哧！"

楚风化成一道光，直接冲了过去，一把擒住秦珞音。

所有人都愣住了，不明白秦珞音怎么突然不动了。她刚才分明占了上风，结果竟然被擒。

地星外，大梦净土的女圣最先惊叫起来。

那是他们道土最令人惊艳的弟子，居然被人生擒。这是在灭他们的威严，也是在辱他们的荣光。

昆林山附近，各族进化者见到这一幕后都瞠目结舌。

秦珞音，星空下负有盛名的几个女子之一，被尊为女神级人物，现在居然被人生擒？

在人们的心目中，秦珞音是圣洁的、超凡的，在宇宙年轻一代中站在金字塔顶端，不可冒犯。

以她的实力，她足以睥睨星空，便是道族、始魔族、亚仙族的最强传人也不过跟她平起平坐。

可是，这一日间她接连发生意外，让人目瞪口呆。

星空中陷入死寂，通过原兽平台直播看到这一幕的人都傻了眼，不敢相信自己所见。

方才秦珞音还占上风啊，怎么转眼间就被人生擒？

所有的进化者都被惊得不轻，星海一片喧沸。

地星，昆林山附近。

"别吵，有什么可叫的！"这是楚风的声音。

"楚风，你……"秦珞音简直羞愤欲绝。

早前，她还能保持从容镇静，因为她觉得自己能战胜对方，很快就会除掉楚风。

可现在不同了，她被对方生擒活捉，对方想怎么对付她都在一念间。

她是堂堂大梦净土的神女，圣洁无瑕，各族的神子、圣女级人物面对她时都万分恭谨。

可以说，她头上有光环，是星空下身份与地位极高的几个年轻女子之一，可是现在竟被生擒！

所以，秦珞音气急，满脸羞红，感觉无地自容，再也不能保持平日的平和与冷静。

"楚风，如果你不放了我，大梦净土定会攻破地星……"

显然，秦珞音情急之下失去方寸，这般开口威胁楚风。

楚风自然不受威胁，依旧抓着秦珞音不放。

昆林山外一片嘈杂，许多人想要上前营救秦珞音，万星体拥有者徐成仙更是急得额头上青筋都冒出来了。

但是，如今秦珞音落在楚风手中，没人敢轻举妄动。

秦珞音诅咒楚风，她虽然戴着五色面具，但是从露出的下巴可以看出，她早已满脸羞红。

"别动，不然别怪我不客气。"楚风警告她。

毫无疑问，星空下第六美人，实力强大的宇宙天骄级人物被人生擒活捉，这是大事件。

"楚风，你放开我，有些事还有回旋余地……"秦珞音低语。她稍微冷静下来后，开始跟楚风谈判。

"你这也太冷静太现实了，我们之间没什么可说的！"楚风说道。

这一刻，秦珞音恼羞成怒。她都已经示弱了，可这家伙油盐不进，软硬不吃，太可恶了！

"放开我，有些事可以谈！"

秦珞音挣扎，可惜她被楚风封住，无法挣脱。

楚风道："都说君子动口不动手，什么都可以谈，可是现实很残酷，我只打算动手。"

人们听闻都一阵无语。

大梦净土的远古女圣气得身体颤抖。

遇上一个祸害，没法讲理了。

事实上，她也不打算讲理，她早有谋划。他们大梦净土的第一传人受辱，她怎么可能眼睁睁地看着？

她看向周围的圣人，这可不是一两个，而是一群。这群圣人虽然都是正常人身高，却像是一座又一座太古魔山镇压在此，气息恐怖无比，压得星空都出现了裂痕，能量波动可怕至极。

大梦净土的女圣目光冰冷，道："各位，该出手了。"

地星，昆林山附近。

楚风道："都说你是星空下第六美人，让我看一看你究竟长什么样子。"

他去摘五色面具，想看一看秦珞音的真容。

面具被掀开的刹那，五色光芒迸发，绚烂夺目，秦珞音的绝世容颜显露出来。她的肌肤雪白细腻，吹弹可破，只是一双紫宝石般的大眼睛仿佛能喷出火来，正死死地盯着楚风。

"姿容还好，我不算吃亏。"

听到楚风这种评价，秦珞音气得身体都在颤抖，星空中大梦净土的女圣也是震怒。

"各位，请出手！"大梦净土的女圣喝道。

──第302章──
昆林炼狱

地星外。

这里的圣人可不是一两个，而是来自各大道统的一群，任何一个都能撕裂空间，击碎星球。

因为地星上有最强大的场域，他们准备联手出击。

"好，送他去见上古的那群失败者！"有人点头。这是来自机械族的一个强大的圣人，周身闪烁着寒光。

灵族的女圣穆青菡也面带笑意，有些冷漠，也有些轻蔑地道："嗬，想不到啊，一个小小的观想境进化者竟让我们这般兴师动众，他死而无憾了。"

在他们开口时，空间震动，四分五裂。这群人实在太强大了。

"准备开启炼狱！"

天神族、幽冥族、西林族等族的一群圣人联手，足以征战星海，毁灭星系，而现在他们只是要针对楚风一人！

地星，昆林山附近沸反盈天。

秦珞音的面具被摘下来后，很多人脸色骤变，一瞬间杀气腾腾。

"住手！"万星体拥有者徐成仙喝道。他脸色铁青，周身星光璀璨，直接出手了。

"轰！"

大黑牛他们迎了上去，不灭战船迸发黑光，跟徐成仙碰撞。

同时，黄牛、蛤蟆吟诵神秘的古咒，召唤不灭山其他大船。他们知道，大战要来了。

"秦仙子的五色面具被摘下来了，她的真容被那个人看到了，天啊，怎么会这样！"一群人大叫，无比愤懑。

楚风不明白他们为何有这么大的怨气。

他揭开秦珞音的面具后，的确被她的绝世容颜所吸引，有那么一刹那的精神恍惚。

不过，他曾不止一次见过昔日星空下第一美人妖妖的真容，对这样的绝代丽人有些免疫力。

他一直认为，所谓绝色能左右人的心神，那完全是胡说八道，起码他的心志不会被动摇。

除非对方动用精神力诱惑，而那已经是能量的运用。

所以，他虽然惊叹于对方的绝代姿容，但是相当清醒。看着这宛若从画卷中走出来的女子，他不解地道："揭开你的面具好像有巨大的好处，不然的话，他们为什么会有那样的反应？"

秦珞音紫宝石般的大眼睛射出刺目的光芒，雪白细腻如同羊脂玉石般的脸上早已布满红晕。她咬着贝齿，道："你马上就要死了！"

楚风警惕。

"秦珞音仙子三年前戴上五色面具时曾经发誓，此后谁第一个摘下她的面具，她就嫁给谁。可是今天……可耻的楚魔王，你这是用强啊！兄弟们，屠魔的时候到了！"

"对啊，揭开她面具的机会原本要留给参加大梦净土盛会的宇宙各地年轻强者，这次不算！"

昆林山外，一群人大叫。

星空中，各大道统也不知道有多少年轻强者在伤心。他们都是秦珞音的倾慕者，看到这一幕无比愤懑。

楚风终于听明白是怎么回事了，当场就笑了起来："这么说，你得嫁给我？莫名其妙多了个媳妇，真是让人头痛。"

秦珞音恼羞成怒，她的眼睛是紫色的，原本特别明亮、水灵，现在却满是仇恨的光芒。她对楚风不假辞色，道："你这个地星杂血后裔，做梦！"

楚风的脸顿时黑了下来，他最讨厌别人一口一个"杂血后裔"地称呼自己。

"你一个爱做白日梦的丫头，都成为我的俘虏了，还有什么优越感可言？"

这一刻，秦珞音侧过脸，无视楚风。

然而，楚风的手毫不客气，直接捏住她的脸。

"楚风，我与你势不两立！"秦珞音尖叫。她想要保持冷静，想要无视楚风，却已经做不到了。

"你说什么？你只是我的俘虏，最好给我老实点。"

星际网络上一片大乱，如同有重磅炸弹投下。

"这个楚魔王真是恣意妄为，可怜秦仙子落在了他的手中。"

"小子，你都不懂得怜香惜玉吗？"

秦珞音的倾慕者这时都无比痛恨楚风，恨不得立刻闯到地星上去。

地星，昆林山脉外。

秦珞音羞愤欲绝，恨极了楚风。

"我要斩了你！"

"你都说了，谁第一个揭开你的面具你就嫁给谁，到时候你别哭着喊着嫁给我！"楚风满不在乎，而后又狐疑道，"你这面具戴了三年，平日不洗脸吗？让我看一看。"

秦珞音真要崩溃了。这家伙跟别人的关注点完全不同，这种关头他居然想这样无聊的事。

崩溃的还有秦珞音无数的仰慕者，他们在星空中怒吼，在昆林山外摩拳擦掌，想要跟楚风拼命，解救他们心中完美无瑕的女子。

"喂，你们什么意思？"楚风看着徐成仙等人，又仰望星空道，"我教训我媳妇，你们着急什么？哪儿凉快哪儿待着去！"

星空各地，更多的青年强者震怒，誓要屠魔。

"除掉魔王，毁了昆林！"

"消灭楚风，救回秦仙子！"

昆林山这里，徐成仙的眼睛都变成了金色的，在喷射星光，周身仿佛有很多小星星，异常璀璨。

"轰！"

这个时候，黄牛、蛤蟆又召唤来九艘不灭战船，在这里跟那些人大战起来。

一时间，喊杀声震天。

"敢欺负我兄弟，她也不会有好下场！"楚风大喝。看到大黑牛他们驾驭不灭战船在跟那些人交战，他直接掐住了秦珞音如同象牙般白皙的脖子，顿时让一群人投鼠忌器。

事实上，大黑牛、蛤蟆、驴王等根本就没吃亏，他们召唤来不灭战船后，横冲直撞，颇有无敌之势。

当初，他们就是依靠这些几乎腐烂的大船俘虏了两百多名神子、圣女级人物的。

"屠魔！"

地星外，一群圣人手指都在发光，圣血滴落，恐怖气息弥漫。在他们身前有一座小祭坛，他们在举行某种仪式。

地星有无敌场域，他们没有办法以真身降临，直接干预，因此间接出手。

当然，这样做他们也是要付出代价的。

楚风这个野路子出身的地星人居然可以成长到这一步，让他们忌惮，所以他们觉得有必要不惜一切代价地铲除他。

不然的话，这个天资惊世的地星人很可能会成为另外一个妖妖，一旦成长起来，他们多半无法抗衡。

"珞音，这一战你只能胜，不能败，因为你是最负盛名的女神，是我大梦净土的最强传人。现在给你扭转乾坤的机会。"

这时，秦珞音的心底深处有这样的声音响起。

"可是，我被擒住了，已经败了。"

"论真正实力，他怎么可能是你的对手？他不过是各种投机取巧，让你陷入被动，失手被擒。你听好，我与各位圣人即将出手，我们的所有战绩都将推在你的身上，你是今天的主角，斩了楚风！"

这是大梦净土的女圣在传音，她告知秦珞音详情，让秦珞音配合演戏，展现出无敌之姿，压制楚风。

秦珞音知道，论真正实力，楚风的确远不如她。并且她现在正受辱，自然直接就答应了。

"神祇之源外有炼狱，界门开启！"

星空中，一群圣人祭出圣血，开启一片古老而神秘的空间。

昆林山外，一道漆黑的大裂缝浮现，像是宇宙深渊被打开，张开大口，要吞噬人间。

"嗯？"楚风第一时间发觉不对劲，同时感觉到秦珞音体内有神秘能量波动。他毫不犹豫，一拳轰向她白皙的额头。

秦珞音的额头上，一道精神光焰刚冲起就被击灭了。

地星外，大梦净土的女圣一声闷哼，她的一颗精神种子被楚风强势击灭！

"该死的小魔头！"一颗精神种子被灭，让大梦净土的女圣脸色铁青，心疼不已。要知道，这些精神种子珍贵无比，她如果想更进一步，就得靠精神种子。

地星，昆林山脉外。

刚才那一幕吓坏了众人，徐成仙更是一声惊叫，因为他早已视大梦净土的传人为道侣了。

"秦仙子死了吗？"

"天啊，星空下第六美人殒命，宇宙排名前十的年轻一代高手都不是楚魔王的对手！"

一群人惊叫，昆林山脉外一阵大乱。

所有人都看得真切，秦珞音在最后关头想要反抗，额头上冲起精神光焰，结果那光焰被灭。

就连楚风也以为自己成功将秦珞音除掉了。

他刚才感觉到危险临近，汗毛倒竖，一拳就挥出去了，那一刻哪还管她是不是绝代丽人？

此刻，他惊魂未定，同时也看清了事实：秦珞音没有死，他灭掉的只是一颗精神种子。

"你们可真够不要脸的！"楚风杀气腾腾，马上就知道了，那是域外圣人的精神种子，有圣人亲自出手，跟罗洪一样要干预战局。

楚风今非昔比，已经领悟到"域"的妙用，还曾经屠圣，现在只对付一颗同阶的精神种子，不会太辛苦。

然而，随后出手的可是一群圣人。楚风身体紧绷，汗毛倒竖，如同闪电般移动躯体，全力施展天涯咫尺秘术，想要逃离这里。

"你走不了！"地星外，有圣人冷笑道。他们一群圣人联手，还不能压制一个小小的观想境进化者？

在他们身前，一座不大的祭坛滴落上圣血后，变得鲜红而透亮，恐怖的气息弥散开来。

昆林山外的界门在开启，黑色的大裂缝蔓延出去很远，整个世界像是被劈成了两半。

可以看到，这片区域的山峰、巨石、古树等被吞噬，消失得无影无踪。

一群人原本追了过来，想要营救秦珞音，可是现在都不敢上前了，感觉自己的灵魂都在悸动。

"楚风！"

"兄弟，这边来！"

黄牛、大黑牛、西伯利亚虎王、驴王等大叫，驾驭不灭战船在后追赶，想要去接应楚风，但还是比不上大裂缝蔓延的速度。

黑洞洞的裂缝覆盖而下，眼看就要吞噬楚风。

"你们快走，不要过来！"楚风喝道，不想将伙伴们都搭进去。此时他浑身都在冒冷汗，感觉到了死亡的气息。

这是一群域外的圣人在出手干预啊，这次恐怕凶多吉少了。

这一次，那些圣人不是像罗洪那么简单粗暴地干预，而是动用了撒手锏。他若被那黑色的裂缝吞噬，天知道会发生什么。

"通天快递，快帮我开启空间隧道！"

楚风对着光脑大吼，联系通天隧道公司。他现在已经成为白金贵宾，有权限提出这样的要求，对方也会在第一时间受理。

"尊敬的白金贵宾用户，您好，我们的空间隧道只能在地星外或者地星名山后方的折叠空间中开启，目前您在神祇之源附近，那里属于残留的古仙土之一，宇宙能量强度惊人，我们无法在那里开启空间隧道。给您带来不便，请谅解，抱歉！"

一个非常好听的声音自光脑传来，无比客气。

"什么通天快递，果然靠不住！"楚风忍不住大骂。关键时刻，通天隧道公司指望不上。

"尊敬的白金贵宾，我们是通天隧道公司。"那个声音纠正他。

楚风无语。

"嗖！"

他横空而过，避开身后那如同血盆大口般的裂缝，后面空气中发生了大爆炸，山峰、飞鸟等直接消失在黑暗中。

只差一点，他就被吞进去了，真是惊险万分。

"秦珞音，你背后的圣人想害死我，一看就不是什么好东西。你想死吗？不想死的话让她给我安分点！"楚风喝道。

秦珞音美丽无瑕的面孔上满是震惊，刚才圣人的精神种子被楚风击灭，让她大受触动。

"不回应？我先解决你！"楚风断喝。

"嗖"的一声，楚风右手发光，向着秦珞音的眉心按去。一旦击中，即便是宇宙年轻一代前十大高手之一也得死。

"轰！"

这一刻，秦珞音体内能量翻腾。大梦净土那个女圣的精神种子虽然被击灭了，但还是起到了作用，解开了秦珞音体内被楚风封印的部分能量。现在那部分能量正在释放。

"解开了封印？死！"

楚风发觉后，直接向着她的额头拍去，毫不留情。

"砰！"

秦珞音毕竟还是受制于人，很是被动，此时哪怕再不甘心，还是被击中。

"啊，秦仙子终究还是死在他手里了？"

"好狠的魔王！一代丽人就这么香消玉殒了？"

不要说是昆林山附近，就连星空中都早已人声鼎沸。

然而，楚风发现秦珞音依旧没有死。虽然他的手掌拍在了她的额头上，但是最后关头，一件秘宝冲出，守护她的精神，帮她抵挡住了这致命的一击。

那是一面小盾牌，不过一寸长，十分袖珍，绿莹莹的，不仔细看的话还以为是芭蕉扇。

"轰！"

楚风躲避黑色大裂缝的同时，再次一巴掌狠狠地拍了下去，震碎了这件秘宝。

同时，他的手掌下压，想要彻底解决秦珞音。结果她的头颅发光，一团精神能量被一层金色甲胄覆盖住。

精神甲胄！而且是等级非常高的精神甲胄！

楚风恼羞成怒，没想到解决秦珞音这么费劲。

他叫板道："域外的一群'钩驮蛋'，亏你们还是圣人，居然这么无耻！"

"各位不要迟疑，为免夜长梦多，送他上路吧！"地星外，大梦净土的女圣脸色阴沉，开口道。她对楚风的言行可谓深恶痛绝。

"你不担心秦珞音跟着一起死掉吗？"灵族的女圣穆青菡皱着眉头开口。他们灵族还想跟大梦净土联姻呢。

"无妨，珞音体内有替死符，可瞒天过海，保住性命。"大梦净土的女圣道。

天神族的圣人通体金黄，犹如神祇下界，镇压星空，让整个火球系都在轻微颤动。他道："既然如此，那我们就不客气了！"

"呵呵，那就出手吧！"幽冥族的圣人散发出漫天的黑雾，简直要笼罩整个外太空。

还有西林族的圣人、机械族的圣人等，一群圣人全都一起出手。

"轰！"

昆林山外，黑色的大裂缝吞噬一切，楚风无论怎么飞、怎么逃，都难以逃脱。

他的身体在倒转，向着天空中那道漆黑的裂缝飞去，眼看就要被吞没了。

"珞音，再给你一次机会，将他打进炼狱中！"

这时，秦珞音再次听到大梦净土女圣的传音，同时感觉到这一次有两颗精神种子降临。

不得不说，大梦净土十分看重秦珞音，希望她在最后关头当着所有人的面击败楚风，从而洗雪先前之耻，大获全胜。

"轰！"

秦珞音的身体猛然发光，五色光芒照耀天地间。

然而，域外的圣人低估了楚风的场域手段，不知道他已将玄磁气注入了秦珞音的体内。

"砰！"

楚风感觉到危险后，又一拳击出。他的神觉太敏锐了，感觉到那个部位有精神能量弥漫。大梦净土的女圣又一颗精神种子被灭。

"小贼，你敢！"大梦净土的女圣咬牙切齿。

另一颗精神种子没敢妄动，因为大梦净土的女圣已经知道，在同境界的情况下，她与秦珞音都奈何不了楚风，还不如留一颗精神种子下来保护秦珞音，万一有意外，可以保住秦珞音一条命。

地星外，大梦净土的女圣轻叹，她知道，让秦珞音在所有人面前击败楚风，将其打入炼狱的想法无法实现了。

"死！"诸多圣人一起喝道，准备出手了。

"轰隆"一声，最后关头，那可怕的大裂缝落下，要将楚风吞进去。

同时，一片绚烂彩光包裹着秦珞音。那是众圣人的手段，他们关键时刻一起营救秦珞音，卖个人情给大梦净土。

昆林山外，一座高山上。

一叶扁舟，用绿油油的青竹制成。尉迟空坐在扁舟上，面露震撼之色，道："昆林最深处有神祇之源，而昆林外有炼狱，传说当年无数先民都被关押进炼狱中活活炼死，想不到竟是真的。炼狱再现，楚风……终究是要死了。"

在扁舟另一端，无劫神体拥有者周尚盘坐着，岿然不动，周围雾气缭绕。

昆林山外，各族进化者震惊。黑色大裂缝太恐怖，将大山都给吞了进去，这种力量非人力可对抗。

"你们不罢手的话，就让这个星空下第六美人跟我一起进去吧！"楚风冲着域外大吼，同时抓住秦珞音不松手。

这个时候，成片的彩光包裹住秦珞音，居然要将她带走。

"嗡！"

在临近炼狱入口时，忽然，楚风感应到一股奇异的能量波动，他身上某件器物在颤动，微微发光。

那是他当初在昆林山脚下捡到的石盒，里面有三颗种子。

此时，这个看起来十分古朴的石盒感应到炼狱的气息后，居然微微发光。同一时间，包裹着秦珞音的所有斑斓彩光都散开了。地星外的圣人都不禁大吃一惊，深感不解：自己的手段为何失效了？

"轰！"

最终，那漆黑的大裂缝还是将楚风给吞没了，而他也将秦珞音拽了进去。

·—第③③③章—·
黑暗世界

黑色的大裂缝很恐怖，这是界门，是炼狱之地，如同宇宙边缘的星兽张开血盆大口，吞食山川万物。

就这样，楚风被吞没了，他拽着秦珞音一起从昆林外的山地中消失，进入炼狱。

而后，那裂缝也渐渐消失。

昆林山外，一群人都傻眼了。两大年轻强者都坠入那如同深渊般的大裂缝中，这是同归于尽吗？

"不！"地星外，大梦净土的女圣大叫。他们道统的最强传人就这么进入了炼狱，这太突然了，她无法接受这个事实。

那是什么地方？要知道，当年大量的人被关在里面，全部殒命！

她不能理解，众圣人联手，最后为何还是没能将秦珞音救回来。

秦珞音是大梦净土培养出的最强传人，实力与姿容并存，在全宇宙能排进前几名内，受各族年轻强者仰慕。

这时，其他圣人也都皱着眉头。他们一同出手，以斑斓彩光裹住秦珞音，眼看就要把她带回来，可是不知道什么原因，最后关头彩光居然散开了。

这里一片寂静，昆林山外则一片大乱。

"楚风，你该死啊，临死时还要拉上秦仙子为你陪葬！啊啊啊——我要毁了昆林，你的朋友都要死！"

万星体拥有者徐成仙咆哮，面目狰狞，浑身杀气冲天。

星光成片地从他身上冒出，他显现出独有的霸道威势，沐浴着诸天星光，能量大增。

他一跃而起，冲上高空，要去与大黑牛、西伯利亚虎王、周全等人搏斗。

"你算个什么东西，跟来自不灭山的天才对战，必定没有好下场！"蛤蟆最先叫道。

大黑牛更是怒吼："还我兄弟命来！你们言而无信，说好的公平决战呢？域外的圣人亲自干预，都是'钧驮蛋'！"

他们各自驾驭一艘载有成千上万骷髅生物的不灭战船，跟徐成仙开战。

不少人跟在徐成仙后面，附和道："秦仙子死了，我们为她报仇！"

秦珞音追随者甚多，现在一群人都红着眼睛，扬言要除掉这里的本土进化者，为她陪葬。

西伯利亚虎王吼道："报仇？一群恶心的降临者，不讲信用，每次都输不起，总是有圣人出手干预，太龌龊了，拿命来！"

虎啸山林，震耳欲聋。

他们有底气，是因为有十艘不灭战船，每一艘战船上都有数千骷髅生物，船体可以凝聚船上所有生物的能量，迸发黑光。

域外有些人高傲惯了，此时叫嚣着："不要放走他们，全都消灭！"

"轰！"

下一刻，这些人就体会到了什么叫后悔。通体乌黑的不灭战船散发着腐烂的味道，每一艘都凝聚数千骷髅生物的能量向前轰去，打得山崩地裂，大河干涸，湖泊消失。

十艘大船齐头并进，一起迸发黑光向前轰击，真是无坚不摧，比各族神子、圣女级人物强太多了。

"砰！"

即便是徐成仙，被一道黑光打中后，也是一声怪叫，披头散发地倒飞出去，身上星光四射。这让他无比忌惮不灭战船的攻击。

"你们不是要报仇吗？来啊，一起上吧！"驴王大叫。

"轰！"

十艘大船俯冲，像是十只金乌横空，但散发的不是神圣的金光，而是黑光，铺天盖地，焚烧大地。

"啊啊啊——逃啊！"

谁都受不了了，秦珞音再怎么重要，也没有保住自己的性命重要，一大群人被轰得四处逃亡。

后方，人们目瞪口呆。不是说要消灭地星本土进化者吗？怎么反过来了？现在死的可都是域外的人啊！

就连道子、佛子、亚仙族映无敌、天神族最强传人罗浮、始魔族太子元世成、不死蚕公子等人都深感意外。

在他们看来，楚风一旦失利，对地星本土进化者来说是重大的打击，地星本土进化者可能会就此成为一盘散沙，被域外降临者一网打尽。

可是，昆林山这里的战斗局势一边倒，那些本土进化者居然占了上风。

"楚风，我要为你报仇！"黄牛眼睛都红了，驾驭不灭战船追击域外降临者。他看起来年龄很小，面孔稚嫩而漂亮，金色发丝飞舞。

蛤蟆自言自语道："我终于明白不灭山的试炼是什么了，竟是跟域外开战！"

"兄弟，我们为你报仇！"大黑牛吼道。

"轰！轰！轰！"

不灭战船上，一道又一道黑光飞出，许多来自域外的强者被击中。

星空中各族都在通过直播平台观看这一战，此时全都目瞪口呆。

楚风坠入炼狱后，所有人都觉得，地星本土的进化者要遭殃了，没想到反差这么大。

"那应该是大力牛魔族的人，果然仗义，为了楚风敢与全天下为敌。"

"那头驴子是哪家的，怎么一边驾驭大船大战一边骂人？这嘴巴也太损了。"

"那蛤蟆也忒厉害了，有神兽之资！"

原兽平台上沸沸扬扬，并不是所有人都是秦珞音的拥趸，有相当一部分人看到这样的大战情景后叫好。

"可叹楚魔王就这么死了，不然的话，他可与宇宙所有年轻天才争锋，有无敌之资！"

也有人为楚风感到惋惜。

大战的结果是，昆林山外，一群域外降临者溃逃，简直要哭爹喊娘了。

连徐成仙带来的一群高手都被轰得鸡飞狗跳，徐成仙自己更是节节败退。

"哪里走！"西伯利亚虎王看到道子等人想要离开，当即大叫。

驴王看到佛族的佛子、护法金刚等人想走，也叫道："哪里逃！驴爷在此，过来受死！"

映无敌、道子、佛子等人果断离开，不想掺和进去。

地星外，大梦净土、灵族、天神族、西林族、幽冥族等各族的圣人全都脸色阴沉。他们现在无法出手，因为不远处的神秘祭坛早已炸开，他们遭遇反噬，每个人都付出了代价，脸色有些苍白。

看到昆林山那里鸡飞狗跳，居然是地星本土进化者占了上风，他们都相顾无言，满心愤懑。

"哇，太有意思了，徐成仙都快被打趴下了。"

银发小女孩映晓晓笑嘻嘻地跟着族中长辈在远处看热闹。

灵族的女圣穆青菡听见这话，鼻子都差点气歪了。哪来的熊孩子，在那里胡说八道？她很想说，徐成仙只是在正常躲避而已。

但是，她不好意思跟一个小女孩较真，而且她也已经认出，那是亚仙族的小公主，很不好惹。

然后，映晓晓又开口了，一副故作深沉的样子："在天愿作比翼鸟，在地愿为连理枝。星空下第六美人秦珞音追随楚风而去，这是一个多么凄美而忧伤的爱情故事，感天动地啊，一定会流传很多年。"

大梦净土的女圣原本还在为自己道统损失了一个最杰出的传人而伤心呢，闻言顿时大怒。

"亚仙族的圣人，你们家的小公主……"她神色不善，如果说这话的是其他族的人，她早就一巴掌拍过去了。

"这孩子，三天不打就上房揭瓦，算一算时间，今天正好是第三天。你给我回家去！"

不光映无敌与映谪仙受不了这个妹妹，就连亚仙族的圣人也受不了她了。这样说罢，亚仙族的圣人直接将她扔进超级空间隧道中给送走了。

昆林大战结束，域外的人损失惨重。

佛子、道子、映无敌、元世成等人根本没出手，徐成仙则负伤而退。

这一结果轰动星空。

当然，最令人震惊的消息还是楚风与秦珞音双双坠入炼狱，从人间消失。

昆林山外，青竹扁舟飘浮在空中，尉迟空盘坐在上面，道："一切都有定数，如今大战终于落下帷幕，看来周尚就是地星真子，终有一天会俯视整片星海，笑到最后。"

"谢前辈护道。"青竹扁舟另一端，周尚回应道。

秦珞音陷落炼狱中！

这个消息一出，宇宙各地轰动。秦珞音毕竟是星空下第六美人，也是宇宙年轻一代十大高手之一。

平日间，她就是人气爆棚的明星，现在发生这种事，影响太大了。

同时，楚风殒命的消息也传播开来。

按照大梦净土的说法，秦珞音在关键时刻施展禁忌咒语，用大梦净土的无上妙术触发炼狱的界门，将楚风打了进去。

秦珞音虽然成功屠魔，但也不慎将自己搭了进去，陷落绝地。

这是大梦净土对外的说法，灵族、天神族等族的重要人物都认可了这一说法，称自己在地星外观战，所见的确如此。

星空中一片哗然，许多人是秦珞音的仰慕者，但并不是所有人都盲目相信这种说法。

"这还真是要只手遮天吗？我喜欢秦仙子，可是，这一次她的确很被动，被楚魔王占了上风，最后怎么成了秦仙子屠魔成功？"

"我看得清楚，秦仙子不是被楚魔王活捉了吗？大梦净土、灵族、天神族等族的人怎么却说秦仙子胜出？"

"你懂什么？秦仙子最初确实被动，但在最后关头抱着同归于尽的念头，施展禁咒，所以才屠魔成功。当然，她自身也就此从人间消失，太可惜了，她真是风华绝代的女神，完美无瑕。"

星空中，各方争吵不休。

虽然圣人出手了，但是没有人见到，他们不会留下什么证据，让人抓到把柄。

不过，很多人相信，绝对有圣人出手干预。大黑牛、西伯利亚虎王、驴王等都大骂域外圣人是一群"钩驮蛋"，不要脸。星空中也有很多人认为，是圣人的干预，影响了这一战最终的结果。

"太黑了，楚风死了都不得安宁。明明是他压制了大梦净土的传人，拉着她一起去死，结果有人硬是要颠倒黑白，这种谎言有意义吗？"

"嘿，他们想隐瞒真相，但是这种战绩不是他们想要就能获得的，我觉得很多人都不会相信。"

"没错，域外的天眼系统虽然无法捕捉到圣人出手的画面，但是可以查到蛛丝马迹！"

星空中沸反盈天，说什么的都有，关于这一战的真相引发了激烈的讨论。

东海，不灭山。

"气煞我也！楚风兄弟战死，是因为域外的圣人干预，原本就不公平，现在那群圣人还想抹杀他的战绩，太无耻了！"

大黑牛、黄牛、西伯利亚虎王等人眼睛都红了，怒不可遏。

他们在昆林山大战域外各族，然后直接转到虎泷山，接走了楚风的父母。因为他们担心域外的人不择手段，伤害楚风的家人。

虽然妖妖警告过域外进化者，任何人都不得擅闯虎泷山，但是她毕竟离开了，天知道会发生什么。

"炼狱不是年轻一代的进化者所能开启的，楚风死得太冤！"

终于，星空中有重量级人物开口，正是原兽平台的创始人之一——林琦。他亲自站了出来，甚至想公布一段天眼系统捕捉到的画面。

至此，星空中的争吵才消停一些，不再那么激烈。

大多数人相信，楚风是死于强者的干预，域外有大人物亲自出手，改变了战局。

当然，出手干预的是一群圣人这种隐情并未公开。各族圣人联手暗算一个小辈，就是一大丑闻，一旦泄密，很多人都要身败名裂。

虽然最大的丑闻没有曝光，但是更多的人明白了，楚风天资卓越又接连战胜修为比他高的进化者，让一些大人物不安，直接下手害了他。

"可惜，可叹，曾经在宇宙中排位第十一的星球没落多年，好不容易出现一棵好苗子，结果让人害了。"

"如果有一天楚魔王能够回来就好了。这一次我等都替他感到愤怒，太不公平了！"

"可惜，进入炼狱的人必死无疑，楚风再也不可能活着出现了。"

"听闻大梦净土准备找人联手开启炼狱，营救秦珞音，说不定楚风能跟着一块逃出来。"

"不要做梦了，真要再次开启炼狱，那就意味着楚风必死无疑。大梦净土怎么可能放过他？况且，坠落进炼狱的人哪还能活着，包括秦珞音在内，根本坚持不到别人来救援！"

星空中喧哗吵闹，说什么的都有。

昆林，炼狱。

黑暗的大裂缝闭合后，楚风拽着秦珞音一同坠落。

他感觉天旋地转，身体剧烈翻腾，承受着莫大的能量冲击，整个人都仿佛要崩裂开来。

在此过程中，他仿佛看到一具又一具庞大的骸骨，横陈在死寂的黑暗空间中。

中途，他猛烈翻滚，仿佛撞到一些骸骨，还看到一些残破不堪的陨星。那些东西都淹没在黑暗中，很模糊。

他不知道那是自己的错觉，还是真实存在的事物。

"砰！"

楚风遭受撞击，浑身疼痛，自顾不暇，最后没有拉住秦珞音，两人分开。

他判断，秦珞音比他受伤还要重，或许已经死了。因为在黑暗深渊中下坠时，他曾经顺手将秦珞音当作盾牌，挡住撞击。

他没有怜香惜玉之心，不但因为彼此是敌人，还因为大梦净土的女圣暗算了他，简直卑鄙、恶劣到了极点。

"真想立刻成圣，然后去太空中除掉那群无耻的圣人，真正掌握自己的命运，而不是受别人摆布。"

这是楚风在下坠过程中的念头。

要是公平对决的话，他不惧挑战。这次被域外圣人这么暗算，他十分恼怒，真恨不得在天藤上再次与圣人决战。

但是他也知道，自从他斩掉罗洪后，圣人都对他有所忌惮了，不会再给他那样的大好机会。

"轰！"

在这里，楚风控制不住自己的身体，无法飞行躲避，他的身体再一次被重物撞上。

"噗！"

接着，他在下坠过程中，被不知道什么年代遗失在这里的古战矛刺中。

楚风眼前发黑，身体痉挛。他不知道自己会坠落向何地，只知道过程太痛苦了，不是被重物撞击，就是被古兵器戳中。

终于，他昏厥过去，坚强如他也受不了了。

"砰！"

也不知道过了多久，他终于坠落到地面，砸出一个巨大的深坑。

楚风感到身体剧痛，他艰难地伸出手臂，好半天才坐起来，也不知道自己昏迷了多长时间。

这里伸手不见五指，太黑暗了。

楚风起来后，发现自己的身体受损严重。

他运转道引呼吸法治疗伤体，浑身白雾缭绕。

楚风如今的体质强健无比，这次伤势居然这么重。

最让他无语的是，他身上的甲胄有些部分硬生生被撞进血肉中，那些部位伤得格外重。

前段时间，他获得了许多秘宝，自然不缺少坚固的甲胄。

想不到，他一路下坠，甲胄不但没有保护到他，反而伤到了他的身体。

楚风急忙从一条空间手链中取出一件器物。

这正是当初他在昆林山山脚下捡到的石盒，里面有三颗种子。

在炼狱开启时，楚风就感觉到石盒的异常，哪怕它被放在空间手链中，他都感应到它有轻微的颤动。

他龇牙咧嘴，手持石盒，发现石盒发出微弱的光，一角泛着光泽，浮现的纹路如同天图。

他开启石盒，三颗种子并无变化，跟以前一样。

楚风知道，有所变化的是石盒。

他心中震动。当初他捡到这石盒时，它表面上看起来无比普通，毫无光泽，跟寻常的石头没什么区别。

那时，楚风只觉得三颗种子有些异常，而从未想过连这个石盒都很特殊，大有来头。

到了现在，他怎么可能还看不出？这东西肯定有秘密！

楚风盘坐很久，道引呼吸法效果极佳，他身上的伤口已经愈合了，随后他略微艰难地站起身来。一般的人受了这么重的伤不知道要躺上几个月，而他直接就能行动了。

楚风施展火眼金睛，双眼在黑暗中冒出璀璨的火光。他要了解这里究竟是什么地方。

果然，他看清了眼前的景物。这是一片广袤无边的空旷之地，死寂、缺少生机像是这里永恒的主题。

这像是一片荒原，土地呈暗红色，一眼望不到尽头。

而后，他抬头仰望，深感震惊。只见空中悬浮着很多陨石，有的无比巨大，像是山岳，有的则只有磨盘那么大，从低空到遥远的高空尽头，陨石多得数不过来。

他终于明白为何自己一路下坠的过程中不断被撞击，受了这么重的伤——悬浮物实在太多了。

除却陨石，他还看到了一些残破而锈迹斑斑的兵器横在上方的空间，有的是正常大小，有的则有数千丈长。

他皱眉，在这片地带，他都不能飞行了，这些东西居然能悬空，还真是诡异。

楚风在这里寻找了很久，想找到秦珞音，却一无所获。他来到地势较高之处，运转火眼金睛，极目远眺。

这下，他有了惊人的发现：在某一个方向，地平线的尽头有微弱的光。他略微思忖，随即大步向前走去。

楚风发现，自己在这里无法飞行，却依旧能施展天涯咫尺秘术。

"嗖！"

他一路疾奔，一口气跑了数百里，发现那微弱的光明亮不少，便继续加速。

他就这样一路奔行，又跑了数百里，光芒渐渐灿烂，冲入高空。

"那是什么？黑暗世界中竟有这样的明亮之地？"楚风讶异。

他再次奔行了上千里。

他深感吃惊，这片陌生的死寂之地居然这么大。

终于，又奔行一段距离后，他看到前方光芒冲天，照亮四方，空中很多悬浮的陨石等都清晰可见。

"那是……"楚风大吃一惊，又行进数十里后，才彻底看清前方是什么。

那是一座城，巨大而古老，绚烂刺目，释放出炽烈的能量光束。

在这片黑暗空间中，居然有这样一座明亮的城池，太诡异了。

第304章

万灵的归宿

黑暗世界，光明城池，这还真是鲜明的对比。

漆黑的空间广袤无垠，大地上毫无生机，死寂一片，如同荒凉的戈壁滩，且伸手不见五指。

唯有这里像是太阳照耀之地，城池恢宏，光芒冲霄，映照天空，天宇上那一块又一块陨石都清晰可见。

楚风狐疑，这是怎样的地带？

他没有轻易靠近，只是在远处仔细观察。于漆黑的世界中，竟见到如此绚烂的城池，这太诡异了。

他绕城而行，以火眼金睛窥视城池周围的景象。

很快，绕到一个方位时，他瞳孔收缩，看到一番无比惨烈的景象。在城池近前，生物无数，都已失去生机。

死了这么多生物？

这些生物中既有人族，也有各种凶兽猛禽，其中有金色的鹏鸟，至今还在散发金光，有黑色的乌鸦，陨灭后依旧伫立不倒，黑光四射，还有许多闻所未闻、见所未见的生物。

这些生物应该是无数年前就失去了生机的，身体却始终未腐烂。

有些生物太大了，仅一只黑色大爪子就像山岳一般，真是不可思议。

躺在这片土地上的有星兽，也有宇宙兽，都是体形无比巨大的生物。

这里一定发生过一场激烈的大战！

楚风目光灼灼，看到这当中甚至有神兽、圣禽，那都是来自宇宙中异常强大的族群，数量稀少，竟也死在这里。

接着，他又绕到城池的另一个方位。

这一次他看到了各种植物：黑色的蒲公英吞噬光芒，扭曲空间；奇异的桃树汲取血液，通体绿油油的；银色的核桃树快要凋零，结出的果实却璀璨而惊人；还有不知名的妖艳花朵，花瓣中残留着半截龙躯……

这些植物让人觉得诡异。

不过，楚风仔细感应后，发现这些植物虽然看着光泽依旧，但是每一株都已经失去生机，只是还保持着生前的样子而已。

其中，有九成的植物楚风都不认识。

楚风凝神，心中悸动。这片区域了不得。

他转了小半圈，看到中心地带，一棵吊兰有小山那么高，每一根长茎都粗大无比，延展出去上千丈，末端像是矛锋，洞穿了一个个生物。

"圣级生物！"

楚风倒吸一口凉气。吊兰每一根长茎的末梢都挂着疑似圣级的生物，气息异常恐怖。

有像是金乌的猛禽，长有三足，羽翼发光，金灿灿的；还有孔雀，羽翼展开，异常美丽灿烂；也有金光犼，传说中这是金身境进化者的坐骑……这些生物属于不同种群，有数十只。

楚风心惊，连圣级生物都成片地死在这里。

接着，他来到第三个方位，看到的全是生物的头颅，没有其他。

最后，楚风再次回到起始方位，他仔细观察，发现那暗红色的土地居然是血液凝固所致。

黑暗世界中的光明城池并不美好，光是城外就已经如此，这简直是一处绝地。

楚风站在最初的这个方位，心中感叹，这么多进化者都丧命于此，面对漫长的岁月，进化者的生命还真是不值钱！

这时，他又感受到了身上的石盒有特殊的反应，其中一角竟已经亮起。

楚风把石盒拿在手中仔细观察，发现只有那个角有了明亮的光泽，其他地方没有变化，十分古怪。

石盒四四方方，三寸高，原本看着很普通，如今那个角却有了光泽。

楚风以火眼金睛仔细观看，觉察到异常，发现所谓光泽其实是密密麻麻的纹路。他再次凝神，发现那纹路像是一群蝌蚪在游动，很灵动，也很神奇。

他的眼睛发出金光，越发灿烂，盯着石盒这一角仔细地看。

楚风确信，换作其他人，除非修成了天眼通，否则的话根本看不透这纹路的本质，这居然像是某种古老的文字。

他静心凝神，双目射出的绚丽光束落在石盒上，心中很是疑惑。那些微小到只能以火眼金睛才能看到的纹路，真是文字吗？因为他再次整体观看时，发现那些纹路连在一起构成的图案，像是起伏的山川。

不简单！

他知道，这石盒隐藏着很大的秘密。

可惜，现在石盒只有这一角亮起，如果整体都亮起，或许他能看到更加完整的图案。

难道只有这一角才有纹路？

楚风用右手将石盒高高举起，对着光明城池，想要借光进一步观察，忽然感觉到左半边身子剧痛。

"什么情况？"

楚风大吃一惊，感觉死亡气息弥漫，要将他吞没。

他放下手臂，收起石盒，环顾四周，发现身上的疼痛感消失了，死亡气息也远离了自己。

"嗯？"

很快，楚风明白，这跟石盒有关，当它离开自己的身体一定距离后，自己便会体会到身死道消的感觉。

"这座城池在散发杀意！"

楚风明白了，这是一座带着杀意的城池，生物一旦靠近，就会消亡。

这里的生物不乏圣级生物，甚至有更强者，他们死后，血液至今未曾枯竭，形成了滔天的杀气。

一般情况下，楚风这种级别的进化者到了这里根本活不了。

他能走到这里，是因为有石盒的庇护。

楚风做了多次试验，如果不带着石盒，远离石盒数百里，他浑身便开始剧痛。

他倒吸一口凉气，这地方果然恐怖！

这是一处绝地，一般的生物一旦踏足就会消亡。

按照目前这种情形来看，就连所谓金身境进化者在这里都要被破掉金身，死在神秘的城池外。

楚风严重怀疑，就算是圣级生物也不见得可以无恙。

毕竟，这里可是死了很多圣级生物！

楚风想到那吞食了半条龙的妖艳花朵以及那株吊兰，怀疑它们的层次比圣级生物更高。他自言自语道："别告诉我那是映照诸天级生物！"

如果是这样的话，这片地带简直无法想象！

顷刻间，楚风毛骨悚然，觉得自己严重低估了此地。

他手持石盒，再一次凝视它。这究竟是什么东西？它突然变化，跟以往不同了，在这种地方居然都能庇护他。

太神秘了，这石盒有天大的古怪！

这是他在昆林山山脚下捡到的，他曾问过妖妖有关石盒的事，却被告知，上古时期的地星并没有关于这石盒与三颗种子的记载。

所谓地星的重要传承器物，不包括这石盒与石盒中的种子。

"难道这石盒比我想象的还要古老，诞生在地星最灿烂最辉煌的时期之前，另有出处？"

楚风浮想联翩，一阵出神。

而后，他带着石盒，走近光明城池，踏足战场绝地。一刹那，他体会到了各种神秘的波动。

他不由自主地舒展身体，施展拳印，运转道引呼吸法。

在这片广袤而可怕的战场中，各种剑意、拳印涌来，像是洪水般倾泻过来，压得他快要窒息，让他大受震动。

毫无疑问，如果没有石盒，他的身体就会直接崩开。

但是，他有石盒在手，一切便都不同了。在各种滔天的剑意、拳印的压迫下，他的肉身像是在被淬炼。

楚风心有所感，在这里施展精神武功，展现各种传承。

他是野路子出身，没有受过系统的教导，许多方面跟大教走出的弟子不同，现在这样的磨砺，对他好处极大。

也不知道过去了几日，星空中颇不宁静。

在人们热议楚风与秦珞音死在昆林山的事件时，宇宙中又有了新的热点话题，在各星系引起了轰动。

"元磁圣体现世了，想不到啊，这一代居然有这种绝世体质出现，元磁光一出，所向披靡，天下高手皆慑服！"

"我还记得曾有一个时代，一位元磁圣体拥有者称霸宇宙，横扫天下，寻不到一个对手，最后冲进混沌深处的残破宇宙，就此消失。"

这种人物一出，各族都不能平静，其一旦成长到后期，必然映照诸天，横扫世间，所向无敌。

"孤陋寡闻！不只元磁圣体，神璃金身、天命仙体这些可怕的体质也已现世，这些体质的拥有者还曾去挑战宇宙年轻一代排在前几名的映无敌等人，这当真是要称霸天下！"

"什么？"

许多人惊骇不已，还有这些无与伦比的体质出现？这绝对举世瞩目。

"可惜映无敌等人当时不在族中，而是身在地星，未能应战，不然的话就热闹了。不过，一些不确定的消息传来，有无敌体质拥有者正赶向地星，准备挑战宇宙年轻一代高手中的前几位，真是令人期待。"

人们闻言都大吃一惊，那些无敌体质拥有者要来地星跟元世成、映无敌等人争霸？

天神族的罗浮、亚仙族的映无敌等人还没有走，依旧留在地星，这岂不是意味着地星上将要有诸子争霸的大战爆发？

同时，也有很多人质疑。要知道，元世成、映无敌、罗浮等人都是宇宙前十大族群的最强传人，一般人谁敢惹？

"有消息传出，元磁圣体拥有者、天命仙体拥有者可能来自混沌深处那片残破的宇宙，所以，他们无所畏惧，不怕遭到报复！"

然后，有人传出最新消息，羽化神体拥有者、大衍战体拥有者也疑似现出踪影。这一消息震撼了各族。

这是怎么了？为什么这些体质的拥有者都突然出现？

这是要颠覆这个时代吗？

所有人都意识到，现阶段的排名将要被改写，一个恐怖而辉煌的宇宙新时代要来了！

"可惜啊，楚风被炼狱吞噬了，不然的话，他说不定能在这个时代发出绚烂的光彩。"

"这可不见得。虽然没有听闻楚魔王的体质如何，但是现阶段出现的可都是经过历史证明的无敌体质，在这样王者聚集的大时代，楚魔王跟他们相比，不见得有多出色，甚至可能会十分普通。"

"人都死了，谈这些有什么意义？我们等着看那些人会碰撞出怎样炫目的火花吧，从残破古宇宙出来的人说不定带来了与众不同的禁忌呼吸法！"

各大星系的人都在热议，所有人都有种预感，一个无法想象的大时代正带着迫人的气息缓缓而来。

光明城池外。

楚风不知道在这里站了几天几夜，不时舒展身体，展现精神武功。他在利用这里的无边压力淬炼己身，磨砺自己的呼吸法、肉身武功、精神本领。

他处在这种特殊的环境中，不时有所感悟。

这里有古老的拳印，有可撕裂空间的凌厉剑意，有能洞穿宇宙的矛锋之气，有仿佛能够开天辟地的巨斧横空的轨迹……

很难想象，这里究竟出过什么样的高手！

每当接触到被可怕的拳意、刀气、天戈割裂的星空残痕时，楚风都仿佛能听到一个古老存在的呼吸声，那些存在强大得离谱。

就这样，楚风在这里感悟，磨砺自身，不断舒展四肢，动用精神力，沉浸在一种奇妙的状态中。

他没有得到具体的法，只是接触到各种意境，但这足以促进他实力精进，像是无尽的养料，可以供他汲取。

数日过去，楚风发现自己有很大的变化，对肉身武功与精神之战的理解更深刻，称得上突飞猛进。

这才过去几天而已，就能有这样的收获，楚风相信，如果长期在这里感悟、磨砺，自己一定会有质的变化。

他尝试运转道引呼吸法，希望通过这里残留的拳意、精神意境等捕捉到具体的法，以进一步强大自身，脱胎换骨。

不过，短时间内他还不会成功。

这片地带有各种精神印记、武道轨迹，称得上进化圣地，一个进化者在这里体悟，汲取养料，最终或许能够破茧成蝶。

这里的确是绝地，但也是进化者的无上殿堂！

当然，前提是进化者能在这里活下去。

正常来说，进化者来到这里，哪里还有性命？！

楚风身上有石盒，所以才能保持住自身的生机。

体悟了数日，他觉得精神有些疲惫，而且他身上早先就有伤，终究有些劳累。

他决定休息，自空间瓶子中取出一些食物，大口吞咽，以补充身体所需。

早先留下的各种珍肴现在派上了用场，不然的话，他虽然不至于在短期内饿死，但也肯定会饥饿难耐。

对伤者来说，这些都是有益的补充。

此外，楚风身上自然少不了各种异果、丹药。

楚风早先已经服用过一些丹药了，现在又倒出一大把塞进嘴里，嚼得嘎嘣作响。

如果有人在这里，一定会痛心疾首，觉得他暴殄天物，牛嚼牡丹。

但是，前后数次这样补充能量，效果无疑是惊人的，楚风身体与精神都大好，体内血气旺盛，精神光焰跳动。

他身体彻底恢复过来，加上在这里领悟各种拳意、精神印记等，实力进一步增强了。

"不知道秦珞音怎样了？"楚风自言自语。

他相信，对方如果还活着，也肯定能发现这座于黑暗中格外璀璨的神秘城池。因为它太特殊了，犹如黑夜里唯一的火把。

可是，他也清楚，对方肯定靠近不了，最多只能在数百里外看着，真要强闯的话必死无疑。

楚风的肉身与精神全面恢复，并最终达到了巅峰状态，肌体更加强大，生机勃勃。他又参悟了几日，有些按捺不住，想进城内去看一看。

城外已经如此，那城内都有什么？

最终，楚风决定进城一探。他之所以有这种底气，是因为身上有石盒，可以庇护他。

金身境进化者来到这里也得被破掉金身，不见得能毫发无损，但是这石盒非常神奇，竟可保楚风无恙。

这是他目前最大的倚仗！

当初，他在昆林山山脚下捡到这东西时，可从来没有想过有朝一日它会有这么特殊的作用。

走过曾经的大战之地，楚风见到了很多种类的生物，其中九成以上的生物他都不认识。他甚至有点怀疑，这些生物不属于这个宇宙。

他在光脑上了解过星空中的种群，认识了不少强族，但是依旧对这里大部分的生物感到陌生。

"地星先民或许也曾被吞噬进来，无数人死亡，但只是死者中的一部分。"楚风皱眉。

他在途中看到的部分生物，跟记载中的地星先民形象相符。

他来到城墙下，雄伟的城墙是用巨石堆砌起来的，像是曾经被血浸染，呈猩红色，且发出刺目的光芒。

城墙很高大，像是一片山岭横亘在此，气势磅礴，恢宏古老。

楚风皱眉，在这片空间中，他无法飞行，只能攀爬上去。

他观察一番，确定城墙上没有攻击性场域后，才如同一只大壁虎，沿着粗糙的墙体攀爬，一路向上而去。

他在墙体上感受到岁月沉淀的气息，如果非要给出一个年限，他觉得这座城池像是在开天辟地之时就存在！

墙体太古老，这种岁月的印记像是起源于时间长河的源头。

楚风尝试在墙壁上留下痕迹，可是任他用尽手段，都无法做到。这些石块很大很粗糙，看起来普普通通，可是以他远超一般观想境进化者的实力，居然连一道划痕都无法留下。

这是什么石料？坚硬得有些不可思议！

要是能带出去一大块，估计会被星空中一些大教认为是瑰宝材料，尽管这些石头表面看起来非常普通。

终于，楚风登上城墙，眺望城中的景象。

就这么一刹那，他的身体彻底僵硬，肌体紧绷，瞳孔放大了又收缩，他死死地盯着城中的景物。

这是一座古城，足以容纳数百万人生活，规模不是很大，但也不算小。

城中，成堆的生物失去了生机，但依然全都散发着恐怖的气息，迸发冲霄光芒。

毫无疑问，这些生物生前都是高手。

楚风就算早有心理准备，此时还是被惊得不轻。这是死了多少生物？

这些生物占据城内三分之一的区域，另有三分之一为空地，最后的一片区域，让楚风最为震惊，也是他身体僵硬的原因所在。

在城池的中央，有一个用粗糙的石头制成的磨盘，那磨盘庞大无比，居然占据了整座古老城池三分之一的区域！

很难想象，是谁打造了这样一个磨盘，它如今还在缓缓转动，像是自古以来便是如此，从来没有停息过。

楚风头皮发麻，浑身起了一层鸡皮疙瘩，汗毛根根倒竖。

因为他看到了可怕的景象，城中的生物不时被神秘的力量搬运起来，落在磨盘上，沿着磨盘的孔洞坠落。

可以感受到，强大到无法想象的战意、精神执念等全都被磨灭，化成纯粹的精神种子。

此外，那些生物的肉身被碾轧，本源的能量弥散出来。

一切都被磨灭，从肉身到精神！

那巨大的磨盘像是一台精密的仪器，自古不歇，一直在运转，处理这无尽的生物。

它的效率很高，时间不长，城中海量的生物就快被它磨完了。

突然间，无数的生物从半空中落在城中，瞬间又堆满了城中三分之一的区域。

这些失去了生机的生物都在发光，体内能量强度高得吓人，显然生前都是了不得的强者。

这是从哪里来的？实在太多了。城中的古生物不断被这巨大的磨盘磨灭，又不断落下新的，周而复始，太诡异了。

果然，又过了一段时间，天空中又有成片的古生物坠落，再次堆满城中三分之一的区域。

楚风受到了震撼。这里自古以来都是如此吗？这磨盘像是一台不会出错的仪器，终日在运转，至今到底处理了多少古生物？

他盯着那些古生物，它们有的躯体损坏严重，也有的完好如初。

同时，他注意到，这当中也有圣级生物，结果落入磨盘后，一样化成本源的能量，归于天地间。

要知道，圣人躯体哪怕死后也不腐烂，很难被毁掉。没想到那磨盘有这么大的威力。

此外，这地方的怨气和执念也被磨盘吸入，彻底净化。

楚风感觉，这磨盘是个神秘之地。一些怨气、执念被净化后，只留下空白的精神种子。

看了很久，他有一种体会，进入磨盘之后，一切都将结束，过往的辉煌和成就都从此消失。

楚风绕城而行，终于看到了磨盘另一边的景物，他彻底被震撼了，身体与精神都一阵颤抖。

他早前的观察与体会没有错，所有生物的确都化成了能量，只留下一些被抹去印记的精神种子，而且并不强大。

在磨盘的另一个方位，有一条被迷雾笼罩着的路，所有被净化的精神种子从磨盘中出来后，都沿着那条路远去，走向迷雾深处的未知之地。

那条路像是连接着另一片天地。

"这就是万灵的归宿？"

一时间，楚风毛骨悚然。

然后，他感受到一股力量，那巨大而粗糙的磨盘要将他也吸扯过去。

异变的源头

这地方太诡异了，巨大的磨盘缓缓转动，连圣级生物都被磨灭，化成了能量。

这粗糙的石质磨盘到底是什么来头？简直不可思议！

当然，楚风顾不得想那么多，因为他现在正被拉扯着，即将被投入磨盘之中。他觉得自己真的太冒失了。

早先因为有石盒庇护，城外的杀气、能量等奈何不了他，可是在这里不一样，石盒失效了，他身不由己地悬浮在空中。

有一股力量正在搬运城中的生物，带着他一起向磨盘飞去。

"不！"楚风一声怪叫。生死关头，他极力反抗，却没什么用。

他本以为有石盒在手，自己就可以平安出入这处绝地，然而现实教训了他，好奇心过重真的会害死人，可他已经没地方买后悔药了。

半空中，成片的生物被搬运到磨盘上方，小如蚂蚁，大如金色鹏鸟，种类繁多，一起向下落。

磨盘上有一个孔洞。一般来说，普通的磨盘碾谷物，就是从这孔洞投入，利用两块磨石将其碾成细粉。

但现在这磨盘碾轧的是生物，这景象太可怕，楚风惊出一身鸡皮疙瘩，从头到脚跟过电似的颤抖，而且直冒冷汗。

磨盘的孔洞那里有一个神秘的旋涡，吸扯着他与密密麻麻的生物向那里坠落。这种感觉真是难以言表。

楚风正在亲身经历，自然感触极深。

轮到他落下时，他正好看到一堆生物中有一个金身境进化者，其神色庄严，依旧在释放强大的能量，结果进去后，跟其他生物没什么两样。楚风头皮发麻，心惊胆战。

他真是怕了，万念俱灰。

"我得活着！"楚风怪叫。

这时，他看见一只疑似真凰的神禽浑身绚烂，散发出浓重的气息，仙雾弥漫。他距离这只神禽这么近，哪怕有石盒庇护，还是感觉浑身疼痛。

他确信，如果没有石盒，这样临近那疑似真凰的神禽，他的身体会直接炸开，毕竟那神禽蕴含的能量太强。他很难判断出那只神禽的境界，不知道它究竟有多强大。

纵然如此，这只羽翼鲜艳、白雾缭绕、仙光闪耀的神禽还是被那磨盘给磨灭了。

楚风吓得一激灵，失魂落魄。

"这是要吓我吗？爷来了，轮回路上走一遭，十八年后还会是一条好汉！哎哟，让我说完啊，啊！"

楚风摔下去，落在磨盘的孔洞中，坠落进旋涡。

"我来了！"楚风大叫。他根本反抗不了，就这么被吸入，接受两块磨石的碾轧。

"啊！"楚风大叫。

在这座光明城池，他是唯一能发出声音的生物。

他没有闭眼，彻底豁出去了，想看一看自己到底会怎么样。

四周惨不忍睹，但是，他发现自己还活着，关键时刻他的胸口微微发光，那里放着的石盒庇护了他。

什么情况？楚风睁大眸子，自己居然没有死，在这种绝境中还能活下来！

楚风仔细观看。他的躯体外覆着一层光膜，把他与其他事物隔离开来。

楚风发现，石盒在这里反应强烈。他取出石盒，看到光芒从早先的角那里向外扩散。

随后，楚风跟着磨盘不停旋转。这里有奇异的场域，像是扭曲了空间，保证楚风不被碾轧，夹在两块磨石中间却不死。

他虽然没有死，但是动弹不得，依旧不能脱离这里，跟着磨盘旋转了一圈又一圈，一遭又一遭。

"嗯？"

在此过程中，楚风有了惊人的发现，他死死地盯着磨盘，运转火眼金睛，想要看个清楚，观察个仔细。

在磨盘转动时，极个别生物有微光冒出，冲到磨盘上，比如那疑似真凰的神禽就发出了这种微光。

要知道，便是圣人被碾后，都没有这种光出现。

随后，楚风又有重大发现：磨盘内部有一些符文，飞起的微光没入符文中。

楚风顿时瞳孔收缩，他意识到，那符文是无上宝藏，真凰等神禽才能发出一缕微光没入其中，成为其组成部分。

他仔细观察，那是一行金色的符文，不过数十个而已，熠熠生辉，在这死寂之地显得无比神圣。

楚风的双目更明亮了，他想要看清楚，记下磨盘内部那些金色符文。

刹那间，他惨叫出声，双眼剧痛，不由自主地快速闭上双眼。那些符文太超凡，宛若禁忌，不可窥视。

楚风心头震撼，那究竟是什么？

他心中非常渴望得到这宝藏。磨盘内部难道蕴藏着一篇经文？这经文不知道强到何等地步。

可是，这经文似乎只有几十个字而已，也太短了。

过了很长时间，楚风才睁开眼睛。他的双目依旧刺痛，但还好没有被毁。刚才实在危险。

随后，楚风更加小心谨慎地探出一缕神识，想要继续观看那些金色符文。结果"轰"的一声，他的神识差点被打散，整个人战栗起来，脑中一片空白，在这里发蒙好半天。

实在太危险了，他仅是探出一缕神识而已，只是在简单地尝试探察，就差点死在这里！

楚风意识到，自己接触到了这里最重要的东西，这是天大的秘密，不容外泄，一旦尝试去探察，就会有大祸。

他取出一罐药液，这原本是属于秦珞音的，可治疗精神力受创等问题。还好他有石盒庇护，受伤不严重，所以喝下药液后，很快恢复过来。

然后，楚风发现石盒在变化，那个角的纹路在扩散，最后有一整面都变得晶莹剔透了，且浮现纹路，构成图案。

一刹那，楚风彻底明白了，石盒所有的异常都跟这里有关。

他进入光明城池后，在磨盘内部才真正接触到石盒异变的源头。

楚风发现，在石盒的那一面，一幅山川图蕴含着数十个金色光点，浮现出来。

他越发慎重，施展火眼金睛盯着石盒的那一面，发现那数十个金色光点是无比复杂的符文。

"疑似跟磨盘内部的数十个符文一模一样？"

楚风发呆。是石盒摹刻下磨盘内部的符文，还是石盒的那一面原本就有符文，此时与磨盘内部的符文共鸣才浮现出来？他不得而知。

石盒上的山川图像是由蝌蚪形纹路组成的，不知道是哪里，加上有数十个金色符文分布其中，显得越发神秘。

石盒上的山川图，地势雄伟壮丽。

起初，楚风未觉察出什么，可是仔细观察后，他吓了一大跳。

因为他以场域研究者的眼光探究，发现这山川图太玄奥，夺天地之神秀，蕴古今未有之诡异！

比如，山川图的一角之地居然是伏凰地势，像是一只真凰在那里伏着，艰难产卵，却与地势相冲，留下一颗卵后便死了。

这种地势太惊人，有真凰横死其中，应该是怨气与死气缭绕才对，可是又有一个新生的生命体，孕育着勃勃生机。

这种地势异常复杂，需要深入揣摩才能钻研出一二，短时间内，哪怕早已是场域大师的楚风也看不透。

而所谓伏凰地势，也仅是山川图的一角之地，还有大面积的山川地势，都亘古少见。

楚风随意看了另外一角，那里有个冒火的地窟。他仔细观察，配合附近的地形，发现这是真正的太上八卦炉！

楚风万分震惊，没有人比他更清楚这有多难得。

太上八卦炉是什么？那是可以炼制无上武器，能炮制仙药的夺天地造化之所！

楚风的火眼金睛是怎么来的？就是在一座小型的太上八卦炉中炼成的！

海明紫旌山，那里有人为布置的一座小型火炉，早先被楚风叫作太上八卦炉，可是他知道，那只是山寨版，是人为布置的，而且规模很小。

跟这真正的太上八卦炉相比，紫旌山的火炉差了很多，两者根本不是一个层面的东西！

楚风随意看了两眼，就看到这两种地势，怎能不惊？因为这种真正的极品地势，任何一种都存在于传说中，现实中根本见不到。

这种地势一成，所在星球历经万劫也不会被破坏，会孕育出无上机缘，深不可测。

而楚风居然在一片山川的两个角落一下子就看到了两种极品地势！

须知，即便是圣师，在月星留下那么多场域书籍以及银色天书这种无上传承之物，也只是简单提了一下那些极品地势，没有多讲。

可以想象，哪怕是圣师看到，都会震惊！

楚风出于好奇，又看了一眼。在一片相邻的区域，他先后发现了诛仙地势和养灵之地，顿时惊悚不已。

石盒上的这幅山川图太惊人了，随意一瞥就会发现一种与众不同的地势，完全可以震惊全宇宙。

这样一幅小小的山川图，上面的山川地势竟这么可怕，这图中究竟蕴含了多少种极品地势？

而且，这些极品地势居然都在同一幅图中！

楚风又看了几眼，有些地势他根本看不懂，以他目前的场域造诣，别说破解，认都认不出。

不要说中心地，就算是稍微靠里面的那些区域，他也看得一头雾水，明知道这些地势了不得，就是辨认不出。

楚风倒吸一口凉气。他原先没有在意石盒上的山川图，只是关注蝌蚪形纹路，现在则被镇住了。

这所谓山川图，说世上仅有都不为过！

他怀疑，自己看到的是真的吗？天下竟有这种地方？他估摸着，就算是十大星球，也绝不会有这样的地势。

他甚至认为，宇宙任何一地都很难同时存在两种以上极品地势。

磨盘内部的数十个金色符文在石盒上出现，再加上这幅山川图，让楚风悚然。他第一次意识到，石盒远比他想象的重要与神秘。

很久后，楚风才回过神来。

现实再次告诉他，他现在的处境有多惨。

巨大的石质磨盘转动，楚风跟着转动，仅隔着一层光膜全程亲眼看到、近距离接触那令人头皮发麻的景象，心理阴影简直无穷大。

终于，楚风坠落下去。

他看到那些被碾的生物化成浓郁无比的能量，飘散在天地间。

楚风简直是瞠目结舌，难道平日吸收的能量都是这么来的？他告诉自己，不可能！不然的话，他越发想吐了。

他一路漂流，最后到了血液干枯之地，一颗又一颗精神种子浮现，内部没有印记，都是空白的。

经过磨盘碾轧后，这些生物残留的精神印记以及强大的执念或者怨气等都被净化了个干净。

然后，楚风看到很多道虚影，都是灵体，茫然地朝着一个方向走去。

在磨盘的一个方位，有一条古路，很安静也很诡异，吸引所有灵体一路向前。

楚风一直以来都不相信轮回，但现在的经历有些颠覆他的认知。

他可是亲眼看到了磨盘的"工作"过程。

楚风一咬牙，跟着这些灵体一路向前走，想要看一看他们到底要去哪里。

反正都到这一步了，也不差多走几步路。他这么说服自己。

他好奇心实在太重，这可不是一般的小秘密，而是自古以来生物的终极奥秘！

而只要沿着这条路向前走，就可以洞悉奥秘，所以他压不住那股猎奇的冲动。

他跟着上路，在一群失去意识的茫然灵体中，他是特殊的，是唯一有血肉有意识的生物。

这条古路很长，尽头是一个类似界门的地方，像是通往另一个世界。

楚风一咬牙，最终也跟了进去。

这是哪里？他四顾，天地灰蒙蒙的，看不到太阳，也看不到大地，他像是踩在一层色彩暗淡的能量物质上。

他回头，身后排成一条长龙，跟着海量的灵体，而向前也是一眼望不到尽头的灵体，像是一支大军在排队前行，走向宿命的终点。

真是见鬼了！楚风心里发毛。

"砰！"

他感觉后面有人十分用力地撞他，不由得一个趔趄。他回头，看到一只怪物张着九张大嘴，十分可怕，但也是灵体。

楚风深感意外，感觉这只怪物不简单，还残留着一点模糊的精神本性。

不过，他没见过这种生物，九张大嘴遍布全身，并不是生了九颗头。

楚风瞪眼道："你凶什么，撞我作甚，不知道要排队吗？"

楚风睨视这只怪物，还好它并无真正意识。

穿过这片灰蒙蒙的地带，楚风跟着这支长龙般的灵体大军继续行进，走着走着，居然直接进入一片星空中。

这让他愕然。

抬头间，繁星点点，向四外看去，一片寂静，偶尔能见到飘浮着的陨石。这么一群灵体行走在星空中，还真是诡异。

这是要去哪里？楚风默不作声，就这么跟着。

他觉得，自己应该还能找到回头路。在他们的脚下，并非虚空，而是一条由黑石铺成的路，上面有斑斑血痕，很诡异，略显阴森。

一群被格式化的灵体，浩浩荡荡地横渡星空，一路走向未知地。

这是被安排好的路径，这是他们的宿命之路。他们的终极目的地究竟在哪里？楚风越发想看个究竟了。

他一时间有些疑惑。

这到底是真正的轮回之路，还是人为控制的阴谋？

若是后者，则更可怕。

"这群灵体都被格式化了，只剩下我一个人有意识，这么另类，到时候别发生什么古怪的事才好。"

楚风胡思乱想，他有点吃不准后面会发生什么事。

但是，既然已经上路，他也没有别的选择了。

"先去终极之地看一看！"

随后，楚风转念一想：这是真正的星空吗？这里还是他原先所在的宇宙吗？如果是的话，他或许可以叫通天隧道公司将他送回地星。

·——第⟨306⟩章——·
路的尽头

"通天快递真不靠谱，说好的白金贵宾服务呢？都不理我？"

星空中，在一支浩浩荡荡的灵体大军内，楚风显得格外另类，他一边装模作样地跟灵体大军一起赶路，一边偷偷摸摸地取出光脑联系外界。

"还谈什么拓展新业务，要将事业发展到混沌中的残破宇宙内，我告诉你们，我要投诉！你们这个宇宙快递公司太不靠谱了！"楚风压低声音，在那里表达不满。

然而，紧接着，他的眼睛有点发直。光脑没信号，也可能不是通天隧道公司的原因？

糟了！

这一刻，他心里有些发毛。这片星空难道不在原来的宇宙中？他早先就有过最坏的猜测，可是猜测一旦成真，还是让他傻眼，而后从头凉到脚。

"或许是因为这片地带过于原始，星际网络没有覆盖到这里，就像是以前的地星。"楚风皱眉，自言自语。

他知道，在宇宙边荒，比如有强大蛮神的星球上，是没有星际网络信号的，星际网络被极力抵制。

那种文明绝对偏向神魔进化，不认可科技。

楚风越想越认为，他依旧在原来的宇宙中，只是这片地带太原始，所以没有星际网络信号。星际网络要真是覆盖了这里的话，这里每天都有这么多灵体赶路，早就曝光了。

拥有数百万灵体的队伍横渡星空，而这样的队伍是不间断的，灵体的数量多得数不过来。

接下来的旅程特别单调，星空死寂，毫无生气可言，就连那星光都像是被一层灰雾笼罩着。

黑色的石头铺成一条路，在星空中延伸，不知道终点，无数精神种子化作的灵体沿着它不知疲倦地前行。

他们这么听话？楚风狐疑，究竟是怎样的一股力量在召唤他们，让所有灵体沿着这条路行进？

他心中有很多疑惑，甚是不解。

在此过程中，楚风尝试飞起，想要离开这条路，然而，他发现自己被禁锢在黑色的石板路上，没有办法离开。

他突发奇想，精神离开肉身，跟其他灵体一样真正以灵体的形态行走在这条路上，顿时，他浑身一震，发现了一个秘密。

他听到了一种声音，确切地说是乐声，悠悠而泣，从道路的尽头传来。正因如此，所有灵体才一路前行，朝着那里行进。

楚风的精神离体后，有一种特别的感觉，本能地想要接近那里，仿佛前面有个巨大的母巢，他要回归。

随后，他换一种方式感应，精神半依附在肉身上，半飘荡在外。

他体会到了不同的东西，他半闭上眼睛，仿佛看到一幅凄凉的画面，宇宙残破，所有生命星球都一片死寂。

一首神秘的魂曲奏响，星海中，无数灵体向着一处未知之地前行，要回归某种诡异的源头。

"邪门！"

楚风深感不安的同时，也觉得这件事太恐怖。这是真正的轮回，还是人为的操控？

起初，他以为听到那神秘的魂曲后，也就距离目的地不远了。

然而，事实证明，他想多了。他跟着灵体大军一连走了数日，无比枯燥，每时每刻都重复着一样的动作，按部就班地迈步，除此之外，没有特殊的事情发生。

那些灵体还好说，没有意识，体会不到这种无聊。

楚风则不同，他是一个有血有肉的人，混在一群灵体中，实在太无趣了。

最主要的是，他担心地星上的事。他这样消失，在别人看来肯定是已经身死道消了，那样影响太大。

他担心黄牛、大黑牛等为他报仇，从而遭遇域外那些人的伏击，他已经领教到那些人多么的无耻了。

堂堂圣人亲自干预大战对他下黑手，甚至不止一名圣人出手，想要偷偷摸摸将他除掉，实在太不要脸了。

接连七八天后，楚风实在是待不住了。他的精神离体时，听到那魂曲依旧在单调地响着，重复不变的节奏。

他忍无可忍，开始哼唱各种歌曲。

"我和你吻别……

"栀子花开……

"谁的眼泪在飞……"

如果这里有拥有意识的生物，听到他在魂曲的节奏下这么大展歌喉，一定会目瞪口呆。

接下来的一路上，楚风将各种不靠谱的事都干了一遍，比如在那个身上有九张嘴的灵体上刻字。

"真是要轮回的话，你这可是天生带着文字的，心有乾坤，体质超凡！"楚风拍了拍那灵体的肩头。

时间过得很快，一晃眼过去了半个月之久，他跟着灵体终于离开这片无聊的星空，进入一片奇异之地。

沿着黑石板路，他们来到一片悬浮在星空中的戈壁滩上，这里无比地荒凉，看不到生命体。

星海中有一片戈壁滩，望不到尽头，这实在很诡异！

而且，就在他们的头上数十米处，有一颗又一颗小行星，它们被陨石撞击过，有许多环形坑，悬在半空中，猛力一个跳跃就能上去。

这完全违反物理定律！

当然，自从经历过种种进化文明后，楚风对违背自然规律的事情见多了，已经有些习惯了。

在行走两日，进入戈壁滩深处后，楚风发现异常：路途上出现怪物，那是……士兵！

"守护轮回路的生命体出现！"楚风瞳孔收缩，终于要见到最后的奥秘了吗？

那些士兵都是人形的，但是有其他种群的特征，比如有的头上长着漆黑的牛角，有的背后拖着长长的蛇尾，有的长着一对狻猊爪子，还有的则是三头六臂……全都不同。

但有一点是共同的，这些士兵都背着一种相同款式的古刀，很陈旧，像是经历过数百万年，连刀鞘都要腐烂了。

此外，这些士兵一看就是死物，血肉干枯，没有一点生机，但是那死亡的躯体中禁锢着灵魂。

当然，其灵魂略显浑噩，像是被蒙蔽了灵识，无比机械呆板，只是被动执行着无数年前的命令。

这些士兵负责守护这条轮回路，并且管教偶尔脱离队伍的灵体，他们呆板地走过去，机械地出手，将那些灵体赶回队伍中。

楚风仔细地观看，起初还担心自己这么特别，有血有肉，会被揪出来，引发不可预测的后果。

但后来他发现自己多虑了，这些士兵古板得要命，像是上了发条的机器，只管掉队的那些灵体。

有些灵体很虚弱，走到这里时已经摇摇晃晃的，最终掉队，哪怕被驱赶进队伍中，很快又再次落在后面。

就在这时，楚风看到了残忍的一幕：那些士兵中有一个机械地走上前，"锵"的一声拔出手中长刀，猛力抡动起来，劈向一个掉队的灵体。

楚风看到，那个灵体直接消失！

楚风脊背发寒。那柄长刀整体呈暗红色，没有什么光泽，但是可以直接斩灭灵体，使之烟消云散。

历经漫长岁月，刀鞘已经半腐朽了，但是刀锋依旧锋利，一击就可灭灵体。

楚风特别留意，暗中观察。

不仅有衰弱的灵体掉队，也有特别凶悍的灵体不老实，比如楚风身后那个九张嘴的灵体就算是比较凶悍的一个，偶尔会撞他。

事实上，还有比这更凶悍的，前方就不时传来骚动声，有一只饕餮灵体啃咬其他灵体不止一次了。

不久后，那里再次发生骚动。一个士兵上前，抽出暗红色的长刀，直接劈了过去，那只强大的饕餮灵体刹那间消失。

前后有两个士兵出刀，那种刀款式相同，威力也一样，专门对付灵体。

"这种量产的制式兵器都可怕得邪乎，真是不凡！"

楚风眼热，打起了长刀的主意。

他发现，那些肌体早已死亡的士兵不是多么难以对付，因为他们的灵识都濒临寂灭，所有的动作都是出自本能，像是在执行某种程序，真正的临阵反应能力等很不足。

然后，他看到一个落单的士兵，便下手了。他动用精神能量，出其不意夺了那个士兵身上的古朴长刀，直接扔给他身后那个九张嘴的怪物，让那怪物抱着，并命令怪物不要有多余的动作。

经过这一路，楚风早已让那怪物服服帖帖。

那个士兵丢失长刀后，只是狐疑地扭了扭脖子，骨骼发出机械般的声响，像是很多年没有动弹了。最终他又不动了，像是缺少知觉，不知道长刀已离体而去。

走出一段距离后，楚风一把从九张嘴的怪物那里夺回长刀，并从快要腐朽的刀鞘中拔出长刀，刹那间汗毛倒竖。他感觉这刀若是斩在他的身上，一样会致命。

"一刀就能灭人灵魂，这是好东西，罕见的大杀器！"楚风把刀收了起来。

突然，他抬头向远方望去，看到成片的灵体在消失。前方就是终点！

"难怪路边有士兵持刀看守，原来已经到了终极之地！"

楚风意识到，自己来到了轮回路的尽头！

不知不觉竟接近轮回路的尽头，楚风感觉到了压力，神色凝重地缓缓抽出那柄夺来的长刀，戒备起来。

自古以来，所有智慧生物都思考过：生物一旦死去，是否还有感知？生命的下一个形态是什么？下一个驿站究竟是在哪里？

由此也就有了各种相关传说，可是又有谁见过，谁能证实？

即便作为进化者，也无法触及这些，越是强大的进化者越是坚信，只有进化，没有其他。

当然，个别体系的进化者除外。

可以说，这是亘古不变的话题，是所有智慧生物都在探索的终极奥秘，却始终没有答案。

现在，楚风就要揭开这一谜底了。

终于轮到楚风这里了，他们走到戈壁滩最前沿，地势突兀地下降，前方是一条很古老的路，通向戈壁滩外的未知处。

在戈壁滩外，不是星空，只是一片黑暗。

一条小路铺在空中，就这么蜿蜒进去，而那首魂曲明显就在前方响起，震得空间都在轰鸣。

到了，就在这里！

楚风跟着大部队前进，他看到一片又一片的灵体在前方直接坠落，而后消失。

前方路已断！

怎么回事？轮回路的尽头就是这里？

黑暗无边，视野有限，就算以精神体探察前路，也是如此，此地像是被永远的黑暗吞没了。

楚风发现，所谓魂曲就是从这里的空间发出的，牵引人的精神，让所有灵体都安静下来。最终他们一跃而起，向着无边的黑暗跳了下去。

楚风悚然，他已经来到路的尽头，不由得后退几步，躲到一边。他还真怕被别的灵体一不小心给撞下去。

他重点防着身后那个九张嘴的怪物，这怪物很不老实，没事就爱撞人，使劲向前闯。

"嗖！"

九张嘴的怪物撞倒一大片灵体后，迫不及待地扑了下去，楚风眼睁睁地看着它凭空消失。

"老兄再见，不知道你要去哪里，也不知道将来是否有相见之日。"楚风低头向下望。数百万灵体源源不断地向下跃，这里像是一座黑暗的深渊，吞没了所有灵体。

他看得清楚，越是强大的灵体向前飞跃的距离越长，而弱小的灵体差不多都是才踏出断路就凭空不见。

楚风坐在断路一侧，没有挡住大部队，当然也没敢靠近边缘，就只是在这里盯着。

这一次，他可没敢胡乱跟进。他是肉身状态，真要跳下去，不知道会有什么样的后果。

而且，即便还能剩下精神，他也不想从头再来，只想做现在的自己。

楚风看了很长时间，实在看不出什么，不明白这些灵体是怎么凭空消失的。

他尝试斩落下一截衣角，扔进断路前方的黑暗之地，然后他就看到，那截衣角也突然不见了。

他吓了一跳。这时，"砰"的一声，他差点被一只三头六臂的怪物给撞进黑暗深渊下。他已经躲得足够远了，还要遭受撞击。

他顿时大怒，一把揪住那个家伙。那家伙还想啃咬他，他龇牙道："给你留点记号，让你长点记性！"

他果断在这个怪物的身上刻下几个字：我叔是楚风！

然后，他一脚将这个怪物踹下深渊。

楚风守在这里，每隔一段时间就会受到特别强大、无比凶猛的灵体的撞击。

但凡穷凶极恶的，他都会毫不客气地刻上：我叔是楚风！

一般凶恶且无比强大的，他则刻上：我哥是楚风！

接下来的时间里，总有带着生前强大本能的灵体横冲直撞，都被他给收拾了。

他没有意识到，这将引发变故！

短时间内或许没什么，但将来某段时间，这或许会引发一场巨大的风波。

楚风不知道自己在这里待了多久，到最后，但凡强大的灵体，都被他刻上了痕迹。

"我只是为了求证到底有没有轮回转世，这是本着科学严谨而又负责任的态度进行的一种试验，你们不要怪我，说不定我会有一个伟大的发现！"

他略微心虚地说完后，朝左右看了又看，总觉得像是有什么东西在盯着他。

"嗯？"

突然，楚风发现了一个超级灵体，那是一只朱雀，展开双翅，一下子跃出去很远，扑向黑暗空间的尽头。

楚风吃惊地发现，那黑暗空间中凭空出现台阶，那只朱雀振翅，硬是抓住台阶，想要向上攀登，但很可惜，它终究坠落下去。

朱雀振翅时，不小心碰到了一条浑浑噩噩的大虫，将它带了过去。朱雀下沉时，大虫稍微借力，尾巴卷住一角栏杆，像是荡秋千般荡到了对岸。

"这是什么情况？"楚风大吃一惊。

对面另有天地？朱雀失败了，一条普通的大虫反倒成功跨越上去。

楚风守在这里，认真观察。

过了很长时间，一只金翅大鹏桀骜不驯，疾奔过来，靠着一股闯劲扑向对面，结果那台阶和石头栏杆又出现了。

任何生物到这里都不能飞行，靠的只是一股冲击力。"砰"的一声，金翅大鹏撞在对面石阶下的冰冷石壁上，一声哀鸣，坠落下深渊。

对面真的另有乾坤！

楚风发现，其实每一个灵体都出于本能，在向前扑击，想扑到对岸去。

不过，大部分灵体都没有朱雀、金翅大鹏跃得远。

唯有超级灵体才能触及对岸，让那里的地势显现出来。

楚风心头震撼，那里另有出路？

他在这里等了数日，每天见到的灵体数不胜数。要知道，早先楚风在磨盘那里看到，这些灵体九成都是金身境以上的进化者。

不过，这些灵体经过磨盘的碾轧后，强大的修为都被磨灭了，只有个别超级灵体能留下点滴能力以及一些本能。

"地星本土可能连一个金身境进化者都没有，这里居然每天有这么多……"

金身境进化者就算在其他生命星球也绝对不会是海量的，楚风严重怀疑，这还是自己原来所在的宇宙吗？

接下来的几天，他看到两个像是真凰的灵体也闯关失败，撞在对面的石壁上，向上攀了几个台阶，最终哀鸣着摔落下深渊。

此外，他看到一个疑似真龙的灵体也失败了。此地颇有众生平等的意味，超级灵体也很难跨越到彼岸。

数天后，楚风突然一惊，感觉到异常，后方灵体大军中传来一阵骚动，他看到一道金光闯来，速度很快。

楚风运转火眼金睛，看得清楚，那是一个人，手持一张璀璨的金色符纸。楚风看不出那金色符纸有什么特殊之处，但是那符纸发出的光芒笼罩着那个人，居然庇护着他凌空而行，到了近前。

"会飞？"

到了这里后，那个人依旧可以凌空飞行，就要飞到对面去了。

"砰！"

楚风一把抓住他的一条手臂，想要拦下他看一看，因为，楚风并未感受到危险的气息，也没有觉得此人有多么强大。

果然，这人被他拦住了。

"灵体怎么能拦我？"

这个人居然在开口说话，尽管浑浑噩噩，但还是表达出了意思。他手持金色符纸，脸上浮现略微发呆的神情。

"你是谁，来自哪里？"楚风吃惊地问道。

"忘了，还未赶到终点，想不起过去。"这人近乎在梦呓。他是灵体，散发的是精神波动，所以楚风才能听懂。

楚风一咬牙道："你接着飞，我跟着你！"

楚风有种感觉，那金色符纸非常厉害，若非他是肉身状态，且身上有石盒庇护，多半无法触及此人。

因为，楚风看到金色符纸上只有一个符文，跟在石头磨盘内部的数十个金色符文中的一个很像。

这绝对是了不得的东西！

不过，石盒上有数十个金色符文，更加全面，楚风丝毫不惧。

这是谁为此人写的金色符纸，庇护他转世？楚风仔细想来，无比恐怖！

据楚风所知，星空中，天神族、道族、亚仙族、佛族等十大族群，都没有转世这条路径可走。

那些已经算是宇宙中无比强大的族群了！

楚风不再动用能量禁锢此人，这个人果然在金色符纸的带动下再次凌空飞了起来，朝彼岸而去。

楚风一咬牙，轻轻拉着他的一条手臂，以肉身的状态跟着他飞过去。

在此过程中，楚风感觉到脚下的黑暗中有强大的吸力，要拉扯他下去。

"砰！"

最终，有惊无险，他跟着这个人飞过黑暗，来到彼岸，降落在台阶上。

"哎哟，吓死人了，你没事坐在这里干什么？"

楚风沿着巨大的台阶向上爬时，惊得差点摔落下去，因为上方竟然盘坐着一道身影，俯视下面的一切。

楚风跟着那个手持金色符纸的家伙，已经走到台阶尽头。

在那最高处，盘坐着一道黑乎乎的身影，楚风冷不丁看到，哪怕艺高人胆大，也心里发毛，吓得差点滚落下去。

—第⟨307⟩章—
彼岸

这里一片黑暗，栏杆陈旧，异常粗糙，一看就是远古甚至更为漫长岁月前的东西。

此外，每一级石阶都有一人多高，不像是给正常人用的。

楚风感觉像是坠入冰窖中，从头凉到脚。他刚才真的吓了一大跳，差点就从石阶上摔落下去。

谁能想到，这么阴森、死寂之地，一道黑乎乎的身影竟盘坐在上方，俯视着他，着实有些吓人。

他原本就很心虚，怕在这条路的尽头露出马脚。

要知道，在他身后，数不胜数的灵体坠落进黑暗深渊，连真龙、不死鸟都哀鸣着从石壁上滑落下去。

可以说，这里万分危险。

楚风是跟着手持金色符纸的人过来的，不然的话根本不可能走到这里。

他有点头大，觉得自己真不该叫那一嗓子，如果装作跟他身边那个手持金色符纸的人一样浑浑噩噩的，或许更好。

然而，他等了片刻，发现没什么动静。

在这种关头，他没敢动用火眼金睛，故此在这种绝对黑暗的所在，他一时间没有看真切。

现在这么安静，楚风不由得面露怀疑之色。他的胆子一向很大，不然他也不会跟到这里。此时，他沿着巨大的石阶向上跃去。

那个手持金色符纸的人也动了，似乎有点摸不着头脑，只是在被动地跟着楚风。

楚风没搭理他。既然已经跨到这边，他想好好地探索一番。这里居然别有洞天，这所谓彼岸究竟是怎样一个所在？

九级石阶上方，有一个神龛，楚风早先看到的黑影就盘坐在那里。

"泥胎？"

楚风诧异，这跟他想象的完全不一样。早先他感觉有人在盯着他，结果走到近前，发现那只是一个泥胎。

泥胎被尘埃掩盖，被岁月侵蚀，如今都分辨不出是男子还是女子了，盘坐在那里一动不动。

它是人形的，跟正常人高矮相近，穿着很古朴，是楚风从未见过的样式，甚至有点蛮荒的风格。

用兽皮简单缝制的袍子有点像道袍，又有点像僧袍，沾满尘埃，都快看不出原来的样子了，不过仍然能感觉到那是皮质的。

楚风仔细端详，看了半天，也没有看出个结果来。

最后，他向左右看了又看，确定没有其他生物，便突然运转火眼金睛，扫视这个泥胎。

一刹那，入眼处尽是光芒，让他眼睛刺痛。光芒源自泥胎身上的古旧服饰，无比绚烂，让他有种要窒息的感觉。

楚风心里打鼓，这是什么雕像，穿着的难道是诸天之上的究极战衣？

他慌忙闭上眼睛，不再动用火眼金睛。而这时，他发现石盒在发热，浮现山川图的那一面，有金色光点一闪而没。

他的心脏剧烈跳动。跟磨盘内部数十个金色符文一模一样的蝌蚪形纹路，刚才有反应？

楚风心一沉，他猜测，如果不是有石盒在手，自己可能已经死了。

果然，在回头的刹那，他发现跟着他的那个人正簌簌发抖，跪伏在地上，像是看到了无比震惊与恐惧的事。

而且那个人手中的金色符纸烧着了一角，那一角很快化成灰烬，周围有可怕的气息在慢慢散去。

同时，楚风注意到，深渊那里，无数想要跃到彼岸来的灵体全都在一瞬间化成光雨，彻底消失。

他倒吸一口凉气，简直不敢想象这个泥胎身上的陈旧袍子到底有什么来头。

在楚风看来，究极武器也不过如此吧？他只是看一眼，目光稍微亮了一些，就遭遇了无比强烈的反噬。

这泥胎他没看透，他甚至有点惊悚，这尘埃之下，真是泥塑的身子吗？

他仔细感应后，发现泥胎的确没有生机，这里死气沉沉，有的只是干枯和死寂。

然而，这泥胎身上的袍子太惊人了，楚风情不自禁地再次端详。当然，这次他没有用火眼金睛看。

厚厚的尘埃下传来神秘的道韵，一刹那，楚风心神恍惚，像是看到了袍子的本来面目。

那是一只狰狞无比的凶兽，浮现在星空中，张开血盆大口，大声吼叫。

它行动间，一个转身就从宇宙深处到了边缘地带，临近混沌。

楚风大吃一惊，这是袍子上的执念，或者说是兽皮本体留下的道韵，使昔日的情景再现。

"多半是映照诸天级强者，禁忌凶兽！"

楚风实在惊得不轻。他曾感受过映照诸天级强者的威势，其翻手间，就可以让星球炸开，让一个历史悠久的强大族群覆灭！

对这种人物来说，击灭圣人都轻而易举。

他们的一滴血，就足以毁掉一个强大的道统；一根头发落下，都能划开星空，伤到顶级进化者。

楚风心里发毛，这袍子的来头这么大？

然后，他看到了那泥胎手腕上的骨串，受到了更强烈的震撼。

那是用不同种类生物的角、牙齿以及火化后剩余的唯一道骨等穿成的，每一块都来头极大，不弱于那件袍子。

楚风站在这里，真正是目瞪口呆。

他在震撼不已的同时，也很想说：这些至宝随便扔在轮回路的尽头，穿戴在一个泥胎身上，这不是浪费吗？

他真想去把这些至宝取下来，都穿戴在自己身上，这要是带出去，随便一抖，估计都能震慑一大片强者。

但是，他不敢动手。他刚才用火眼金睛看一眼就差点惹出大祸，若不是有石盒在手，他肯定形神俱灭了。

"这么多宝贝陈列在这里，真浪费！"

楚风估摸着，外界敢这般穿戴的人，起码是映照诸天中的佼佼者，实力在宇宙中排在前列。

他在这片地带寻找了半天，除此之外，再无其他。

楚风一屁股坐在了神龛畔，睨视不远处的那个人，道："你说要到终点才能记起一切，怎么你现在还是一副呆呆的样子？"

那个人的确处在发蒙状态，手持被烧了一角的金色符纸，呆呆地半跪半坐在那里，好半天都没有动了。

听到楚风的话，他一阵惶恐，直接跪伏下来，双手持金色符纸，对着神龛和楚风叩拜。

一刹那，异变发生，他手中的金色符纸化成一炷香，那炷香通体金灿灿的，刻着一个符文，散发出袅袅烟雾，缭绕在神龛附近。

"连我都祭拜？"楚风面露异色。

随后，他感觉手腕一紧，有丝丝缕缕的金色烟雾飘过来，化成金丝缠绕在他的手腕上，成为有形之物。

这是什么东西？

他发现大部分金色烟雾都被泥胎吸收，泥胎手腕上那条骨串更是因此而发出丝丝金光。

"我得到了好处？"楚风神色古怪。

他深知，那金色符纸很有可能是无上大人物庇护子弟所用的，那个人相当于在这里献供品，而他无意中分到了一部分。

太古怪了！这地方也讲究人情往来吗？有无上大人物的符纸在手，就可以跨越到彼岸，有不同寻常的造化？

果然，楚风猜测成真。

泥胎在吸收完金色烟雾后，手腕上的那条骨串发光，照耀在旁边石壁上，那里竟然出现一个洞，伴着瑞光。

跪在地上的那个人顿时激动起来，认真对泥胎和楚风叩拜后，直接站起身来，一步就冲了进去。

到了洞里后，一缕紫气从混沌中飞起，没入他的身体，他像是瞬间清醒过来。

"我秉承天地大气运，这般再生，混沌紫气加身，注定要做祖，谁与相抗？我要打破我所在的宇宙通向外界的古路……咦，刚才我好像拜了两尊神像，有些古怪。"

这是那个人的自言自语声。他想回头，但是一缕紫气缠绕着他，带着他"嗖"的一声冲进瑞光璀璨的古洞深处，而后彻底消失。他疑似转生成功。

楚风隐约间听出了一些情况，心中无比震撼。

他不知道黑暗深渊下那些数不胜数的灵体是否转世轮回去了，但是刚才那个人似乎成功了。

而且，那人得到了莫大的好处，还带着记忆！

这是什么人的手段？楚风觉得，这种厉害的本领不是他所在宇宙的生灵所能掌握的。

发光的古洞消失，那里归于平静，只剩下石壁。

"那是从混沌中飞出的一缕紫气……"楚风胡思乱想。

那紫气跟光脑中记载的某种造化很像，古时，婴儿出世，有一缕混沌紫气加身的，被称为天婴。

这种人一旦成长起来，很容易就能成为圣人，到最后则注定要成为映照诸天级的禁忌人物。

"我刚才错过了一桩大机缘，那小子……转世去了，直接就能成为天婴？"楚风倒吸一口凉气。

突然，他听到很清晰的谈话声，这让他心头一震。

在这寂静的路的尽头传来谈话声，这很诡异，哪怕这里的灵体数不胜数，可他们都是无声地跃进了深渊。

至于那些背着长刀的士兵，也是呆板的，不会说话。

而现在居然有人在交流，这着实让楚风惊得不轻，他凝神聆听起来。

"还是想不起来。这轮回路上不分蝼蚁与天龙，果然众生平等。我们是谁，要到哪里去？"

"我们应该是姐妹，要去转生，获得无上大机缘。可是，我头好痛，想不起来更多的事。"

楚风听到这样的话，顿时知道来了什么样的人。她们居然不是那么浑噩，还带着些许记忆，跟刚才手持金色符纸的那个人相似，甚至要更清醒更强大一些。

果然，楚风看到银光闪烁，越过漆黑无比的深渊，凌空而来，有人成功来到这边。

"这里是……彼岸，我们成功了！接下来要做什么？我……没印象。"

楚风在上面看得真切，这是一对双胞胎姐妹，哪怕是灵体，看起来也异常真实。

她们都拥有一头银色长发，极其美丽，不亚于秦珞音。

除却人类的身体，她们还各自有一对发光的银色羽翼，羽翼轻轻拍打着，显得十分圣洁。

显然，她们来自一个极其惊人的强大族群，即便被格式化了，也是超级灵体，能跟真龙、不死鸟等媲美。

楚风想了想，撕下半截衣袖，遮住半张脸。因为这对姐妹较为清醒，他不想被她们看出异常。

这两人长相无可挑剔，美得没有瑕疵，尤其是长得一模一样，这种另类的风情更是超越一般的丽人。

楚风觉得，这两人若是跟他在同一个宇宙，理应非常有名气才对。

"等我以后去探察一番，如果在我所在的宇宙中没有这样两个人，那就能证明一些事情了。"楚风琢磨。

这姐妹二人共同持有一张通体锃亮的银色符纸。

那张符纸上有一个符文，跟磨盘内部发出刺目光芒的数十个金色符文中的一个很像。

"有大用的符纸！"楚风心中叹道。

但凡涉及这数十个符文的东西，绝对都了不得，刚才那个人得到金色符纸的庇护，现在这姐妹二人一样手持符纸而来。

这银色符纸是由无上存在为她们炼制出的，可以庇护她们，让她们带着记忆去轮回。

这一次，楚风悄无声息地从空间瓶子中取出一物，戴在自己的手腕上，正是他那雪白晶莹的金刚琢。

他在学旁边的泥胎。泥胎手腕上有一条骨串，他则在手腕上戴上自己非常重视的金刚琢。

这对姐妹扶着石头栏杆向上爬，来到台阶最上方，看到两道盘坐着的身影后，都有些惊讶。

尤其是看到楚风疑似血肉之躯，她们更加震惊了。

她们哪怕浑浑噩噩，暂时没有太多的记忆，此刻也出于本能，感觉不可思议。

最终，她们还是跪伏下去，在这里虔诚叩拜。与此同时，她们手中的银色符纸化成一炷香，自燃起来，一缕又一缕银色烟雾袅袅而起。

大部分银色烟雾没入泥胎手腕上的骨串中，还有丝丝缕缕飘向楚风，环绕在他的手腕上，最终没入金刚琢内。

楚风面露异色，但是没有任何动作。这两姐妹在此，他不好有什么动作。

那炷香烧完后，泥胎手腕上的骨串发光，果然轮回洞再次开启，洞里瑞光闪烁，神雾翻涌，一派祥和。

姐妹两人惊呼，快速冲了进去。

刹那间，有惊人的光浮现，像是开天辟地时的第一缕光，带着大道和鸣声，照耀在她们的身上。

"是……太初仙光，居然有这么大的造化，我们一旦降世，会被称作仙婴！"

这姐妹二人恢复记忆，不再浑噩，在这种情形下，他们即便早有心理准备，也还是震撼无比，失声惊呼起来。

显然，这种大造化超出了她们的预料。

"你注意到了吗？刚才高坐在上的是两尊神像，而非一尊，这是怎么回事？"

"我没敢多看，只是注意到，神龛畔的那个存在手腕上有一个手环，是由一种奇异的母金炼制的，初看像废料，可是仔细看似乎很特别，跟其他母金不一样。"

"喀！"楚风一声咳嗽，震动这片地带。

他还真怕这两姐妹回头来探察，结果这一出声，那对姐妹顿时花容失色，头也不回地转身就跑，接着被太初仙光笼罩，就此消失。

轮回洞消失，石壁恢复正常。

楚风一阵懊恼，又错过一桩大机缘。太初仙光虽然以前没有听说过，但是看样子比混沌紫气只强不弱。

他现在有些心动了，真想拦下一个手持符纸的人，取而代之。

但是，他始终认为，人活在当世，更重要的是做原本的自己。

"这一世，我又不弱于他人，何必羡慕？正常情况下，那样的高度，我早晚也能达到！"

随后，楚风摘下金刚琢查看，发现这手环是有些不同了，越发晶莹剔透。

"不知道现在威力如何，真要打出去能有什么效果。"楚风自言自语。

很快，他惊疑不定，因为这金刚琢散发迷蒙光芒，圆环内有一股令他都心惊的能量存在，像是要形成空间。

"这……都说它是废料，不能展现出特殊的威能，只能投掷出去撞击，现在看来，它要蜕变了。"

楚风欣喜，这件兵器终于不再沉寂。

通过那对姐妹的对话，他知道了一些事，这可能是一个非常时期，所以她们才能寻到捷径，获取无上造化，带着记忆去转生。

楚风决定留下来，看个仔细。

果然，一天后，又有人来了。这次是一个男子，保持人形，却拥有一条龙尾和一对朱雀翅，不知道其真正属于哪个种群。

他也手持一张符纸，借此凌空而来。符纸呈紫色，上面写有一个复杂的符文。与前两次一样，符纸化成一炷香，在这里自燃。

楚风喜悦，只见紫气飘来，缠绕向他的手腕，融入金刚琢中，让它越发晶莹剔透，蕴含着道韵。

进入轮回洞后，这个男子恢复记忆，顿时无比自负地道："吟诵我真名者，轮回中得见永生！"

楚风睨视洞中那个高大的背影，心想：你都要转世去了，还这么装？

"啪！"

他捡起一块石头，直接砸了过去，正中那人的后脑勺。

"哎哟！"

结果，那个长着龙尾和朱雀翅的高大男子内心惶惶，头也不回地狂奔而去。他也在这里得到了难以想象的大造化。

就这样，楚风在这里"坐镇"半个月，迎来最后一个手持符纸的人。在此之前，他一共迎来了八拨人马，九个生灵。

现在他迎来了第九拨人马，第十个生灵。

这是一个道士，却鬼鬼祟祟，一脸奸猾的样子，还没有叩拜就不时瞄向楚风，眼中流露出诧异之色。

"怪了，有些不对，怎么多了一尊？这是哪儿来的？"这年轻的道士显然很了不起，神志较为清醒，他在偷偷摸摸地打量楚风。

这时，楚风决定对这道士下手，抢其符纸，不然，这道士非发现他的异常不可。

"砰！"

趁那道士狐疑时，楚风将金刚琢砸了过去。

自从受到那些雾气的滋养后，金刚琢越发不凡，现在砸出去，打得那个道士"哎哟"一声大叫，仰天倒了下去。

而此时，他手中的黑色符纸已经化成香自燃起来，石壁上的轮回洞也提前开启了。

楚风一跃而下，用石盒硬是将那炷香给压灭了，并且让它还原为黑色符纸的样子。

不过，黑色符纸缺了一角，显然是刚才那么一会儿工夫焚烧掉的。

楚风想走了，他在这里待了太长的时间，然而，他自己无法穿越深渊，所以抢了这个道士的符纸。

"我也不亏待你，送你去轮回吧。"

楚风将那半昏厥状态下的道士扔进轮回洞中，只是不知道他是否会跟其他九人一样，获得无上大机缘。

而后，楚风果断离开这里。

跟那泥胎在一块，他总觉得心惊肉跳，担心会出大事。

"哎哟！谁偷袭我？仪式还未完成呢，我怎么就被扔进洞中来了？"

这是楚风手持黑色符纸，在深渊上空飞行时听到的最后的声音。

这符纸能让人在这里自由穿行，万一有朝一日楚风走投无路，还能来这里选择转生之路，获取无上机缘。

第 308 章

远古咒术

可以说，持有这张黑色符纸就是获得了亘古罕有之机缘，能选择自己的未来之路，一旦去转世，将拥有一个无比可怕的高起点。

楚风非常满足，即便用不上，怀揣这种令人震惊的符纸，本身底气更足，这是一张难以想象的底牌。

他心情相当舒畅，穿越戈壁滩，哼着小调扬长而去。

然而，在那深渊对面，彼岸的轮回洞中，那年轻的道士却边哭边破口大骂。

"哪个王八羔子盗取了我的机缘？"

他准备待在轮回洞中寻找机缘，不走了。

楚风一路哼着小调，手持黑色符纸凌空而行，速度很快。他发现，那些背着长刀的士兵对他视若无睹。

一路上没什么意外发生，他原本都做好了实在不行再掉头向轮回路尽头跑的准备，现在看来是多虑了。

"这就是炼狱通行证，比通天快递公司靠谱多了！"楚风感慨，同时他还在想，究竟是哪些可怕的存在制作出了这几种不同的符纸，竟有这样的作用，太让人震惊了。

不久后，他放缓速度，反正不急着赶路。

这时，他有点遗憾，真该多收集两张符纸。要知道，每张符纸都是无上瑰宝。

"终究是心太软，没忍心多下黑手啊。"

沿途，他仔细观察那些浩浩荡荡的灵体。他们生前都是强者，一般的生物根本没资格踏上这条路。

他逆向而行，一些生前非常强大、桀骜不驯的灵体出于某种本能，总是朝他扑击。

"嗯，多认一些亲戚吧，说不定将来有大用。"楚风琢磨着。

他看到超级灵体或者接近超级灵体的灵体，就冲上去刻字：我叔是楚风！

个别他看着非常顺眼的，觉得有眼缘的灵体，比如一只羽翼鲜艳而灿烂的不死鸟，便刻写：我哥是楚风。

如果有人知道楚风在这条路上这么对待几个疑似不死鸟、真龙、朱雀的灵体，一定会瞠目结舌。

就这样，楚风走走停停，离开戈壁滩，进入星空小路，而后又开始接近石头磨盘所在的光明城池。

这一路上，他都没有闲着，刻字手法越发娴熟。

即便这样，楚风也比来时快太多了，因为他手上有黑色符纸，可以凌空飞行，比在路上行走节省了大量时间。

他在灵体大军上方逆向穿行，踏过一道门，沿着一条古路，再次见到了那巨大的石头磨盘。

此时，他回到了光明城池中。

"如果实在找不到回外界的路，那我……便去转生！"他并不情愿那样做，但如果最终没有办法，那也是一种选择。

石头磨盘缓缓转动，大量灵体从那里冒出，接受魂曲的召唤，沿着既定的路径，踏上轮回路。

楚风头大，他发现有光幕阻挡，自己不能从其他地方返回，只能沿原路返回。

这意味着，他又要被磨盘碾轧一次！

"幸好多了一张黑色符纸，不然这里不能飞行，我都没有办法冲上磨盘。"楚风自言自语。

他捏着鼻子，借助黑色符纸凌空飞起，进入两块磨石的缝隙间。

终于，楚风从那磨盘的孔洞中冲了出来，然后头也不回地跑了。

有黑色符纸在手，他顺畅地离开这片区域，并登上城墙，直接翻了出去，逃离光明城池。

"这'通行证'真不错！"楚风脸色发白地看着手中的黑色符纸，一口气跑出城外的战场区域。

终于出来了。楚风收起黑色符纸，把它装进空间瓶子中。他站在光明城池数百里外的地方，苍白着脸，长舒了一口气。

四野依旧黑暗，除却光明城池一片灿烂外，其他地域都是无比荒凉与漆黑，没有一点生机。

"嗯？"

楚风眼中突然光芒闪烁，面露异色。

他看出了这片区域的异常，在离开前他在此布置过，如果有生物踏足此地，他能够感知到。

这里有一种不算多高深，却很隐秘的小型场域，他发现这场域发生了变化，这意味着有生物在此出没。

"秦珞音！"

楚风颇感意外，这个女人没有死？

这片空间一片死寂，他几乎可以确定，除了他与秦珞音，这里没有任何活物。

他在这里驻足，仔细算了算时间。他走了一趟轮回路，又在尽头处盘坐了很多天，前后加起来有一个多月。

毫无疑问，秦珞音一旦接近光明城池，必死无疑。

但是想来她不会做那种蠢事。隔着很远时，光明城池的气息就会挤压人的身体，强大的进化者可提前感知到。

楚风是因为身上有石盒，所受影响不大。

"寻找女神行动正式开始！"他这般自言自语。

大地广袤，呈暗红色，无比寂静，像是从远古到现在都没有生灵繁衍过，楚风孤身一人走在这空旷而又冰冷的土地上。

若是一般的人，恐怕早已心中发慌。

楚风倒是很镇定。轮回路上都走一遭了，他对这种不正常的安静一点也不在乎。

他一边尝试寻找通向外界的路，一边搜索秦珞音的踪迹，准备大战这个在星空中人气无与伦比，被各族年轻进化者视为完美女神的女子。

这是昆林战斗的延续！

楚风开始在沿途布置场域，准备生擒秦珞音。

然而，一直不见秦珞音踪影。

在此过程中，楚风又多次回到光明城池外的战场，参悟拳印，修炼各种秘术。

这里有绝代拳意，有无敌的剑道痕迹，威势迫人，却能促使他悟道，非常有效地提升他的实力。

对其他人来说，这里是战场，而对楚风来说，这里却是崛起之地！

外界，大梦净土的女圣联合上次出手的各族圣人，准备再次开启昆林炼狱。

在此之前，他们尝试了数次，不过都失败了。

这炼狱空间可不是谁想开启就能开启的，早前各族圣人也是通过祭祀，献上自己的精血才打开一道缝隙。

现在，炼狱需要的祭品明显更多。

"时间来不及了，哪怕珞音身上有替死符，还有我的一颗精神种子，也不过是多了两条命而已。"

大梦净土的女圣异常焦躁不安，她联合众人准备近日全力以赴地出手，无论如何也要再次开启炼狱。

炼狱中，楚风走出光明城池范围，远离这片区域。他在蓄力，想尽快解决秦珞音这个后患。

楚风身上有大量刻写好的磁石，一旦遇见秦珞音，他就可以祭出漫天磁石，于刹那间布置好中型场域。

他相信自己可以困住大梦净土的神女，一举将她活捉。

"嗯，有踪迹！"

楚风谨慎地向自己一开始坠落在炼狱的地带靠近时，发现了蛛丝马迹。秦珞音应该在这片区域长时间活动过，留下了一些痕迹。

他猜测，对方在原地徘徊，很有可能是在等待救援，相信大梦净土的老祖级人物有办法开启此地，助她脱困。

"这女人也在找我，想要对付我！"

楚风脸色森冷。

他发现了一些布置，比如紫晶天雷，真要不小心踩到，强大的能量被触发后，他可能会遭到轰击。

大梦净土的紫晶天雷肯定不是凡物，应该足够炸死绝顶天才，寻常的东西这位大梦净土的传人肯定不屑带在身上。

"这次看你往哪里逃！"楚风冷笑。他相信自己能笑到最后，如果与对方相遇，能成功活捉对方。

不久后，他在地上发现了一些字，都是宇宙中的通用文字。楚风前阵子通过光脑学习了一段时间，大致能认出那些字。

"楚风，恶贯满盈，臭名昭著，当戮，死！"

毫无疑问，这是秦珞音所写，她这是在表达恨意与杀意！

楚风神色冷峻，自言自语道："到时将你捆成粽子，我看你还如何自恃，还怎么当女神！"

黑暗笼罩着这片地带，除却千里之外的光明城池有光芒照耀外，其他地域永远都是漆黑的，无比地荒凉。

楚风仔细寻找，希望找到秦珞音。

他知道，对方也在想办法对付他。与其不小心被对方伏击，还不如他自己主动一些，先解决这个大梦净土的传人。

哪怕早已准备充分，认为可以制住对方，楚风依旧无比小心谨慎，不敢有丝毫大意，毕竟对方高了他一个大境界。

他的场域手段虽强，但万一出纰漏，让对方脱困，那下次就很难再成功了。

黑夜中，楚风像个幽灵一样在这片荒凉之地游荡。他不经意间抬头，看到了悬在半空中的各种陨石。

他皱眉，难道秦珞音在空中？

同时，他思忖着，这片空间压制进化者，使进化者无法飞行，而这些陨石却能凌空，实在古怪。

楚风悄无声息地行走着，越发认真地搜索，结果不仅在地面，而且在半空中的陨石上都发现了紫晶天雷。

"这个爱做白日梦的丫头真是够狠！"楚风觉得，一旦见到对方，他就得下死手，这是一个劲敌。

毕竟，秦珞音是宇宙年轻一代中排在前几名的绝顶天才。

"在昆林山外大战时，我曾搜过她的身，怎么她身上还有紫晶天雷这种大杀器？她藏在了哪里？"楚风面露异色。

他觉得自己失策了，当时应该用火眼金睛将她里里外外看个透彻，这女人肯定还有其他空间秘宝没有被发现。

楚风如同一个幽灵，足不沾地，在这片地带飞快地飘过，但始终没有找到秦珞音的踪影，这让他神色越发凝重。

对方肯定没死，而且还隐藏得这么好，他居然发现不了。

他以强大的弹跳力跃起，轻易就冲上数百米高空，落在一块飘浮着的巨石上，然后再次跃起，不断冲向天宇。

他觉得，秦珞音有可能在上面等待救援，说不定就在早先裂开的缝隙那里。

他有黑色符纸，能借此在这片空间飞行，但是那东西发光，在黑暗里太醒目，容易成为秦珞音攻击的靶子。

他跳跃了一段路程，终于再次发现了秦珞音留下的细微痕迹。

"我看你向哪里走！"

楚风觉得自己把握住了对方的心思，她可能真的躲在天宇上的陨石间。

他一个多月都没有出现，对方应该大意了不少，或许认为他已经死了。

"这次如果再寻不到你，我就主动暴露，引你出现。"他现在还不想弄出动静，引对方出来，因为在暗中本身就是一种优势。

当然，如果主动暴露，他一定会提前给对方设下陷阱，可那只有一次机会，一旦失败，就不会再有第二次了。

突然，楚风惊悚，汗毛倒竖。

他正在向上跃时，察觉到一块悬浮的陨石上不对劲。若是旁人肯定忽略了，可楚风是场域研究者，对地气的感应最为敏锐。

他发现陨石的缝隙中有东西，便运转火眼金睛，透过石块看到一张小弓。

小弓被埋着，一般人根本看不到。

楚风运转火眼金睛，眼睛发光，洞悉本质，心头一凛。

那张小弓不过巴掌长，呈乌黑色，是木质的，弓弦上架着一支通体赤红的小箭。

楚风此时已经落在这块陨石上，发现不妥后，一跃而下，转身就跑。

"嗡！"

天空轻颤，那是能量破空的动静，楚风对这种动静特别敏锐，他知道大难临头了，那支小箭射了出来。

此时，他像是一只太古神猿，在天空中悬浮不动的陨石间跳跃，从一块上跃到另一块上，快速临近大地。

一道暗淡的红光疾速追了下去，居然可以变向，楚风朝哪个方向前进，它就向哪个方向追。

"这是什么东西？"楚风惊异不已。

大梦净土的宝贝未免太厉害了，他都没有见到秦珞音本人，她放置的一种可怕秘器居然就能追击他，有点邪门。

"嗖嗖嗖——"

楚风像是一道光，在半空中那些陨石间移动，不断改变方位，最后成功降落在荒凉的大地上。

可是，身后那支赤红的小箭追着不放，已经到了近前，即将射中他。

楚风取出金刚琢，向后掷去，并且另一只手持着石盒，随时准备砸出。

"砰！"

出人意料的是，金刚琢发出雪白的光辉，威力很强，当场将那支赤红的小箭砸碎，小箭化成点点鲜红的光雨消散开来。

"威力也不怎么样嘛！"

楚风狐疑，感觉这小箭外强中干。

不过，他紧接着一个踉跄，差点一头栽倒在地上，头昏眼花。

他看到小箭炸开的地方，那些鲜红的光点散开时，有远古先民祭祀的模糊画面浮现。

楚风怪叫，预感到情况大为不妙。而后，他朝着光明城池的方向一路狂奔。

他知道是怎么回事了，想要第一时间离开，找一个秦珞音无法踏足的地方躲避。

这是远古咒术！

那巴掌长的小弓射出的红色小箭是远古咒器！

自从有了光脑，可以连接星际网络后，楚风查阅了很多资料。

此外，他以前也听黄牛讲过域外一些令人防不胜防的手段，并且记了下来，免得以后遇到狠辣人物，不知不觉间就中计。

其中，咒术最可怕，那些可怕的诅咒让人防不胜防。

这种很小的弓箭，是远古先民以咒术炼制的兵器，发出后可追击敌人。

现在，楚风精神不稳。那小箭虽然没有射中他，但是咒术已经发挥作用，没入他的肉身中。

相传，这种咒术如果是高手施展的话，连圣人都可能会被咒死。

其实，小箭的物理攻击也很可怕，足以洞穿进化者的肉身，可是金刚琢如今蜕变得非常厉害，将它打碎了，最后只有咒术发挥出部分威势。

"秦珞音竟然有这种东西！"楚风咬牙。

这种带着咒术的远古兵器，在准备充足的情况下，金身境进化者都无法抗衡，秦珞音居然用来伏击他。

跑出去很久后，楚风头昏脑涨。远古咒术跟现在的不太一样，令人防不胜防，让他几乎要晕厥过去。

他知道，这是咒术在伤他精神。

同一时间，楚风运转火眼金睛，隐约间看到百里之外，有一道窈窕的身影追击而来。

对方不见得能看到他，但是小箭射出后，对方有所察觉，这才追了过来。

楚风取出黑色符纸，不再回头，化成一道光冲向光明城池方向。

毫无疑问，他速度很快，瞬间就摆脱了对方。

不久后，他闯进光明城池百里范围内，才算是彻底安全了，因为秦珞音无法靠近这里。

楚风倒在光明城池外的土地上，大口喘气，浑身冒冷汗，头痛欲裂。他知道自己必须坚持住，不然的话就会死在这里。

他仔细回想，施展这种带着咒术的远古兵器并不容易，首先对方得取得自己的新鲜血液，还得炼制很多日，这样自己接近时，才能触发杀机。

显而易见，上一次两人战斗时，对方必然保留了他的新鲜血液，并将其涂抹在小箭上，针对他施咒。

这种远古咒术没有特别好的办法化解，唯有熬过去，那样的话下次就能免疫了。

但是，想要硬挺过去谈何容易？

要知道，这种咒术能咒死金身境进化者，被圣人施展的话，甚至还有可能会咒死其他圣人。

这绝对是秦珞音身上最珍贵的秘器，居然用在了他这个观想境初级进化者身上。

唯一庆幸的是，非凡的金刚琢将那小箭击碎了，不然的话，真让它刺中身体，在血肉中爆发诅咒，那他就必死无疑了。

"按理来说，我只沾上一点，而且是由秦珞音，而非老怪物施展的，应该能熬过去。"

光明城池数百里外，一道美丽无瑕的身影发出微光，像是上天完美的杰作，美丽得近乎梦幻。她摘下五色面具，露出白皙而绝美的面孔，一头紫色秀发飘舞，有颠倒众生之姿。

"我感觉他逃向这个方向了，难道他能遁入那座城池中？"

秦珞音望向光明城池方向，然后绕着这座城池一路搜寻。

楚风躺在冰冷的地面上，足足三天三夜，身体忽冷忽热，动弹不得，最后几乎昏厥，精神险些消散。

这还是他这些天在光明城池外练拳、参悟呼吸法、领悟秘术后实力大进的结果，若是刚坠落进这片空间，还未在此修行，没有去轮回路上走一遭时，他沾上这咒术说不定直接就死了。

第四天，楚风奇迹般地从地上坐了起来。

他脸色难看，自己居然差点死掉！他原本想要找到并擒拿秦珞音，没想到到头来竟是这么一个结果。

他低头看了一眼手腕上的金刚琢，又看了看石盒等，这些东西在咒术施展时没有主动防御，看来自己对远古咒术了解太少，以后需要仔细研究一番。

"秦珞音！"

楚风面露冷意。他运转呼吸法，又盘坐了半日，这才站起来，大步向着远方走去。

他深吸一口气，心中有了决断：自己再不将这女人活捉或者除掉的话，那真是太丢人了。

——第 309 章——

女神入瓮

楚风走得不快，他在思忖。原本他有几种方案对付秦珞音，但是他险些被远古咒器射杀，已经彻底暴露，等于明白无误地告诉秦珞音，他还活着，所以这几种方案的效果都会大打折扣。

一个多月以来，他都没有出现，自然会让对方大意不少，甚至以为他死了。他现在这么突兀地出现，绝对会让对方有所戒备。

还没有走出去多远，他突然止步，掉头又向光明城池走去。

"对不住了各位，请让我选两位吧，反正你们的灵魂已经不在了，留下这些皮囊也无用。"

楚风告罪，然后在城外的战场中仔细寻找。他在挑选实力较弱的人形生物，然而这片战场真的没有弱者。

这里的生物生前一个个道行高得离谱，都是顶级高手，楚风估摸着，最差的也得是金身境进化者。

不然的话，他们的肉身早就腐烂了，不会保留至今。

还好，这是漫长岁月前的遗骸，体内的能量在时光的侵蚀下逐渐耗尽，身体坚实程度早已降到最低层次。

这世间没有真正的不朽，再伟大的存在稍有不慎，也终将被光阴侵蚀，被历史的尘埃淹没。

楚风挑选到两个满意的人形生物，对他们进行一番修饰后，便放进了一条空间手链中。

他曾经俘虏过那么多神子、圣女级人物，收获的战利品太多了，不缺少空间法器。

楚风走出去数百里，潜形匿迹，一路寻觅秦珞音。这次他不能失误，不然擒获对方的难度会越来越大。

这几天，他饱受远古咒术的折磨，差点就死掉，真是万分惊险。

他脸色阴沉，心中杀意飙升，恨不得立刻抓住大梦净土的传人。不过换一个角度来看，他倒也佩服对方的手段，够狠，让他都中计了。

楚风蹲下身子，仔细查看。

秦珞音在这片地带出没过，她果然曾经追到这里，但是，她显然不敢踏足光明城池的范围内。

楚风一路行走，观看地势。

很遗憾，他早先布置的一些场域都没有被触发，显然对方对行进路径的选择很谨慎。

这个女人十分细心，直觉敏锐，避开了不少场域。

楚风换位思考，觉得对方有可能在绕着光明城池而行，寻找他的踪迹。

或许，对方最初都准备为他收尸了，毕竟一旦被远古咒器击中，金身境进化者的肉身都会被摧毁，精神都要崩溃。

还好，那支小箭没有刺中他的身体。

在路途中，他感应到杀机，便运转火眼金睛，立刻就看出了秦珞音的一些布置，有一个黑乎乎的铃铛，还有一种跟泥土差不多的粉末，混合在土地中，几乎看不出。

楚风目光冷厉，真要不慎的话，自己恐怕又得中计。

那黑乎乎的铃铛可使人精神不稳，而那毫不起眼的粉末是化魂粉，一旦沾染，就很难去除，可以灭掉人的魂魄。

在宇宙各族年轻进化者的眼中，秦珞音风姿绝世，挑不出缺点，堪称完美女神级人物。

可是，真正与她交手，对她有所了解的话，便知这是一个无比危险的人物，杀伐果断，手段够狠。

如果只盯着她的倾城之貌，很容易吃大亏。

如果不够厉害，她凭什么能排进宇宙年轻一代十大高手的前几名？

楚风转了一大圈，做出部分推断。接下来，他沿着秦珞音留下的蛛丝马迹一路往回走，准备开始布置。

最终，他确定了某一片区域。就在不久前，秦珞音还在这片区域出没过，时间不会超过一个时辰。

这是他以场域手段观察得到的结果。

仔细观测后，他在一块碎石下发现了一颗紫晶天雷，在一道地缝中看到了一个黑木盒，这些东西自然都无比危险。

然后，楚风围绕这里开始布置场域，一层又一层，皆是致命的。

"不行，得变化一下，令场域可控。"楚风思忖着。

他发现秦珞音非常机警敏锐，连走路都会试探，万一触及场域立即后退，刚才布下的场域多半困不住她。

接下来，楚风围绕这片区域开始完善场域，他的空间手链中有大量的磁石等材料。

最终布置好后，他检验了一番，确定没问题，这才从空间手链中取出一个之前挑选的人形生物，为其穿上自己的衣服，同时滴一些自己的血在人形生物身上。

他想了想，将另一个备选的人形生物也如此布置了一番。

最后，楚风又布置了一个隐身场域，藏在当中。

"好了，狩猎行动拉开序幕！"

"砰"的一声，他将一个人形生物扔了出去，砸在远处的目标区域中，那里的一颗紫晶天雷立即就炸开了。

方圆一里内的土地都化作岩浆，直冲云霄，同时闪电交织，照亮漆黑的夜空。

楚风悚然，自己如果不小心踏进去，一定会被炸死。

这紫晶天雷的威力太骇人了，观想境甚至高一个境界的人一旦中招，必死无疑。

仔细想来，秦珞音是超越观想境的进化者，她拥有的紫晶天雷自然是用来对付超越观想境的那些人的。

楚风叹息，还好他的场域布置得足够靠外，不然的话，估计会被毁掉一些。

他发现那人形生物的躯体还真结实，并没有完全被雷电与岩浆吞噬。

他对光明城池外的那些生物又有了全新的认识，要知道，这可是他从当中找出来的生前实力最差的。

接着，楚风神色凝重，只见岩浆中冲起一个黑色的木头盒子，它没有被焚烧成灰烬，一柄鲜红的断刃从中飞出，"嗖"的一声冲起，斩中天空中的人形生物。

"秦珞音，你够狠！"

如果不是掌握场域，对地气走向敏感，再加上有火眼金睛，早就发现这里是危险之地，楚风必死无疑。

楚风埋伏在此，等待秦珞音出现。

他选择在这里故意触发对方留下的撒手锏，就是想引诱她过来，然后伏击她。

这里的动静太大了，闪电照亮漆黑的夜空，无比醒目，估计数百里外都能看到。

此外，岩浆冲上数千米高的天空，很是炽烈。

果然，不久后，远方有动静，有人来到了附近。

初步看来，引蛇出洞成功！

楚风即便躲在可隐去身形的场域中，现在也屏住呼吸，以免暴露自己。他跟天地融为一体，各种生命体征都消失了。

然后，他看到一个如同幽灵般的身影，进入场域中。这时，岩浆不再沸腾，近乎凝固了。

那个身影踩着炽热的岩石和快要凝固的岩浆，就这么闯了进去，观看地上的人形生物。

楚风就要发动场域，但是，他心头一动，最终忍住了。

他觉得秦珞音不一般，很谨慎，也很厉害，不是那么容易对付的。最主要的是，这女人怎么披头散发的？

想到这里，他心念一动，另一个人形生物被祭出，悄无声息地接近前方的场域。

这个人形生物早已套上楚风的衣服，而且涂抹上他的精血，带着他的浓烈气息。楚风分出一缕精神力控制人形生物，人形生物手持一柄紫金锏，突然就向秦珞音的后脑砸去。

那紫金锏是楚风从一名神子手中缴获来的大杀器，此时迸发出璀璨的紫色火焰和电光。

"秦珞音，去死！"

楚风在人形生物中的一缕精神力发出波动，传递这种意思。

"砰！"

那女人霍地回头，没有躲避，反而抬手向那人形生物抓去。披头散发的女人被气流一吹，发丝扬起，露出真容。

假的！

这个女人面孔僵硬，像是一个木偶，这不是秦珞音本人，而是被她控制着的傀儡人。

楚风心头一惊，幸亏自己没有匆忙激活场域，不然的话就上当了，那就不是引蛇出洞，而是打草惊蛇。

"砰！"

那傀儡女人被雷电轰击、被火焰焚烧后，遭受重创，但是一只手还是抓中了那人形生物。

"你……秦珞音，够阴险！"

楚风的一缕精神力在那人形生物中发出波动，这般喊道。这时，他感觉不妙，那只手上带着化魂粉，要消灭他的灵魂。

楚风那缕精神力果断退出，离开那人形生物。

下一刻，那人形生物倒地，然后就不动了。

楚风暗中擦冷汗。这个秦珞音还真难对付，不仅异常谨慎，而且手段狠辣，一不小心他就会将自己搭进去。

而后，他发现那人形生物的躯体都开始腐烂了。

那傀儡人的攻击有些可怕，不过这时，傀儡人也损坏了，各种金属构件坠落一地。

楚风安静地埋伏着，一动不动。

过了很久，秦珞音的身影才出现。她无声无息地在远处看着，然后抬起雪白的手掌，发出电光，打在附近的地面上。

一刹那，电闪雷鸣，飞沙走石，大地崩开。

楚风皱眉，这位各族年轻人眼中的无瑕女神果然不简单，都到这种时候了还不放心，还在进行试探。

秦珞音知道他懂场域，哪怕看到"他"死了，也还是异常谨慎地戒备。

楚风觉得，自己将场域变成可控型的这步棋走对了，他不激活的话，场域哪怕被破坏一部分，也不会暴露。

终于，秦珞音稍微放下了戒心，轻巧地向场域中走去。

楚风笑了，此女终于中计了，狩猎行动开始收网！

他果断激活场域！

地面上突兀地亮起一条又一条线，如同烧红的铁水沿着模具流淌，在黑暗中显得格外灿烂。

接着，"轰"的一声，四面八方浮现诸多规则或不规则的无比复杂的图案，所有线条都格外炫目。

场域被激活了！

大地上亮起光芒，起初只是发出淡淡的光，接着变得无比艳丽，各种光彩同时呈现。

秦珞音第一时间觉察到不对，她腾空而起，就要向外闯。

可是场域一旦被激活，根本不会给她反应的时间，这片区域瞬间就成了有效的攻击性险地。

"轰！"

天空中出现一根金色的大杵，直接向着秦珞音砸去。这是楚风布置的场域中的一个，名为"伏魔"。

这是佛族的场域，被收录在月星上的典籍中，被楚风吃透，如今布置出来对付超越观想境的高手。

地面上光芒四射，那一条又一条灿烂的线在半空中交织成宝杵，轰得秦珞音身体剧震，当即踉跄着退了回去。

同一时间，宝杵炸开，化作一朵金色的云，在那里激荡，越发显得这里能量恐怖。

"楚风！"

秦珞音站在场域内，她身段非常高挑，比一般的男子都略高，一件崭新的斑斓彩裙包裹着她修长的身体，一头秀发呈淡紫色，光滑而柔顺，带着光泽，像绸缎般垂落。

她的五色面具早已被揭开，绝美无瑕的面孔上带着杀气，一双紫色的大眼睛如同宝石般熠熠生辉，冷冷地盯着楚风。

"秦珞音，你是自缚手脚投降，还是等我动手？"楚风从远处那可以隐藏自身的场域中走出。

"被远古咒器击伤，你竟然还能活下来，真是恶人命长。"

秦珞音十分镇静，站在那里没有妄动。她下巴微扬，略微显得有点傲慢，不知道是否故意想以蔑视的姿态激怒对手。

"楚风，不要让我擒住你，不然的话，你想死都很难！"秦珞音的嘴角噙着一丝冷笑。她被困场域中，却依旧这么从容。

她的言外之意，是要让楚风活着比死还要痛苦。

"你这是在提醒我，一旦擒住你，要好好修理你一百遍吗？"楚风的脸上露出淡淡的笑容。

"哧！"

秦珞音一甩长发，整个人都舞动起来，衣袂猎猎，长裙展开，婀娜的身体摇曳着，像是要乘风而起。

暗中，一根细小的"发丝"飞出，几乎不可见，朝着楚风那里飞去。这是金丝针，能出其不意地击灭敌人。

然而，她低估了楚风布置的场域。以楚风目前的场域手段，他布置的场域哪怕是金丝针也不能突破。半空中迸发出刺目的火花，那发丝般的兵器炸开，寸寸断裂，化成浓郁的能量。

"秦珞音，你慢慢享受吧！"楚风揶揄秦珞音，目光冰冷。

"轰！"

他的脚在地上用力一踏，被激活的场域开始大爆发，一片刺目的光雨从地下腾起，向秦珞音覆盖而去，而后如同烟花炸开。

那片地带此时是美丽的，但也是可怕的，能量剧烈激荡。

可以看到，周围的空间都扭曲了，宛若在经受着最可怕的场域之力的撞击、挤压，即将被毁掉。

"嗖嗖嗖！"

秦珞音的周围浮现出数种秘宝，有璎珞，有法螺，还有降魔杵。楚风惊愕，这不是佛族的东西吗？

看来秦珞音的秘宝储备很丰富。

这些秘宝发光，向外轰击，对抗场域符文。这是生死对抗，秦珞音不敢大意，竭尽所能催动这些秘宝。

"秦珞音，我曾经搜过你的身，可以说全身上下都搜过了，怎么没有发现这些兵器？你把它们藏在哪里了？"

楚风语气轻浮，故意刺激对方。

"白痴！"

秦珞音直接咒骂，且杀气腾腾，这在过去从未有过。她在星空下行走时，性情温和，倾城倾国，现在这般姿态，自然是因为恼羞成怒。

"轰！"

在她周围，有秘宝炸开，比如那法螺，刚才还发出呜呜声，释放出各种金色的符文笼罩着她，可现在四分五裂后又化成齑粉。

楚风神色冷峻。虽然被骂，但是他的情绪无丝毫波澜，他就站在外面，审视这位大梦净土的最强大的传人。

秦珞音亭亭玉立，面孔绝美，带着傲意，越发显得冷艳。

她舞动手臂，如同在跳一段柔美而惊艳的舞，让人赏心悦目。可怕的事情发生了，她白皙的手臂划过空间时，竟然能毁灭场域符文，她的身体摆动时，竟然可以将覆盖向她的场域光雨挡开，威力十足。

这是大梦净土的梦舞，施展者舒展身体，对身体细胞催眠，释放出每一寸肌体的潜能。

不过，施展梦舞是要付出很大代价的，事后身体可能吃不消，疲惫不堪，甚至崩溃。

楚风看到秦珞音以肉身瓦解场域，着实大吃一惊，倒吸了一口凉气。

这女人太厉害，如果在昆林山时，她一上来就跟他来这一手，鹿死谁手很难说。

不过，他猜测这惊艳的舞蹈会有反噬，可能对施展者自身有极大的影响，所以秦珞音不敢轻易施展，今天是因为被逼到这一步了，迫不得已。

"砰！"

在场域中，在秦珞音的周围，许多场域符文炸开。

事实上，她也在躲避，不希望硬扛，但她被场域锁定了。她不断移动柔美的躯体，腰肢扭动，如同一条蛇般，灵敏而迅捷。

可惜，这地方的场域太多，楚风一口气布下了十二重，就是为了有绝对的把握击灭她。

"轰！"

空中，又一根宝杵成形。佛族的场域威力惊人，轰在秦珞音的背后，让她一个踉跄，嘴角溢血。

"嗡！"

接着，道族的场域复苏，九道身影盘坐空中，以不同形态展现，向下冲击。

"当！"

这一次，秦珞音不敢以梦舞对抗，迫不得已之下，她再次祭出一件秘宝。这是一把绿油油的小伞，名叫天魔伞。天魔伞猛然张开并旋转起来，对抗那些身影。

天地轰鸣，天空宛若在塌陷，能量在这里激荡，宛若岩浆沸腾，震动四方。

"你秘宝真多，都塞在哪里了？难道真跟孙猴子似的，将宝贝塞耳朵里？"楚风冷嘲热讽。

现在他相当轻松地站在场域外，就这么看着秦珞音抗争。

他不时向里面扔上几块磁石，修补场域，使之保持完整，在最强状态下运转，死死地压制秦珞音。

"轰"的一声，那把天魔伞在场域中炸开，上百片金属碎片飞向四面八方。

天魔伞是超越观想层次的秘宝，但终究抵不住场域的攻击，还是被毁掉了。可以想象这片地带有多么的可怕。

观想境的进化者若是闯进去，必死无疑。这里目前是绝地！

秦珞音扭动腰肢，摆动大长腿，同时舒展白皙的手臂，舞姿非常美，整个人如同远古的巫女般，所跳的梦舞如同祭祀与祈祷之舞，极尽柔美，且富有神秘感。

"轰！"

可以看到，她的小蛮腰被场域符文撞上时，迸发光芒，帮她生生抵住了攻击。

"这舞蹈真邪门！"楚风越发吃惊。

事实上，秦珞音心情沉重，这样一展舞姿，她自己都不知道事后要付出怎样的代价。

但是，都到这种关头了，她依旧不慌乱，修长的身体舞动，斑斓的彩裙飘舞，整个人都笼罩着一层圣洁的光辉，越发美丽。

"秦珞音，接着！"楚风喝道。

他投掷过去一杆很长的战矛送给秦珞音，战矛"嗖"的一声插在地上。

"你接着跳吧，我喜欢看。"

秦珞音闻言，面孔上浮现恼意和杀气，神色无比冷峻。她自然知道，楚风这是在故意折辱她，坏她心境。

"楚风，你以为用场域伏击我，你就能活命吗？你很快就要死了，这里是炼狱，除非我大梦净土的圣人开启炼狱之门，不然的话，整片大地上的生机都将绝灭。你想活下去的话，可以，入我大梦净土，臣服于我。"秦珞音开口，声音放缓，凝视楚风。

"接着跳舞，我在欣赏呢，懒得听你多说，我才不想入你们大梦净土去给你当夫婿。"楚风不咸不淡地回应道。

秦珞音运转呼吸法，保持心灵平静，不再有情绪波动。而后，她通体闪烁彩光，旋转而起。

她在施展梦舞中一种特殊的身法，想要摆脱空间的束缚，从场域中脱困。

"空间在扭曲，有些门道，不过，你还是在场域里面待着吧！"

楚风看到后，冷冷一笑。

各种磁石如同雨点般从他的手中飞出，向前压去，一刹那，场域纹路密集地交织在一起，笼罩此地。

"噗！"

秦珞音大口咯血，从空中跌落下来，一头栽倒在地上。显然，场域被全面激活后，释放出恐怖的力量，使她遭受了重创。

　　"这么快就倒在地上了，你说，我是拿你去换秘宝，还是先报仇呢？"楚风脸上带着笑意，奚落秦珞音，"都说你是各族年轻进化者心中的女神，有这回事吧？那我就勉为其难，收你为仆从吧，这样行走在星空中，肯定倍有面子！"

—第 310 章—

那一团火焰

楚风这么恫吓秦珞音，自然是希望她心境大坏，早点将她擒住。

他看得出，对方虽然坠落在地，但仍没有失去战力，依旧在等待反扑的机会。为此，楚风再次祭出磁石，布置复杂的场域。

这一刻，场域达到了十三重！

"秦小妞，你慢慢享受吧，我在外面边喝酒边看你破解场域！"楚风喊道。

秦珞音脸色冰冷，身上的斑斓彩裙发出撕裂的声响。她知道对方是故意的，想让她心神紊乱，从而活捉或者消灭她。

"楚风，你这是自寻死路！等我脱困，你将会成为大梦净土的仆从，所有人都可以指使你做事。"

"咔嚓！"

她身上发光的彩裙又破碎一大片，露出雪白的肌肤。场域符文太密集，在她说话时，依旧在发挥作用。

楚风意识到，这女人还有底牌，真的很不好对付。他没有什么保留，将十三重场域都提升到最强状态。

他现在是场域大师，可以说手段过人，只要给他时间布置场域，他绝对能斩灭大批观想境的进化者。

甚至，他还能除掉更高境界的强者。

场域笼罩，无物不灭。

须知，他才在观想境，不依靠进化手段，只靠场域就能这样杀敌，称得上惊世了。

楚风早已经意识到，他的场域天赋胜过进化天赋，从此之后他要双管齐下，无论是场域还是进化，都要多投入些精力才行。

"轰！"

场域符文密集，像是一颗又一颗星星连接在一起，旋转着，形成壮丽的景象。

楚风将场域推向极致，这也是他目前所能带动的极限力量，他甚至觉得这样能对付高于观想境两个大境界的进化者了。

这就是他的自信。研究场域后，他能化山川万物的力量为己用，压制敌人，以弱胜强。

果然，秦珞音那里能量恐怖，她如同大海中的一叶扁舟，随时会被颠覆。

"这次我看你还怎么活！"楚风喊道。

"轰！"

秦珞音的周围，六件兵器炸开，那都是强大的秘宝，却挡不住场域的威力，于瞬间爆炸。

这是绝杀之地！

"当！"

一口黑色的大钟浮现，笼罩在秦珞音的头上，短暂地挡住了漫天的场域符文，为她争取到了一定的时间。

"道族的秘宝？还是不行！"楚风喝道。

他时刻盯着场域，关注着场域的变化，一旦场域有瑕疵，有磁石龟裂，他就会在第一时间修补好。

大钟乌黑，发出刺目的光芒，上面有一个老道模糊的身影。大钟当当作响，摇动间，发出道族特有的诵经声。

"哪族的秘宝都不行，死！"楚风断喝。

场域被催动，"轰"的一声，黑色的大钟炸开了，无法再守护秦珞音，黑色的金属碎片化成黑光，而后消失。

不过，黑色大钟为秦珞音争取到了短暂的时间，她成功施展出某种禁忌秘术。

这一次，她不光对肉身的所有细胞催眠，释放出无穷的潜能，还对自己的精神意志催眠，爆发出更加骇人的实力。

她像是换了一个人，身体散发出刺目的光，在体表形成了宛若甲胄般的能量守护层。

她的双目先是呆滞，而后突然变得漆黑，接着又发出炽烈的光束，无比震慑人心。

"杀无赦！"

她的声音冷幽幽的，跟原来完全不一样了。这是根本上的改变。她的举止、出手习惯甚至性情，都和之前简直有天壤之别。

此刻，她冷酷无情，眼中几乎没有人类的情感，通体都在散发光辉。

这是大梦净土的禁忌秘术。

大梦净土的人不仅可以让别人进入梦境，托梦伤人，还能让自己进入梦境，对肉身与精神双重催眠，释放出最原始的力量。

一些道统认为，每个人心中都有一个强大的恶魔，一旦放出来，就会毁灭世间，惹出滔天大祸。

一般情况下，人们囚禁了恶魔，不会将它放出。

而大梦净土的人有办法释放自己心中的恶魔，让它出来征战，这样自己会爆发出比平日更加强大的实力。

当然，这样对自己伤害太大了，如果不能将恶魔赶回去，心底的那个恶魔将接管自身的一切。

此外，这秘术对肉身和精神的伤害也是巨大的，可能会让自己彻底崩溃。

如果有选择，大梦净土的人一般不会动用这种禁忌秘术，这是真正的杀敌一千自损八百的做法，甚至算是同归于尽的做法。

秦珞音释放出自己心中的恶魔，现在的她是魔化的她，瞬间气息惊人。

她在跳舞，这是禁忌秘术，跟早前的舞蹈完全不同，很像是远古强大部落的巫族祭祀舞蹈。

一瞬间，像是有时光之力在流转，各种远古洪荒景象浮现。

果然，秦珞音在爆发，能量气息恐怖，她已经不是她自己，身体由心中的恶魔主导，硬扛场域符文。

这片地带，云雾一朵又一朵地绽开，能量穿透天空，景象骇人。

要知道，这可是由血肉之躯释放出的能量。

"轰！"

激烈的碰撞后，十三重场域符文交织，压向秦珞音。

这位大梦净土的传人冷酷无情，双目内浮现出天崩地裂、星河崩毁的景象，心中只有杀戮，没有丝毫情感。

"砰！"

她白皙的手臂在空中划过，毁灭了一片场域符文。

"轰隆！"

接着，她雪白的玉足踏过，又一片场域符文炸开。

她在跳舞，动作很优美。她运用大梦净土的这种禁忌绝学，配合呼吸法，施展出一种神秘的体术。

事实上，无论是她的肉身还是她的精神，此时都在起舞——毁灭之舞。

"高于观想境两个大境界！"

楚风震惊，他看出了对方的状态，不然的话对方不可能硬扛他的十三重场域。

秦珞音施展禁忌秘术后，生生将自己拔高了一个大境界。这要是跟势均力敌的人争霸，她突然如此，谁受得了？

"咔嚓！"

到了后来，楚风额外补充的那重场域龟裂，有崩开的迹象。

"不管怎样，你今天都得死！"楚风目光冷厉。

他看出对方的状态不对劲，真要坚持下去的话，他或许能赢，因为对方支撑不住了。

不过，他不想这么被动，因为被动充满了不确定性，他要掌控一切。

为此，楚风拼尽场域手段，想要将十二重主要的场域连接为一体，构成一个小型八卦炉场域。

这是场域的融合之法。

此时，秦珞音的五色衣裙破损了很多处，她无比冷酷，散发出惊人的气息。

"砰！"

她一掌拍出，彻底将那第十三重场域打得崩开。那些场域符文无法接近她的身体，消散在一束神秘的光中。

此时，她在起舞，不时腾空而起。

在这片空间不能真正地飞行，但是她不断腾空，不断冲起，在那里旋转着，每一次都如同飞行。

这就是超越观想境两个大境界的力量。在这片地带，她如同武神，像是要摧毁一切阻碍。

"起！"

楚风祭出大量的磁石，终于成功地将剩下的十二重场域融合在一起，构成了八卦炉场域。

"轰隆隆！"

这片地带不同了，各种场域符文重新交融，在这里激荡，最后，一座发光的火炉从地下浮现，将秦珞音收了进去。

"哐当！"

哪怕那火炉是由场域符文构成的，可是炉盖扣上时依旧发出金属颤音，太真实了。

"轰！"

秦珞音心中的恶魔掌控肉身，能量浩瀚，猛烈轰击这座火炉。

"诛灭！"楚风喝道。

一时间，炉体内场域符文密密麻麻，全都化成剑光，向着炉中的秦珞音斩去。

秦珞音被场域符文化成的剑光劈中，负伤了，而且伤得不轻。

"焚！"楚风再次喝道。

此时，他大口喘气，因为他亲自用精神控制这个八卦炉场域，而不是让它自行运转。

他想立刻解决秦珞音，以免发生意外。

因为对方的秘术太多了。

八卦炉内，八团火焰从八个方位冒出，熊熊燃烧。

"啊——"释放出心中恶魔的秦珞音在痛苦呻吟。她承受着焚烧她肉身的火焰，有可能要陨灭。

"砰！"

当八团火焰合而为一，化作一道光束向她冲去时，她的身上出现了一道很大的伤口。

这个结果很惊人！

此时，楚风都将蕴含众生平等场域的袈裟披上了，因为他不确定能否将对方消灭在八卦炉中，他做好了最坏的打算。现在看来，不用他亲自拼命了。

"斩！"楚风断喝。

八卦炉内腾起一柄刻着八卦符号的剑，"嗖"的一声向下劈去，那风华绝代的女子直接被斩中。

楚风长舒一口气。至此，一切都将落幕。

楚风紧绷的身体放松了，大梦净土的传人再惊艳世间，此时也已经失去战力，掀不起风浪了。

他站在不远处，凝视八卦炉场域。

荒凉的大地上，像是有铁水在一条又一条沟壑中流淌，照亮夜空。这是场域在地上的走势。八卦炉场域符文凝聚，在空中交织成火炉。

这火炉晶莹剔透，由地气与能量构成，在地表浮现，笼罩着秦珞音。

现在的她身受重伤，显得有些凄惨，也有些妖异。

今日她即将陨灭，星空中出名的几位女神级人物，没有下场这么惨的。

秦珞音的身体此时已由心中的恶魔主导，但她依旧感觉到自己即将死亡，眼神越发冷厉，身体上跳动着一团黑色的火焰，那是她心中的恶魔在做最后的抗争。

"上路吧！"楚风平静地开口。

他觉得这位大梦净土的传人的确厉害非凡，各种绝招层出不穷。

更重要的是，这女人虽然风姿绝世，但是够狠，一旦有机会，肯定会给他致命一击。

他不想有变故发生，为保险起见，还是除掉她，永绝后患。

"锵！"

晶莹剔透的八卦炉中，一杆青色的战矛凝聚成形，而后发出呼啸声，"嗖"的一声俯冲下去。

战矛击中秦珞音，这一刻，她鲜艳的嘴唇无意识地张开，整个人散发出最后的神圣光辉，原本非常有灵气、如同紫色宝石般的眸子暗淡下去。

楚风并未走过去。在昆林山大战时，秦珞音身上曾有圣人的精神种子出现，替她经受精神溃灭的厄难。

"尘归尘，土归土，下一世咱们有缘再战！"

楚风看了一眼秦珞音，又看向远处的光明城池，然后催动八卦炉场域，使之烈焰焚天，熊熊燃烧起来。

到了他们这个层次的进化者，可以让精神能量弥漫全身，哪怕被斩中也不见得会死去。

所以，楚风祭出这种场域的八卦火焰，想要斩草除根。

火光跳动，炉体内一片璀璨，八团火焰炽烈，化作八种符文，如同八卦在旋转，吞没秦珞音。

在火光中，秦珞音修长的身体很刺目，通体发光，那受到重创的身体依然蕴含着旺盛的生机，出于本能在自保。

不过，她显然不行了，即将烟消云散。

"有点不对！"

楚风皱眉，看向四野。天地漆黑，只有这里一片璀璨，火光冲天，没有其他生物出现，可是为何他感觉不安？

这种异常早就有苗头了，在用场域跟秦珞音博弈时，他就有所察觉，但不是很明显。

下一刻，天地间浮现一道蓝色的火光，很诡异，也很惊人。

早先这里什么都没有，一片死寂，而现在居然出现妖异的蓝色火光！

接着，蓝色火光越发清晰，从地平线那里蔓延而来。

楚风惊疑，他运转火眼金睛，看得真切，那蓝色火光宛若蓝色的海浪，向这里涌来，不过一点也不猛烈，十分柔和，如同春雨淅淅，润物细无声。

蓝色的火光很晶莹，带着醉人的光彩，像是满地蓝钻在滚动，接近这里。

楚风越发不安，他想躲避，离开这里，可是发现不仅那一个方向有蓝色火光，四面八方，甚至连天空中的陨石上也是如此。

一时间，半空中像是有很多条蓝色的小河在流淌，更有蓝色火光如同瀑布般垂落下来。

这是什么？

楚风身体绷紧，穿上一副从域外神子手里缴获来的顶级战甲，此外体内也有精神甲胄铿锵作响，保护那团化作人形的精神力。

"楚风，你小子惹来了滔天大祸，还不快放开我，不然我们都要死在这里！"

这时，八卦炉中传出精神波动，带着藐视之态，更带着一股出奇的怒气，这显然不是秦珞音的。

楚风瞬间知道了，秦珞音体内果然还有圣人的精神种子。那圣人真能忍，眼看着秦珞音受这么重的伤，都克制住了没有出手，现在却坐不住了。

"老妖婆，你麻溜地给我滚一边去，在那里等死。不，我还是尽快送你们上路吧！"楚风冷冷地道，并全力催动炉火。

"你知道这是哪里吗？此地为炼狱，传闻能埋葬整片宇宙，再强大的人物进来，敢乱动都得死！"

大梦净土的女圣叹息，带着强烈的仇恨。想她作为一代圣人，现在却无可奈何，本体纵有通天的本领，可此时仅为一颗精神种子，也施展不出。

"我不管那么多，即便我死在这里，也要先送你们上路。如果不是你这老妖婆不要脸地暗中出手加害于我，我怎么会落在此地！"楚风斥道。

炉火越发旺盛，秦珞音的躯体被烧坏，承受着毁灭之痛。

"如果你不妄动，这片炼狱空间两三个月才会'净化'一次误闯进来的生物，而现在轮回火焰提前出现了，你熬不过去的，必死无疑！"

轮回火焰？楚风看向越来越近的蓝色火光，它旺盛而灿烂，有种妖异的美。

"老妖婆，你还是担心你自己吧，你们先行上路！"楚风继续催动炉火。

同时，他心念一动，迅速布置场域，让炉体一分为二，化作阴阳炉。一边是阴炉，是绝灭之地，焚烧秦珞音的身体与圣人的精神种子；一边是阳炉，充满生机，祥和无比。

楚风一头扎进了充满生气的阳炉内，庇护己身。

另一边的阴炉，也可称之为死炉，里面的火光是致命的。

"老身发誓，珞音若是死在这里，有朝一日，我的本体必然想方设法亲临地星，诛你九族，除尽你所有亲朋好友！"大梦净土的女圣含恨说道。

楚风怎么会吃这一套？他让阴炉里的火焰越发旺盛，阳炉则正在夺取对面的生机。

大梦净土女圣的精神种子炸开，化作一股最精纯的能量弥散开来，守护着秦珞音的身体，为她争取时间。

此时，蓝色火光跳动着蔓延到近前，将这里覆盖。

蓝色火光看起来真的很温润，像是一朵又一朵浪花，带着梦幻般的浅蓝光华，不时如同水晶般碎裂，剔透而有质感。

但是，在蓝色火光接触阴阳炉后，炉体剧震。蓝色火光像是要吞噬生机，毁掉这里的一切。

即便楚风场域造诣高深，他建成的这座火炉也挡不住蓝色火光，蓝色火光直接涌入，弥漫此地。

一刹那，楚风整个人都躁动起来，充满战意，有毁灭一切的冲动，想要撕裂这片空间。

"不对，这不是我的本意，我被一股情绪所左右，是这蓝色火焰导致的，它渗透进八卦炉内，影响到了我。"

楚风惊悚不安，忍不住想挥拳跟人死战，这种念头生出后，不可遏制。

同时，他听到了场域符文崩开的声音。这蓝色的火焰没有一上来就毁掉他布下的磁石等，而是如同春雨润物，悄然而缓慢地逐步进行。

接着，他感觉自己的身体要崩裂了。那蓝色火苗看着温和，但是一旦靠近，简直要将人化为尘埃。

这只是初始阶段的轮回火焰，还没有到真正的毁灭之力降临就已经如此了。

"难道我要死在这里了？"楚风叹息。哪怕只是初始阶段的轮回火焰，他都有些承受不了了。

忽然，他的胸口发热，石盒有山川图的那一面在发光，顿时让他躁动的心稍微安宁了一些。

而且，他的肌体不疼了，哪怕又有火苗临近，体表也没有了崩裂的感觉。

而对面，阴炉内发生了惊人的事情，秦珞音的身体原本就在被焚烧，蓝色火苗蔓延后，形势更加严峻，她几乎要形神俱灭了。

不过，最后关头，刺目的光芒从她的身体中腾起，化作璀璨的光雨，一下子将她覆盖。

"嗡！"

光雨翻腾，生机旺盛。

一刹那，她身上的伤口愈合，精神光焰也在跳动。她居然在全面恢复中。

替死符！

这种珍稀的绝世神符在发挥作用，庇护了她，给了她第二次生命，让她恢复了过来。

而且，替死符蕴含的旺盛生机还在帮助她不断化解蓝色火苗的杀机。

"砰！"

突然，阴阳炉炸开了，楚风与秦珞音都跌落出来，至此场域全毁。

楚风仰头望天。人算不如天算，这是什么该死的轮回火焰？它改变了一切，让他所有努力付诸东流。

坠落在外后，楚风发现，自己的场域还是很有效果的。但这时，他深刻体会到内心的躁动有多么可怕，他杀意飙升，再次忍不住想大战。

他的胸口那里，石盒发光，再次让他冷静下来。

不过，对面的秦珞音就不同了，替死符保住了她的性命，但是受到蓝色火苗的强烈影响，她的精神失控了。

她一声轻叱，能量澎湃，像是要毁掉此地，接着眼睛发出蓝色光芒，在这里疯狂出手。

楚风一惊，躲避开来。那个原本风华绝代的女人简直跟疯了一样，气质完全不同了，此时的她无比狂暴，抬手击裂大地，轰碎半空中的陨石，甚至对着蓝色火苗进攻。

楚风受她影响，也越发躁动，内心战意无比强烈。但是，他知道自己不能靠近那女人。最后他一声大吼，跑到另一边去发泄了。

两个人不知道出手了多少次，其间数次碰到一起，都被楚风避开了。他不想吃大亏，对方本就高了他两个大境界，而且现在她的状态不对劲。

不久后，两人同时住手，感觉内心无比喜悦，控制不了自身。

接着，他们都大笑，笑得停不下来。

尤其是秦珞音，银铃般的笑声在这片地带回荡，很动听，像是天籁，但是太诡异了。

她的眼眸是蓝色的，显然情绪失控。

楚风也是如此，可是，他意识还很清醒，知道这样不对。他们都陷入炼狱中要死了，怎么还能高兴得笑出来？

他有石盒庇护，状态都如此不对劲，可想而知秦珞音的状态如何。

而且，她释放出了心中的恶魔，魔性的一面展现，本就会放纵自身，随心所欲，所以她根本管不住魔性的自己。

楚风心里发毛，他明白了，这轮回火焰最终要净化这片空间，消灭所有误闯进来的生物，这是一步一步来的，现在它触动了人的精神，激发了人的七情六欲。

果然，不知道多久后，他的情绪再变，他不再喜悦，而是充满憎恨，看到秦珞音就嫌弃得不得了。

远处的秦珞音更离谱，对一块石头都憎恨无比，看到一切东西都厌恶、嫌弃。她散发光雨，包裹自己，只爱自我。

然后，楚风果断跑了。太难受了，七情六欲一上来，他一会儿想哭，一会儿想笑，一会儿又想大战。

可是，他面对的是高他两个大境界的狠人，估计会吃大亏。

唯一庆幸的是，秦珞音情绪失控了，根本就不清醒，忘记了这里有个大仇人。

可以看到，一个绝美的女人在那里又哭又笑，时而欢喜，时而憎恶，还不时大打出手，轰碎陨石。

她身上的替死符发光，能恢复她的生命气息，却阻止不了她情绪的失控。

最终，楚风发现自己喘息变重，浑身发热，一股难以抑制的冲动涌起。

他知道，这是七情六欲中的欲望在升腾。不过，有石盒在身上，加之意志强大，他很好地把欲望压制下去了。

突然，他一惊！

"爱做白日梦的丫头，你想怎样？我现在没时间跟你决一死战，走开！"楚风呵斥。

他发现，秦珞音从地平线尽头出现。

他有点心虚，两人的状态都十分不对劲，万一他死在这里，那实在太冤了，要知道，早先两人大战时他占据绝对的优势。

荒凉的大地尽头，秦珞音飞速奔近。

"我警告你，哪儿凉快哪儿待着去！"楚风咽了口唾沫，大声呵斥道。

—第〈311〉章—
炼狱重开

然而，从地平线尽头走来的秦珞音根本就没有听楚风的警告，美眸蓝幽幽的，有一种说不出的妖异和神秘。

她肌肤如雪，一头淡紫色的秀发光滑柔顺，自然垂落，光可鉴人。她逐步接近楚风。

不可否认，她的确绝美，尤其是在这种状态下，她轻巧地踏着荒凉的大地而来，宛若山中的精灵走出荒野，来到红尘中。

但是，现在的她也是危险的，被心中的恶魔主导了身体，又受到蓝色的轮回火焰影响，掘开了七情六欲的堤坝。

"站住！"楚风喝道。

他自然知道对方有很大的问题，她被轮回火焰左右了情绪，不能掌控自我。

秦珞音充耳不闻。

看到楚风后，她瞳孔中的蓝色光华更加明亮，像是两汪湛蓝的清泉，很是醉人。而后，她如同幽灵般飘了过来。

"嗖！"

楚风果断取出一物，直接向她掷出，接着转身就跑。

那是一颗紫晶天雷，是他早先从秦珞音布置的陷阱中挖掘出来的，如今被他反手祭出，砸向它原本的主人。

"咚！"

雷霆万钧！

楚风身后发生大爆炸，地面瞬间化作岩浆，喷涌上高空，同时伴着闪电以及蓝色的火苗。

虽然秦珞音的情绪已经失控，但是她的战斗本能还在，感知异常敏锐，想除掉她太难。

她比楚风高两个大境界，此时腾空而起，一刹那便突破声障，躲避过去。

哪怕在这片空间她无法凌空而行，她也近乎在飞天。

她在半空中的一块陨石上用雪白的脚趾轻轻一点，通体散发出雪白的光芒，向着楚风那里冲去。

"嗖"的一声，秦珞音俯冲过来，追到了楚风近前。

楚风脸色变了，动用天涯咫尺这种妙术，横移躯体，迅速躲避，并果断取出黑色符纸，就要逃跑。

黑光一闪，他手持符纸，的确可以凌空而行，然而只飞出去一段距离，天空中蓝色的火光便如同星海般压落，向着他拍击而去，将他砸落到大地上。

楚风脸色骤变。这是怎么回事？黑色符纸应该可以带着他飞行才对，现在居然被压制。

一刹那，他心头不安，感觉情况不妙。轮回火焰要净化整片炼狱空间，他手持写着一个特殊符文的黑色符纸都不能飞行，外界某位无上存在祭炼的符文都不管用了！

事实上，此时的城池一片光明，无尽的蓝光冲起。

城中，那巨大的磨盘已经停止转动，数十个金色符文一同闪烁，蓝色的火苗从那里翻涌上来，接着火焰颜色变了，多了绿色、紫色、银色、金色、赤色等，斑斓而炽烈，向外蔓延。

这是磨盘内部数十个金色符文导致的异变。

黑色符纸上只有一个符文，故此在这里被压制，无法带着楚风飞行了。

落地后，楚风转身就跑。虽然身后的大梦净土的传人风姿绝世，但楚风没心情欣赏，也不想跟她纠缠。

此时的秦珞音是危险的，可能会发动致命一击！

"轰！"

秦珞音追击速度太快，楚风马上就要被追上了。半空中雪白光芒一闪，她就到了楚风近前。

楚风快速变向。这是在很多倍声速下变向，一般的生物这么改变运行轨迹，会在瞬间解体。

"嗖嗖嗖！"

楚风在这片荒凉的大地上留下一道又一道残影，不时变换方位，从一个方位到另一个方位。

但是，身后的女人实在太快了。

"你能不能矜持点！"楚风以精神力传音，讽刺大梦净土的传人。

他越发体会到异样，深感不安。

对方这是无法控制自身，将他当成猎物了，那应该是……七情六欲中的欲望在作祟。

楚风深知，一旦双方纠缠起来，会产生各种变数。

关键时刻，对方若是清醒过来，或者过渡到愤怒等情绪中去，很有可能会一巴掌拍死他，那就实在太冤了。

"轰隆！"

空间震颤，秦珞音足不沾地，几乎是凌空而行，她雪白的脚趾在发光，不染一丝尘埃。

"哎哟，又追上来了。"楚风一边逃遁，一边果断扔出第二颗紫晶天雷，向着身后那道绝美的身影。

"轰！"

又一次岩浆沸腾，电闪雷鸣。

然而，这根本没用。

秦珞音高他两个大境界，身体柔软而轻巧，瞬息就变了向，凌空旋转，绕行而过，接着追击。

楚风回头看了一眼，一阵头大。秦珞音紫色秀发飘舞，再次到了他眼前，他根本摆脱不了。

"我是妖妖的，你别追！"楚风喊道，一路狂奔。

这种话语说出口，他自己都脸微红，今天居然怕被一个倾城倾国的女人倒追。

"小贼……太无耻！"

秦珞音的体内，那圣人的精神种子原本还没有真正溃灭，还残留着一丝精神，现在听到这种话语，直接气得化成光点，彻底消散。

"我也是林诺依的，你一边待着去！"楚风嚷嚷道。

他双足落在地面，每一次迈步都会走出十几里远，就像在瞬移一般。

可是，身后那道身影还是逼近了他，玉手伸出，就要触及他的肩头。

"轰！"

楚风突破声障，连续变向，在短短的数十里内，他一口气改变方向数百次，就算强大如他，也是浑身剧痛。

这很容易导致肉身崩溃！

到了后来，楚风龇牙咧嘴。长时间保持极限速度，不断快速变向，他也吃不消了。

他身后不远处，秦珞音紫色秀发飘舞，修长的躯体如同由象牙雕琢而成，皮肤白皙而细腻。

她一双美眸此时蓝莹莹的，完美无瑕的脸颊上带着异样的风韵，双腿修长笔直。她速度极快，眨眼间就追上楚风，抬手向他抓去。

"不要碰我，我楚风是属于地星的，跟你没什么关系！"

楚风掌心发光，爆发出刺目的能量，直接给了她一掌。然而，秦珞音洁白的手一拂，他整条手臂都麻木了。

他们境界差距太大。

"蕴含众生平等场域的袈裟不管用了？

"通天快递，你们也不靠谱！"

楚风拼命回击。

对方眼神迷离，但是，他知道这只是暂时的，她说不定什么时候就会清醒，直接给他一巴掌。

"轰隆隆！"

楚风各种手段齐出，先是运转呼吸法，接着施展共振术、螺旋术，随后自身画卷也浮现，想要禁锢秦珞音。

然而，秦珞音此时宛若铜墙铁壁，刀枪不入，楚风根本伤不到她。

而且，她每一次拍击，楚风都会被拍飞，身体遭受剧烈的碰撞。

这一刻，大梦净土的传人凭借高他两个大境界的实力，不可阻挡。

"砰！"

楚风被打得一个踉跄，而后被秦珞音身上散发出的一片洁白的光辉禁锢，这是一种场域，将他定在原地。

楚风彻底无奈，到头来居然是自己落在对方手里。

这时，炼狱空间一片湛蓝，不过天际也渐渐浮现出丝丝缕缕其他色彩，这让秦珞音的状态越发不对劲。

就连楚风也呼吸急促，感觉七情六欲中的欲望在失控。

"咔嚓！"

他身上的顶级甲胄，在比他高两个大境界的秦珞音的一只手轻拍下，居然刹那间龟裂，而后爆碎，金属片飞向四面八方。

然后，他感觉到了一股温热的气息，那是大梦净土传人鼻间呼出的气息。

"砰"的一声，他被推倒在荒凉的大地上。

"楚风是属于全宇宙的！"他高呼着，心情复杂。

这里越发燥热。

蓝色火苗将这里覆盖，这里一片朦胧，隐约间可见两个身影。

楚风脸色阴晴不定，内心纠结。

他现在是俘虏，被人压制中，身不由己，这在过去难以想象。

此刻，秦珞音冰肌玉骨，红唇微张，大眼迷离，跟平日完全不同。在这炼狱空间，她受到的影响太大了。

平日间，她行走在星空中，被视为女神级人物，从头到脚都笼罩着圣洁的光辉，根本不可能像现在这样。

"砰！"

她素手一拂，给了楚风一下，看着轻柔，楚风却胸口剧痛，如遭雷击，差点咯出血来。

无奈他被封住能量，虽然愤怒却无法还手。

"秦珞音，咱就此别过可好？青山不改，绿水长流，他日有缘再见，今天到此为止。"楚风开口。

然而，紧接着他又是一声闷哼，一条白皙的手臂压在他的胸膛上，震得他血气翻腾，差点背过气去。

楚风不忿，怒视着秦珞音。她近在咫尺，吐气如兰，却也蕴含杀机。

果然，一条象牙般白皙的手臂搂住他的脖子，慢慢勒紧，让他脖子发痛，最后都快窒息了。

楚风也无声无息地探出一只手，点中她的后脑勺，然而一点都不管用，他虽然聚集起一丝能量，但是根本无法伤到对方。

此时，秦珞音通体都有一层圣洁的光辉，宛若护体仙光，别说这个状态下的楚风，就算是正常状态下的观想境进化者都很难伤她。

楚风想发怒，又突然间神色古怪，身体躁动。

这片地带，蓝色火苗跳动，楚风受其影响，自身也要迷失了。他内心一凛，这轮回火焰还真是可怕，能激起人内心深处的各种情绪与欲望。

在他面前，秦珞音面庞完美无瑕，发丝光滑如绸缎，眸波流转间，千娇百媚，有颠倒众生之姿。她现在跟平日完全不一样，有种妖冶而诡异的气质，格外魅惑人。

当然，蓝莹莹的眼睛也暗示着她的危险性，让人警醒。

楚风想要挣脱，可惜多次努力都失败。

最终，他只能默诵呼吸法经文，想要解开封印，同时分散自己的注意力，以免沉沦在此地无法自拔。

楚风咬牙，目光坚毅，浑身都是白气，汗水蒸腾，肌体发光。

这个时候，天地间，斑斓彩光浮现，蓝色火苗夹杂着紫色、银色、金色、赤色等颜色的火光，从光明城池向外扩散，蔓延到这里。

这导致炼狱空间中越发燥热，让人心中不安，各种情绪挡也挡不住地爆发出来。

"轰！"

这一刻，秦珞音身体越发灿烂。

她身上的替死符在发光，但快抵挡不住轮回火焰了，火焰席卷而来，她的情绪剧烈波动，身体也要被可怕的火光吞噬了。

替死符是圣人用天材地宝以及自己的部分本源炼制而成的，不然的话，怎么可能庇护一个人的生命？

随着时间的推移，圣级的生命本源不断消磨，如此才能让被保护者活下去。这完全是等价替换，甚至付出的代价更高。

为了保护道统中最杰出的弟子，大梦净土十分舍得，在秦珞音身上花费了大量的心血。

"砰！"

终于，楚风恢复过来，运用道引呼吸法，破开禁制。他想反制对方，结果秦珞音身体紧绷，一下子警觉起来。

不得不说，她的直觉太敏锐了。

而且，就在这一刻，她突然清醒过来，虽然还没有赶走魔性自我，但是真我已掌控躯体。

事实上，她一直就像一个旁观者，早已清楚地知道发生了什么，只是无法阻止。现在，她那绝美无瑕的面孔瞬间变色，抬掌就向着楚风拍去，恨不得一掌打死他。

"我是受害者！"

楚风自然不会坐以待毙，他竭尽全力抵抗，用头猛力撞在对方白皙的额头上。

一刹那，他感觉头都要裂开了，眼冒金星。

秦珞音此时稍微清醒后，从那种催眠状态中退出，恢复了原有实力，不再超越楚风两个大境界。她被撞得眼前发黑，差点昏厥。

"你这无耻之徒，我要将你碎尸万段！"秦珞音恼羞成怒。

她浑身酸痛，尤其是额头都被撞破了。

楚风那是在拼命，用了同归于尽的打法。

在他的认知中，秦珞音还高他两个大境界呢，他并不知道对方退出催眠状态后，没有那么厉害了。

秦珞音近乎崩溃，她是行走于星空中的一代女神级人物，受到各族无数年轻进化者仰慕，结果今天却发生这种事。

她气得不行，满脸通红，羞恼至极，真的很想立刻除掉对方。

"珞音，你在哪里？"

突然间，焦急的喊声在这片空间响起，同时有一道亮光发出，天宇像是被撕裂了。

声音来自外界，炼狱空间被人打开了。

"师叔祖！"

秦珞音惊呼，面露欢喜之色。但是一想到自己目前的状况，她面色又变了，简直要抓狂，羞愤欲绝。

大梦净土的女圣惊喜地道："珞音，下方到处都是轮回火焰，我们不敢探察，你自己上来。"

显然，外界的人不知道这里发生的事。

"咻！"

一条绳子甩下，向着这里垂落而来。

"快，这是我道统的至宝捆仙绳，速速上来，哪怕是它也不能久留此地，一旦轮回火焰全面爆发，万物皆灭！"

天穹上，圣人焦急的话语传来。

秦珞音猛然挣动，浑身发光，拼尽全力想要摆脱楚风。

事实上，当楚风看到炼狱空间开启时，他也很激动，可是听到大梦净土女圣的传音后，他的心又凉了，松开了手。

他可不想跟着一块上去，不然的话必死无疑。

"砰！"

突然，秦珞音对着楚风就是一掌，同时她猛然冲起，披上一件战衣，抓住那条光芒耀眼的捆仙绳，疾速向上而去。

途中，秦珞音向下望来，凝视楚风，而后毅然转过头去，沿着捆仙绳冲上天宇。

楚风神色阴晴不定，盯着她的背影，道："我告诉你，不许公开我们的关系！"

"你去死！"这是秦珞音最后的回应。

楚风叹息，被困在炼狱中，他要怎么出去？

"会有办法的，等出去之后，我会让你们大吃一惊！"他坚信自己很快就能脱困。

　　轮回路的尽头，彼岸的轮回洞中，一个年轻的道士在大哭："到底是谁夺了我的机缘，别让我知道，不然的话，我跟你纠缠一辈子！呜……也不能总是赖在这里啊，还好寻到了一些机缘，唉，还是上路吧。我带着记忆，那个大仇人你等着，我会找到你的！"

（本册完）

《异人崛起13》即将上市！敬请关注！